東陽流韵

傅全章 ◎ 著

北方文艺出版社

·哈尔滨·

图书在版编目（CIP）数据

　　东阳流韵 / 傅全章著 . -- 哈尔滨：北方文艺出版
社 , 2023.3
　　ISBN 978-7-5317-5786-3

　　Ⅰ . ①东… Ⅱ . ①傅… Ⅲ . ①散文集 – 中国 – 当代
Ⅳ . ① I267

中国版本图书馆 CIP 数据核字（2023）第 022454 号

东 阳 流 韵
DONGYANG LIUYUN

作　　者 / 傅全章

责任编辑 / 富翔强　宋雪微　　　　　装帧设计 / 圣立文化

出版发行 / 北方文艺出版社　　　　　邮　　编 / 150008
发行电话 /（0451）86825533　　　　经　　销 / 新华书店
地　　址 / 哈尔滨市南岗区宣庆小区 1 号楼　网　　址 / www.bfwy.com
印　　刷 / 四川立杨彩色印务有限公司　开　　本 / 710mm×1000mm　1/ 16
字　　数 / 200 千　　　　　　　　　印　　张 / 16.25
版　　次 / 2023 年 3 月 第 1 版　　　印　　次 / 2023 年 3 月 第 1 次印刷
书　　号 / ISBN 978-7-5317-5786-3　定　　价 / 65.00 元

序：落笔足见倚马才

◎ 印子君

再过一周，就是世界读书日了。在这一旨在推动全民阅读的特别日子来临之际，我有幸拜读作家傅全章先生的散文集《东阳流韵》。在这特别的日子里，我阅读到的又是一本特别的书。这本书还处于书稿（电子文本）状态，我有幸先睹为快，在《东阳流韵》中随作家的文思才情畅快神游。

傅全章先生是土生土长的四川龙泉驿作家。了解龙泉驿建制历史的人都知道，龙泉驿区最早建县是在唐久视元年（公元700年），当时叫东阳县。因此，先生把自己这部散文集取名《东阳流韵》颇有深意，这既是一位作家对生养自己的故土的悠久厚重历史的致敬，又是立足故乡大地进行文学创作体现出的赤子情怀！

先生这部《东阳流韵》分为"生涯漫笔""游踪留影""烟火人间""清浊之思""故里风物""乡音遗韵"六辑，每辑作品的归纳、主题各有侧重，但各辑间又相互关联，彼此呼应，从而浑然一体，让整部书气韵连贯，有机统一。读完《东阳流韵》，能深刻而真切地感受到傅全章先生不仅是一位下笔成章的文者，还是一位胸藏锦绣的智者，更是一位宅心仁厚的长者。

下笔成章的文者

"言出为论，下笔成章"，这是古人对能言善辩、能诗善文者的高度评价。这话用来评价傅全章先生也非常恰切。"言出为论"姑且不表，但就"下笔成章"而言，先生散文集《东阳流韵》就是最好的回答。该文集题材广、视野宽、感悟真、见解深、思辨强，给人特别强烈的感受是，似乎没有不能入先生文笔的素材，似乎没有不能书写的对象，似乎身边大大小小的纷繁世事都是为作家创作准备的。这是一位作家胸怀万物、海纳百川的文学自觉和从容不迫的创作状态，因而其笔耕不辍、新作不断、佳作连连自在情理之中。

傅全章先生散文作品的最大特色，就是本土、本真、本色、本味。先生出生于龙泉驿区原界牌乡增产村二组，最初身份是农民，其乡村成长和劳作经历，造就了作家朴实、真诚、热情、善良的优秀品质，这也为作家的文学创作打下了弥足珍贵的底色和重要基础。因此，傅全章先生的文学作品主基调是立足本土、扎根本土、挖掘本土，这既是作家作品的特色，也是作家作品的优势。先生热爱家乡，热爱生活在家乡土地上的父老乡亲，热爱家乡的山山水水和一草一木，时时刻刻关注家乡的发展变化和跳动的脉搏。这种爱来自生养自己的土地深处，来自那始终让他魂牵梦萦的故园亲情、山光水色和泥土芬芳，这爱是发自内心的，是炽烈而真诚的，这不仅是做人的优良品质，更是作家的为文品格和创作良知。

当确立了本土这个大前提，作家在具体创作过程中，其作品的语言特质、表现技巧、风格倾向、情感就自然而然显示出本真、本色和本味。作家的作品之所以能动人心弦，能散发出艺术感染力，除了必要的技巧外，很大程度上跟作家持守本真的创作原则密不可分。也正是因了坚持本真的品质，其作品的本色和本味也就顺理成章地凸显出来。正如《文心雕龙·原道》所言："仰观吐曜，俯察含章，高卑定位，故两仪既生矣。惟人参之，性灵所锺，是谓三才。为五行之秀，实天地之心，心生而言立，言立而文明，自然之道也。"在散文集《东阳流韵》中，无论《龙泉山的秋夜秋声》《悠悠茉莉情》《乡愁青冈树》《红湿深处》《秋阳下的丰收图》，还是《龙泉"水蜜桃之父"晋希天》《放鸭记》《老屋》《田埂》《母亲的泡菜》《父爱如师》等作品，无不具备文学艺术魅力，极易引起读者强烈共鸣。

胸藏锦绣的智者

我一向认为，文学创作绝不是一项简单的体力活，也不是通常所说的技术活。诚然，做一件事情时，首先是因为爱好和喜欢，才乐意全身心投入去做，才可能做得有模有样、有板有眼、有声有色。但是，很多事情仅仅具备爱好是远远不够的，它对人的素养和天分有较高要求。所以我认定，文学创作是一种智力型工作。因此，作品与作品的比较或比拼，实际上是作家与作家之间智力水平的较量。表面看，文学创作似乎是能识读一定文字，可以通顺造句，就可以人人参与的事情，而且在一定层面还可以"训练"。但本质上绝非如此，因为当突破初级阶段后，很多精妙之处和细微环节，那是要靠作家自身的天赋去感知、去觉悟来完成的。

不论是读以往傅全章先生的文学作品，还是读这部《东阳流韵》，我都坚定地认为，先生作为文者的同时，更关键的还是一位智者。一个智慧的作家，其智慧往往是多方面的，也是多种形态的。其推陈出新是一方面，其见微知著是一方面，其平中见奇是一方面，其拙中见巧是一方面，凡此种种，不一而足。傅全章先生为文，情感真挚细腻，语言朴实老到，逻辑性强，富于思辨。既能以点带面，又能抽丝剥茧；既能时空交错，又能借古喻今；既能推己及人，又能触类旁通。可以说，收入《东阳流韵》的作品，都能对这些特点进行有力印证。

同时，作为智慧的作家，他一定是一位"有心人"，也可以说是一位不折不扣的"生活家"，在平常的生活中总是"一丝不苟"，也一定生活得"津津有味"，绝不会轻易放过生活中任何有趣、有意义、有启迪的细节和事件。钱锺书先生曾说："似乎我们总是很容易忽略当下的生活，忽略许多美好的时光。而当所有的时光在被辜负、被浪费后，才能从记忆里将某一段拎出，拍拍上面沉积的灰尘，感叹它是最好的。"对此，傅全章先生以自己一篇篇充盈着当下生活浓烈气息的作品，对钱锺书先生语重心长的告诫做出了最响亮的回应。

傅全章先生的散文，绝大部分都比较精短，篇幅最长2000余字，最短五六百字，以千字文居多。先生不喜欢长篇累牍、大量引经据典、动辄下笔万言的那种"大体量"营构，而善于在几百字、千把字的容量内把作品圆满完成，真正做到短而精，精而粹，粹而华。先生的散文语言，平白质朴，亲切家常，生活味浓，不晦涩，不拗口，不卖弄学问，极富亲和力，并符合短平快的都市节奏，读者很容易接受。其不足千字的作品《学会在过程中享受》被全国20多个地区作为中学语文试卷"现代文阅读"试题，并被多个省、市列入高考语文作文素材和优秀例文，就是最好的说明。当然，先生广被转载、令人称道的优秀作品还有很多很多，《东阳流韵》定能满足读者诸君的阅读期待。

宅心仁厚的长者

如果说，一个作家最理想的状态就是生活作家化，作家生活化。那我身边，还真就有这样的人。傅全章先生无疑就是其中最典型的一位。

生活作家化。我这里所说的生活，是广义的生活，即包括在岗生活、业余生活、离退休生活等在内。生活中的傅全章先生，风度翩翩，气质儒雅，颇具玉树临风仪态。与其相处，如沐春风；与其相交，心生敬意。其言谈举止，沉稳朴实，自自然然，清清爽爽，厚厚道道。先生一向与人为善，以己为范，态度鲜明，不强人所难，不蝇营狗苟，不多嘴多舌，不叽叽喳喳，就像先生笔下的文章一般，优美流畅、清新明快、旷达通透，令人喜欢，引人入胜。实际上，这正是先生在紧握生活这支巨笔，用一个又一个活色生香的"行为词组"，胸有成竹、镇定自若，为他身边的人们创作着"大文章"，或者叫具有万花筒般奇妙的"范文"，令每一个有幸有缘接触到他的人百"读"不厌，受益无穷。这其实就是先生在自觉以作家风范和标准"规范"着自己的生活行为，也确保了生活品质。

作家生活化。傅全章先生作为作家，他的确做到了彻彻底底、完完全全融入生活，与生活大众打成一片、融为一体，始终把自己当作生活中的一分子。先生从不以作家自居，从不趾高气扬，以为自己高人一等，不食人间烟火。正因为先生首先"端正"了态度，有着良好的心态，所以生活便成了他创作的"源头活水"，有着取之不尽、用之不竭的创作素材。正所谓一滴水只有放进大海里才永远不会干涸，因而作家的文思才永远不会枯竭。正是作家生活化，所以我们才在傅全章先生的散文集《东阳流韵》中，能够时时处处感受到生活中鲜活的情节、生动的细节、形象的人物，感觉先生笔下的这些事、这些人和这些场景离我们非常近，非常直接，似乎就是我们看见的和所经历的一样，丝毫没有隔膜感、距离感。这也正是《东阳流韵》的独特价值所在。

在傅全章先生身上，曾经历过农民、教师、秘书、报人、领导等多种身份，而恒定不变、始终如一的身份是作家，这也是他极为珍视的荣誉。多年来，傅全章先生不忘根、不忘本，深怀感恩之心，秉持赤子之情；无愧桑梓之地，无愧家人亲友。作为长者，先生无论担任部门领导还是本区文学组织负责人，总是大力举荐人才、热情提携后辈，并能大度让贤、甘当人梯，真可谓宅心仁厚，不失君子之风，赢得广泛爱戴和敬重。作为作家，先生真正做到了文如其人，为文与立身高度统一，具有博大胸襟、高尚情操，因而创作上也得到丰厚回报，如今无论小说、散文、诗歌还是纪实文学，已相继出版多部，成为龙泉驿作家群的引领者和重要代表，其文学成就在省、市作家队伍中独树一帜！先生虽年逾古稀，却文采飞扬，才思敏捷，不论长篇短制皆信手拈来，倚马可待！为此，我们有理由期待傅全章先生更多佳作问世。

2022年4月16日初稿，4月22日改定

（印子君，诗人、作家，中国作家协会会员，成都文学院签约作家）

目录
CONTENTS

生涯漫笔

游踪留影

烟火人间

清浊之思

故里风物

乡音遗韵

生涯漫笔

学会在过程中享受

很多人做事都只重结果。

农人种庄稼，都认为是辛苦、劳累的，而只在粮食收获时才感到喜悦，收获多少与喜悦的程度是成正比的。学生学习被认为是枯燥的、辛苦的，只有在考试后取得了好成绩才会高兴。文学爱好者认为创作是艰辛的，只有发表了才认为没有白写。绘画者认为是辛苦的，只有画品被人买了才认为没有白画。习书法者认为只有坚持苦练才会有长进，而"成功"的标志就是能否让作品参展、能否参加协会、作品能否有价值。旅游者的旅途是辛苦的，只有到达目的地后才开始欣赏风景……

做任何事情，都是过程更长。

农人种粮种果，往往是几个月才收获一季，而收获的时间相对来说都是短暂的。学生也如此，要经过多少个日日夜夜的听、写、练，才会有拿成绩的几十分钟。写作有时看起来一挥而就，但积累生活、打腹稿的时间也是很长的。

人活着总是要做事的，而做事的过程又会很长，如果我们都把过程看作苦，不能在过程中学会享受，那真是浪费了生命！

做事的过程中是有乐趣供我们享受的。

农人播种后，每天去田间地头，看见种子发芽了，应该高兴；长叶了，由两片叶变多片叶了，开花了，结果了，果熟了，哪一个过程不令人高兴？学生冥思苦想的一道题终于解出了，能不快乐？这快乐恐怕比看到高分时的快乐更实在。我曾在课堂上建议学生把古人说的"学海无涯苦作舟"的"苦"字改作"乐"字，为什么？虽然学生每天坐在同一地方，但每天都获取了新的知识，使自己得到了新的充实，人的文化素养又有了新的提高，不应该为此高兴快乐？练书法者，某字长期写来不满意，或因临摹古帖，或因借鉴他人，或是自己所悟，此次写来十分满意，不亦乐乎！文学创作者，终于把长期聚结在心中的极想通过文字倾诉的情怀写成了作品，爱恨情仇的心怀得以宣泄，发表与否，都是快乐！旅游者，并非只在目的地才有风景，无论乘车、乘船、坐飞机，沿途都有风景：或乡野，或街镇，或沙漠，或草原，或云海，或波涛……比那些只到目的地才开始欣赏风景的人，不是多领略了美、多享受了乐趣吗？

　　人的一生总是在一次次做事的过程中度过的。学会在过程中享受，会使我们更加热爱学习和工作，更加热爱生活，热爱人生。

　　（此文在《杂文报》发表和《思维与智慧》杂志转载后，先后被近百家网站、报刊转载，被北京、天津、上海、重庆、山东、河南、广东、广西、海南、福建、湖南、甘肃、青海、宁夏、内蒙古、西藏、新疆、黑龙江、吉林、辽宁、江苏等20多个省、自治区、直辖市作为中学初三下学期语文试卷"现代文阅读"试题，被收入上海教育出版社语文主题学习编写组编的供九年级上册用的新版《语文主题学习·聆听智慧》一书，被列入高考语文作文素材和优秀例文）

爱吾乡以及人之乡

我们有时出差或旅游，坐在车上，或到达目的地后实地参观，常会有这样的心态：见到环境风光比自己家乡好的，不过赞叹几声，羡慕一回罢了，因为再好都是别人的家乡，我只不过是一个匆匆的过客而已。而见到较为荒凉贫瘠之地，则内心又会生出不屑之情，抑或生出庆幸这里不是自己故土的欣喜之情。

爱好写作的人，常爱念叨"灵感"。这一次，我不知是否真的来了"灵感"。而这"灵感"的产生，让我对哪里的山川河流都有了亲切的"故乡"之感。

2014年中秋时节，四川革命老区平昌县成立"水乡文学社"，邀请曾在那里当过领导的郭学海、从那里走出来的诗人廖忆林、龙泉驿区作家协会常务副主席兼秘书长曾明伟和我参加。我家距那里近千里，在车上要待四五个小时。

在车上，我的思绪如天马行空一般，看到车窗外或葱茏或光秃的山丘次第闪过，突然在头脑中冒出"老吾老以及人之老，幼吾幼以及人之幼"的古训，并诱发联想出一句"爱吾乡以及人之乡"。

当我有了"爱吾乡以及人之乡"的心绪之后，再看车窗外的景致，心态却与以往大不相同，我把车窗外的每一处都作如是想：假如这里是我的故乡，我会爱它吗？我的心回答我：会的。

是的，会的！

"儿不嫌母丑，狗不嫌家贫。"故乡的山水再贫瘠再荒凉，那也是养育自己的地方，那也有很多很多值得我们回忆、留恋的人和事。即便是看到一处光秃的土坡和低矮的旧屋以及屋后的杂树野草、屋前浑黄的水塘，我会想到，这里同样有慈母倚门望儿归家，有游子千里之外往这里奔回！我的家如果就在这里，那倚门的就会是自己的母亲，那归心似箭的游子就会是自己。

而故乡的一草一木、一沙一石、一沟一坎都是我们魂牵梦萦的地方。同胞的故乡犹如我的故乡。无数"故乡"孕育了无数的同胞，孕育出我们华夏民族的一代代子孙！

天下无处不故乡！

有了这样的胸怀和心态，你才会做到无论走到多远，都能把陌生的老人想象成自己的老人，去尊敬他、照顾他；你才会把别人的孩子想象成是自己的孩子，去喜欢他、关爱他！

人生无处不青山。

现在的城市化，让很多城镇都成了"移民城市"，居住着的人们来自不同的"故乡"；而他们在新的地方待久了，这里又会成为他们或他们后代的故乡。

让我们心胸似海，和谐、友善、包容，爱吾乡以及人之乡，天下一家，世界大同！

2014年11月17日

（此文曾载《华西都市报》，文字略有改动）

秋 思

年轻的时候，也许是受了一些文人的影响，把秋天视作肃杀、悲凉的代名词，认为秋天紧临寒冬，是个令人恐惧的季节。一提到秋，脑海中总会映现出枯黄的色调、飘飞的落叶；而且还会把秋天和人生联系起来，发出"人到中年万事休"的感慨。说来好笑，那时才一二十岁，怎么就会发出如此悲凉的心语？如今看来，当年真的是有点"为赋新词强说愁"的况味。

我早已进入人生的秋天。不知是不是有点阿Q的精神，如今，我不仅不再冷漠自然的秋色、惧怕人生的秋天，反倒觉得秋天真的很美：黄澄澄的玉米，红彤彤的柿子，满山的红叶，遍坝的金黄，到处可见累累的硕果，无处不闻丰收的喜悦！人生亦如此，进入人生之秋的中老年人，大都儿女成人，功成名就，加上喜逢盛世，真个是心态安宁，衣食无忧！人人都在心里祈求着要健康地活，快乐地活，活出本色，活出特色！

也许有人会说，你已到了这个年龄，怕是强打精神，才说秋的壮美的吧。也许是吧。但是，有什么样的心态，就会有什么样的生活质量。如果能做到60岁的年龄，40岁的身体，20岁的心态不是很好吗？

联合国世界卫生组织对人的年龄段的划分是：45岁以下为青年人，45岁至59岁为中年人，60岁至74岁为年轻老年人，75岁至89岁为老年人，90岁以上为长寿老人。

我以为，处在哪个年龄段的人都应该自信自豪，没必要自卑自弃。黑发有黑发者精力旺盛的骄傲，白发有白发者智慧积聚的自豪！

如果把人生比喻成四季，那么，红艳的春天、绿荫的夏天，我们都已走过；金色的秋天正像母亲拥抱孩儿一般孕育着我们、抚爱着我们！即使到了冬天，那洁白静穆的世界也是我们神往的呀！

著名诗人郭小川在《何必为年龄发愁》一诗中有这样两句："只要在秋霜里结好你的果子，又何必在春花面前害羞？"

是的，秋色是春色的结晶，秋天是人生的圆满！秋天，是人生又一个镀金的春天！

我说人生好个秋！

2013年8月15日

（此文曾载《杂文报》《晚霞报》）

心生快乐

有人说，有什么样的心态，就有什么样的生活质量。我很认同这个说法。

人的一生太短暂。把有限的、宝贵的时间用在去想、去气那些曾经伤害过自己的人和遭遇到的不平、不公的事，去期盼那些并不现实却又常常耿耿于怀的境况，都是对生命的一种浪费！

其实，每一个人都有一个贮藏快乐的"仓库"。这个快乐的"仓库"就在我们的心中、脑海里、记忆中。这"仓库"中的快乐取之不尽，用之不竭。

在这个快乐的"仓库"里，贮存着大量的快乐：童年时趴在地上喂蚂蚁、爬上树去掏鸟窝、下到水里捉乌鱼；第一次入学，领到散发出油墨香味的课本；领到尽是红勾或高分的作业本；老师在课堂上念自己的作文或学校墙报上登出自己的文章；每天看到那个心仪的女生或男生；那些帮助关照过自己的人和事；那些得到过自己帮助的人和事；父母之爱和兄弟姐妹的手足之情；扶着子女蹒跚学步；让幼小的儿女骑在自己的身上把自己当马骑；教子女一遍遍朗诵唐诗；看儿女带回了恋人；看儿女又成了父亲、母亲；收到报纸或杂志寄来的样刊；冬天和家人在山坡上一边晒太阳，一边朗读舒婷的《致橡树》或海子的《面朝大海，春暖花开》；和友人一边喝茶，一边天上人间聊个痛快；从塘里钓起活蹦乱跳的鱼儿；外出旅游，在飞机上看云海；在长江轮船上眺望神女峰，遐思无穷……太多了，太多了！

每一个人的快乐"仓库"里贮存的快乐事，三天三夜都说不完！而且，有"百听不厌"的歌，就有"百说不倦"的事。记得，我和我的几个老朋友把儿时捉鱼的事不知讲过多少遍，从没厌倦；记得，我在家人面前把我拉煤遇雨的狼狈相也是说了又说：当年我用架架车从镇上拉运刚做成的蜂窝煤回乡下的家，路上遇雨，雨把自己淋成落汤鸡，雨把成型的煤淋得如同软泥！当时难受至极，如今忆起不觉其苦，反觉"浪漫"有趣！

我们也不是只在回忆快乐中过日子，我们也在创造快乐中过日子。

生活中，很多人埋怨自己的生活单调、枯燥、乏味，说自己的日子每天都是在"两点一线"中度过的：从家门到单位，从单位回家门。人人都免不了要过这种重复的日子，没有哪一个人可以每天换一个工作，每天有"新鲜刺激"！但是，你只要有乐观向上的心态，就会热爱生活，热爱人生，常乐不倦！当代著名作家李乐薇在《我的空中楼阁》一文中写道："我出外，小屋是我快乐的起点；我归来，小屋是我幸福的终点。往返于快乐与幸福之间，哪儿还有不好走的路呢？"

是呀，房子那么贵，我们用所有积蓄买上它；工作那么难找，我们好不容易有了一个工作单位！我们不去好好珍惜它、享受它，怎么能把家和单位当作产生枯燥、单调、乏味的"基地"，而不是像李乐薇那样把家和单位当作产生快乐、幸福的源泉呢？其实，我们每一个人都能做到的！表面看来是重复雷同的生活和工作，但昨天和今天、今天和明天是不一样的！只要心态好，每天都会有快乐产生，恋人每天都过情人节，食客每天都在过年！想着昨天的快乐，过着今天的快乐，盼着明天的快乐，我们哪里还有时间去烦恼和想不通呢？快乐与地位、名誉、金钱不是成正比的。人人都有快乐的权利和资本！

2012年3月22日

（此文曾载《成都日报》《四川广播电视报》）

伞的断想

伞是能为我们遮风避雨的一方小天地。

在雨中，我们撑着一把或华丽或朴素的伞，看见别人淋成落汤鸡或为找地方避雨而抱头鼠窜，我们却可以从容地在雨帘中漫步，显得那么安然！

伞是沟通情感的金链。

下雨了，父母为子女送伞，子女为父母送伞；丈夫为妻子送伞，妻子为丈夫送伞；商店门口，店家为顾客准备的一把把备用伞……伞把人间的亲情联结得更加紧密！

曾记得，那一次，是一个早晨。像往常一样，我在住家小城的一个树下车站候车，准备到受聘的学校上课。天上忽然下起雨来。我拿出包里备用的伞撑开打着。这时，走来一位姑娘。她没带伞。树下，就我们两人。头上虽然有浓密的树叶，但从树叶隙缝中落下的雨点，或凝在树叶上又落下的雨滴时不时地滴落到她的头上。女人都注重自己的头发。我心里开始不安起来：要不要把伞撑过去一点？但这样做，她会不会接受？会不会产生误会？怕啥？她做我女儿也只能是老幺。于是，我鼓起勇气，将伞撑了过去。她报以友好的一笑，接受了我的雨伞。中途，她下车时把我的车票也抢着买了，回头再次报以友善的笑容。望着她的身影消失在霏霏雨雾中，我感受到了一种人与人之间的友善和温暖！

曾记得，多年前，我在《四川日报》上看到一篇记者的文章中说到有"雨城"之称的雅安有一道亮丽的人文景观：下雨时，街上没伞的人可以到陌生人的伞下共伞！这很让我羡慕，赞叹不已！

伞是艺术的灵感。

遇雨时的山乡小镇，那成线的雨伞像流动的河；公众场所，那成片的伞像五彩的云……这些成片成线的伞的景象成为摄影家镜头下、画家笔下的美景！文学家也没有忘记它——诗人戴望舒先生的名作《雨巷》中有这样的句子："撑着油纸伞，独自/彷徨在悠长、悠长/又寂寥的雨巷/我希望逢着/一个丁香一样地/结着愁怨的姑娘！"

你看，这伞，是多么地富有诗意呀！

伞是启迪人生的导师。

生活中我们看到有不少人，甚至是能人、强人，他们不能成功，不能笑到最后，就是缺乏伞的秉性：能屈能伸！

伞被收束搁在门背后、放在柜桌上、挂在墙壁上不用时，没有"兔死狗烹""鸟尽弓藏"的悲叹；伞被强力撑开，让它处于风雨烈日"前线"时，它尽忠职守，毫无怨言！

学学伞吧。孩子有被父母冷淡的日子，员工有被领导冷落的时候，这如同束伞；当然也有孩子受宠时，员工得赏时，这时我们要像伞一样，得意有度。过了度，伞会被撑破！

古人云："大丈夫能屈能伸。"能伸不能屈者，当记着"峣峣者易折"的古训；能屈不能伸者，应知有"人无志不立"的诲言。

人一生如能像伞一样能屈能伸，定能斩关夺隘，从容豪迈地走过人生之旅！

2012年5月6日

"天使"的断想

古人说："不为良相，当为良医。"把医生与宰相相提并论，足见我们的祖先对医生真是无上的崇敬！

今人把医生比为"白衣天使"，这形象贴切的称谓是多么美妙、动听！

"天使"，它令人想象出像敦煌石窟飘飘从天而降的飞天，来到人寰，来到生病需要救助的人身边！

那淡绿色的房间，那柔和的灯光，那飘来飘去的"天使"身影，让你在医院的病床上尽享着"天使"的爱抚；你把康复的重任交给她，你把生的希望寄托于她！你给予她无比的信赖之心！

小时候，"天使"为我种上牛痘，从此我就不会得天花；是的，我一生的健康成长，都是因为有"天使"的及时出现，有"天使"护佑我身！

那一年，父亲为集体犁田，劳累生病，得了肺炎，区一医院那个叫路晓英的"天使"，将治疗的药液输入父亲的身躯，犹如派去千军万马，去和肺炎细菌战斗！父亲康复了，我记住了"天使"的名字，在我的处女作《铁牛飞奔》中用谐音"陆晓英"做主人公，寄托我对"天使"的感谢之情！

"天使"济世救人，在华夏民族有着优良的传承！古有华佗、扁鹊、孙思邈、张仲景、李时珍，可谓群星璀璨！近有南丁·格尔、白求恩，实乃令人尊敬！今有万千"白衣天使"在城市、乡村为民宣传普及预防知识，为我们消灾祛病，强身健体，让我们活得健康、活得精神！

在我脑海的荧光屏上，经常会映现出：那攀悬崖登绝壁采摘中草药的矫健身姿；那聚光灯下凝神屏息、挥汗如雨的手术人；那风雨之夜身挎红十字药箱的出诊者；那嘴对嘴呼吸的感人场景；那"不要害怕，会好的"的慰藉语言；那把脉、听诊的专注神态；那迎接新生儿第一声啼哭的欢欣满足；那车船上遇到病者主动站出来，掐住病人的"人中"穴位，把病人揽在怀里如同亲人的医者仁心⋯⋯

这一幕幕常常令我感叹唏嘘！我常常在心底发出这样的声音："天使"啊，你们崇高的职业理想和无私的奉献精神，当之无愧地值得我们尊敬！

曾经，父亲希望我学医，我也曾期盼子女如此！

是啊，仁爱之心是我们民族繁衍昌盛的根本！

可敬可亲可爱的"白衣天使"啊，你们就是仁爱之心的化身！

2013年2月1日

雨丝，柳丝，细细的……

多年前，我居住和工作的小镇忽然有了人力三轮车，最初是两三辆，渐次增加，而今已有数百辆之多。小镇的街街巷巷，每天都回荡着清脆的"叮铃铃"声，给小镇增添了无限生趣。小镇的人初时还不大敢坐，特别是中老年人，他们怕被人说成"奢侈"，偶尔坐之，也急急地叫车夫将车篷拉上。最初坐车的人多是年轻人，他们不拉车篷，招摇过市，风光得很。如今坐三轮车的人越来越多了，人们不在乎那点钱。三轮车在全镇无处不有，随时想坐，招之即来。人们现在习惯了，除了下雨，几乎都不拉上车篷了。

在车站，在街头，我常看见一个瘦小的女子骑在三轮车上，混杂在其他体格粗壮的三轮车夫当中。好多次当我准备坐车时，不忍心让那样一个柔弱女子拉自己，而是向壮汉的车子走去，我似乎在同情怜悯她。

有一天，我突然悟到，那柔弱女孩本身在蹬三轮车，她企盼的是有人坐她的车，不是感谢你去怜恤她的体力。我还依稀回忆起，有时当我正欲坐三轮车，任视线在人力车夫堆中寻觅，目光不经意间与她的目光相遇时，她是以一种惊喜、激动的表情，用一种企盼的眼光望着我，那正是很希望我坐她的车呀！而我总是迅速把目光转向别人，现在想来，她当时的心定会从希冀的兴奋一下跌落进失望的悬崖。

那是一个细雨蒙蒙的日子，我刚从公共汽车上走下来，又在人力车夫堆中发现了那个柔弱瘦小的她。我毫不犹豫地向她的车走去并坐了上去。看得出，她为我坐她的车而高兴，在卖力地蹬车。途中，街道两旁是一排排婀娜多姿的垂柳，柳丝带着水滴在细雨微风中摇曳，时不时地有那长长的柳条与三轮车篷相碰，碰落的水珠溅到我的脸上，凉凉的。

当道路有一些坡度时，我看见她比先前更吃力地蹬着。

"让我下来走一截吧！"

"不！那会淋湿了你！"

她以为我小视她的气力，于是更卖力，把腰极力向前倾，几乎呈九十度。

坐在车上，我询问了她的一些情况。她还未读满初中！为了让弟弟读书，她中途辍了学。她在班上的成绩常在第三到第五名之间。班主任曾多次到她家里动员她父亲，让她继续读书。但她父亲态度很坚决："女娃娃读那么多书做啥哟！早晚都是人家的人。"她说她原来做得最多的梦是当一名教师。我的心一阵阵凉。

又是一段长长的呈上坡趋势的街道。

我说："我下车了。"

她惊疑地回头："不是说在清真饭馆那里下吗？"

"我另外有点事要在这儿找一个人！"

她便将车放慢并停下，让我下了车。

我是实在不忍心看见她那吃力地蹬着车的样子，才找了个借口提前下车的。

细雨蒙蒙中，我透过雨帘，看见她渐渐消失在霏霏雨雾中，朝向通往车站的地方，那路，还很长很长……

（此文曾载《成都晚报》）

老　屋（外一章）

　　一抹夕阳慵懒地斜照在屋瓦上，屋顶泛着黛青色的光。瓦沟里长着的类似佛指甲的瓦楞草，在夕照中显得不卑不亢：在这坚硬的屋瓦上，全凭着上天恩赐的一点雨水，竟能生生不息，和这屋瓦以及屋内的主人长相为伴。几只倦鸟在屋脊上叽叽喳喳闲话一会儿后，也将飞回屋檐下或树丛间的巢中安歇。

　　老屋的容颜苍老而坚强。

　　有点幽暗的厨房里，老母亲在灶膛里添着柴火，火光熊熊，映照着脸上饱经沧桑的沟壑。婆婆以及婆婆的婆婆都在这里添了一生的柴火，即使煮的糠菜，生命也在这黑黑的锅里延续。

　　如今怀念的味道，来源于母亲操灶的这间有点幽暗的厨房里。翻遍烹饪书籍，始终做不出母亲的味道。

　　老屋的墙壁上刻有父亲记下的稻谷收获数字，有炊烟熏黑的痕迹，有父亲劳作回家后仍光着的古铜色的身子、肩上搭着的那条被汗渍后已经泛黄的汗巾以及母亲背着我们一边做家务一边哼着童谣哄我们的投影。

　　父母像老屋土墙一样坚硬的肩头，托起了后人的一片片蓝天，让一代代子孙繁衍不息！

　　老屋的声音低沉而隽永。

　　历经千百遍的风吹雨淋，竹林间风动的嘎嘎声，屋瓦上雨水敲击的滴答声，狂风怒号的呜呜声，老屋都听着、挡着！却从来没有怨言，没有怒语，最多在屋瓦间流转着风儿透进的呼呼声，屋漏雨水落盆时发出的叮当声……

　　老屋贮满了老人床前的嘘寒问暖声，贮满了孩童的嬉笑打闹声，贮满了秋虫的唧唧欢鸣声，贮满了挑回的水倒入水缸时的哗哗声……声音回响在老屋的每一条墙缝里、每一块屋瓦间。老屋哼着亘古不变的悠悠远远的歌！

老屋的目光睿智而慈祥。

老屋目睹着屋主人的儿子只在父亲手里接过一副碗筷，却不屈不挠，白手起家，多年之后，居然又是一大家子！

老屋看过女主人为落了水或受了惊吓的儿子喊魂时的虔诚，看过母亲倚门望儿期盼的眼神，看过游子归门时急迫地寻找爸妈的情景！

老屋看过庭前花开又花谢，看过燕子飞去又飞来！

老屋看着屋主人日复一日，年复一年：晨携朝阳锄禾去，暮带晚霞荷锄归！老屋看着一代代屋主人，无论富贵，抑或贫穷，总是关爱常在，亲情永驻！

啊，老屋这幅永不褪色的画图，我们长留心底，反复在脑海的荧光屏上播映，百忆不倦，余味无穷！

田　埂

故乡的老屋独立在四周满是稻田的中间，仿佛是孤立的处所。其实不然。屋子周围的一根根田埂，犹如人身上的脉管；走在田埂上的每一个人，犹如血管里的血流，血流滋润大地，大地充满生机！

田埂是活路。

田埂是生活的路，是干活的路，是活命的路。那宽宽窄窄、远远近近的田埂，把老屋和大大小小的每一块田、每一块地联系起来了，使父老乡亲从田埂走去，把种子撒播在土地中，把肥水浇灌在禾苗上，把稻谷收回到粮仓里。

田埂也和乡场联系起来了，把米和糠挑去或载去乡场上卖出去，把油盐酱醋茶从乡场上买回家，使老屋炊烟不断，让生命长驻人间！

田埂是情道。

田埂联结着乡邻家，联结着亲戚家，联结着朋友家，联结着爱人家。从这里出发，可以收获乡情，可以收获亲情，可以收获爱情。

从这里出发，还可以收获到师生情，可以收获到战友情，可以收获到老乡情……

田埂似蛛网。

蜘蛛凭借那张网，可以出击四方，收获猎物。老屋的主人凭借这些田埂，可以畅游天下，丰富人生。

田埂连着机耕道，机耕道连着乡村公路，乡村公路连着国道，国道连着铁路、连着码头、连着机场。东西南北，五湖四海，何所不至，何事不能？

一根田埂就是一条蛛丝，一根情丝；一根田埂就是一条生命线，一条金银线。

出生成长在农家的我等，哪一个不是在田埂上来来回回走过千百回？哪一个不是对住家房屋东边的田埂、南边的田埂、西边的田埂、北边的田埂了如指掌，即使在伸手不见五指的夜晚，也能从这些田埂上走回有灯有火有温暖的家。

田埂见证了：学子从这里走出去，成了专家、教授；贫儿从这里走出去，成了老板、富翁；乡邻从这里走出去，把关爱撒播在大江南北……

这些或东或西、或南或北、或长或短、或宽或窄的田埂，你不只是泥土、小草和露水混合而成的小径，你是我们通往成功、通往快乐、通往幸福的金光大道！

（此文前一则曾载《读者报》、后一则曾载《晚霞报》）

母亲的布鞋

1945年1月16日，即农历甲申年腊月初三，是我父亲和母亲成婚的日子。家境并不宽裕的爷爷，为父亲的婚礼请了大约三十桌客人，请人用花轿将母亲从十多里地外接来。下轿，拜堂，给父亲身上披红绸、头上插锡箔纸做的金花，说四言八句，索要喜封（红包），给父母敬茶，听父母训示，等等，全按当时办喜事的规矩。母亲本是一表人才，又正值19岁的妙龄，头戴金灿灿的凤冠，当遮在她头上的红盖头被父亲揭开时，客人们无不发出啧啧的赞美声。

当客人纷纷散去后，父亲和母亲发现丢了一样东西——母亲在出嫁前精心为父亲做的一双布鞋！

直到母亲80多岁了，那时父亲已去世，她住在我家，还时不时念叨婚礼上丢失的那双布鞋，遗憾之情溢于言表。我知道她在那双布鞋上倾注的情感和心血，所以才会这样一辈子念念不忘。我用我的字被人"偷"了的事来开导她：20世纪80年代中期，我在职考上成都大学。读书期间，有一次，书法老师办了一次我们班的书法展览。展出的第二天，同学们发现有几幅字被人揭走了！我的一幅也在其中。正当大家纷纷指责这种行为时，书法老师走了过来。他弄清事情原委后，笑呵呵地说："字被人家揭走，莫要生气，这是人家喜欢你的字，说明你的字写得好，应该高兴才是。"这样一说，那些没被人揭走的作品主人反倒有了失落之心。

我对母亲说，那偷你布鞋的人一定是看见你的鞋做得好。

母亲的鞋真的做得好。鞋底平整，针脚均匀密扎，鞋面平圆光洁。乡邻里其他妇女都自愧不如。有个婶子，她给丈夫和孩子做的鞋，前面有皱且扁如鲢鱼之嘴，十分难看；后跟不是向内勾而不易进脚就是软沓不贴脚跟，很易脱脚。她知道我母亲的鞋做得好，但她认为是我母亲有好的鞋样。做鞋有用纸剪的鞋样，鞋样分鞋底和鞋面两部分。她向我母亲索要鞋样，照着母亲的鞋样剪去做鞋，结果做出的鞋仍和她以往做的差不多。这和工厂里生产产品一样：同样的图纸和规格，有的产品合格，有的产品不合格。

母亲做布鞋，我也是帮手，当然还需父亲在街上扯回做鞋底的白布和做鞋面的黑布或花布。

做鞋底最费工夫。先要有布壳，而且要好几层。

布壳的做法是：母亲先将不能穿了的旧衣旧裤拆成一块块碎布，用米粉打成糨糊，取下门板平放，将糨糊抹在门板上，然后铺上一层布，一块一块拼接至满门板；又在布上均匀地抹上糨糊，再铺一层布。一共要铺三四层。将其晾干取下，即成布壳。

做布壳的功夫主要体现在拼接布块上，拼得好，布壳平整，不然会厚薄不均、凸凹不平。鞋底、鞋面都需要布壳。鞋面用一层布壳，布壳面上再贴新布，内里一般用白布，表面用黑布或花布；黑布鞋面多是用于做男鞋，花布鞋面多是用于做女鞋。鞋底要用几层布壳。

为了节约布壳，鞋底还要衬垫笋壳。老家一带，几乎每个院子都是翠竹环绕。我和母亲常在竹林间寻捡那些粗竹脱落下来的大匹笋壳。笋壳上长有密密麻麻会刺人的细毛，要用火钳去夹。笋壳取回后，母亲让我用稻草将笋壳上的细绒毛刺全部擦掉，成为一匹匹光洁的待用笋壳。鞋底除用几层布壳和内衬笋壳外，外面要用新的白布包裹并粘贴平整。

纳鞋底是做布鞋最费时费力的活儿。母亲用自制的麻绳，将麻绳穿进专门用于做鞋的针孔。用专门用于钻鞋底的锥子，先在鞋底上锥上一个小孔，然后用鞋头针穿进麻绳。用锥子先锥一个孔后再纳，虽省力却费时，母亲多数时候都是直接用鞋头针纳鞋底。母亲左手持鞋底，右手大拇指和食指持针，用戴在中指上的顶针助力，在鞋底上，一针又一针，一行又一行，直至纳完一个鞋底。母亲纳的鞋底，不仅针针扎实有力，而且针脚排列整齐，横看竖看斜看都是笔直一条线，使人想到部队接受检阅时的整齐队列。

母亲不仅带孩子、做家务，还要下田帮父亲点播种子或收摘果实，单就做鞋，要给父亲做，给几个孩子做，给公公、婆婆、小叔子做，有时大年三十晚上还会在油灯下赶做衣和鞋，就为了让一家老小正月初一穿上一身新。那情那景，那份辛劳，我至今难忘！

每逢佳节倍思亲。如今我脚上穿着皮鞋，心里却总是想着母亲为我做的那一双双尺码不同的精美的布鞋，想着那凝聚着母爱的密密的鞋底上的针孔，想着那穿新鞋如同过节的日子；还想着，小小的一双布鞋，给了我们多少启示啊：那布壳是废物利用，那笋壳是就地取材，整个制鞋过程都折射出先辈们的聪明智慧和节俭精神，以及那一针又一针的执着和深情……

（此文曾载《华西都市报》）

文学是我终生的恋人

近日参加一个本地的文学沙龙会，一文友感慨地对我说："你看今天到会的几十人中，除了你和我，还找得到当年我们参加文学小组活动的人不？"

我抬头将到会的30多人一一扫过。是的，找不出第三人了！我们一一回顾着当年参加区上文学小组活动的人，谁谁谁经商对文学不感兴趣了，谁谁谁年老不想动笔了，谁谁谁彻底对文学失去兴趣了……

我们说的当年，指的是20世纪70年代。当时我们区的文学组织叫文学兴趣小组；后来，我们的文学兴趣小组改成文学创作者协会；再后来，我们的文学创作者协会又改成了今天的作家协会。

一位文友接受我们当地的一本杂志之约，要她写身边的人和事。她准备写我坚持文学爱好的事。她让我写几句感言，我写的其中一句是："文学是我终生的恋人。"

这虽是一句比喻的文学语言，但我的确是像恋人一样对待文学的。我10多岁时就开始做作家梦，15岁时开始在报上发表文章，20世纪70年代开始发表文学作品。发了作品的日子就像是过节！身在官场，却不花工夫去谋升职，却在写作这个"雕虫小技"上乐此不疲！写讽刺小品被好心人提醒过，仍不改初衷，疾恶如仇；写小说被人误会是写了人家，仍没浇灭自己的创作热情；把自己出的书无偿送给全国26个省、市的200多人，他们中有大学生、中学生、工人、农民、教师、干部，亲友和家人笑话我说："都啥年代了，还做这样的傻事！"

如今退休了，本来被聘在学校上课，每月有两三千元的收入，但我不去了。妻说，回来好好休息过晚年。可我"旧习不改"，又是一边做着文学组织和编辑工作，一边写着文学作品。别人退休了，闲得无聊；我却因有文学爱好而感到生活无比充实！

几十年来，我坚持由文学这个恋人陪伴着自己，从来没有觉得生活枯燥过！我相信，这个恋人还会永远把我陪伴下去！

2013年1月15日

人生乐无穷

　　某一天某一时刻，突然从母亲幽暗、憋闷的宫房来到世界上，自由地呼吸着空气，敞开喉咙大声喊叫，不亦乐乎！

　　饥饿啼哭之际，甘甜的乳汁源源不断地灌溉着饥肠，不亦乐乎！

　　父亲赶场，早早站立于竹林边等候，远望父亲的身影，飞奔向前，拿到父亲买回的麻花或其他零食，不亦乐乎！

　　打死一只苍蝇，放在单个行走的黄蚂蚁面前，全神贯注地看见它围绕着苍蝇转了一圈，然后离开回家。不一会儿，千军万马般的蚂蚁队伍涌向苍蝇，心中舒了一口气："喂成功了！"不亦乐乎！

　　第一次背着书包上学堂，既兴奋又紧张，领取了还有油墨香的课本，规规矩矩地坐在教室，"我是学生了！"不亦乐乎！

　　课堂上，老师念着自己的作文，全班同学静静地听，有的还投来羡慕的目光，自己心里则像喝了蜜一样，不亦乐乎！

　　升学考试后，张榜那天，怀着紧张而又希冀的心情站在榜前，一个名字一个名字地看，终于看到自己的名字了！不亦乐乎！

　　向学校的墙报投的稿子刊登出来了，正在看时，身边一个漂亮的女生问："哪个是傅全章嘛，这么会写！"听后耳热心跳，不亦乐乎！

　　第一次站上讲台，"起立！老师好！"望着几十双真诚的眼睛，既兴奋又神圣，不亦乐乎！

　　处女作《让青春闪闪发光》在杂志上发表后，去邮局取款，虽然汇款单上的数字只有5元，可这是多神圣的稿费呀，不亦乐乎！

　　站在山冈送别恋人，她渐行渐远，被前面的山坡挡住；于是又跑上前面的山坡，再次看见她的背影，目送至身影消失，不亦乐乎！

　　认识女友时，得知她想看《红楼梦》，于是马上到新华书店购得一套，赓即又到邮局寄出这无异于奉上自己爱心的书，不亦乐乎！

女友说她收到《红楼梦》后，躺在她闺房里的床上，高兴地把书抱在胸前，幸福地闭着眼睛……啊，她抱着书不就等于抱着自己吗？不亦乐乎！

子女幼时，教其唐诗，验其已能熟背"床前明月光，疑是地上霜，举头望明月，低头思故乡"时，不亦乐乎！

下班回家，蹒跚儿女上前抱住自己的腿，连连呼喊着"爸爸""爸爸"，不亦乐乎！

自己的生日，孩子们在电视里为自己点祝福的歌，写祝福的话，看着听着，不亦乐乎！

手机里收到信息，是女儿发来的，女儿在父亲节祝福自己健康！不亦乐乎！

翻阅报纸，突然发现上面刊有自己的文章，这一日心情愉悦，如过节日，不亦乐乎！

遇到一个刚认识的人，说他早就知道自己的名字，看过自己的文章，登在什么报、什么刊，写的是什么，还说了感受，知道人家不是胡吹的，不亦乐乎！

春风和煦的日子，同家人选一面山坡，铺几张报纸，拿出备好的花生、瓜子、水果，躺在地上，手捧一本诗集，任春风拂面，时不时念上一段，不亦乐乎！

夏日在河边浓荫下，伸一根鱼竿在水中垂钓，凝神屏息，见浮漂一沉一浮，提竿而起，钓的鱼儿活蹦乱跳，不亦乐乎！

约三五文友，于竹椅木桌茶园相聚，话题不离谈文章、说创作，不亦乐乎！

好友相聚，饭馆小酌，酒逢知己，话无遮拦，尽情说，尽情喝，不亦乐乎！

湖区旅游，租一小船，躺于船上，停止划桨，让船儿东飘西荡；仰望丽日蓝天，任思绪天马行空，万虑皆除，天人合一，不亦乐乎！

体倦不舒，妻儿床前问候，侍汤奉药，温情绵绵，不亦乐乎！

想那去到天国之时，能头枕老伴之膝，静静长眠而去，不亦乐乎！

想那化鹤之后，与妻共眠于绿水青山之间，仰观日月，近闻鸟鸣，不亦乐乎！

父亲是我一生的老师

我们每个人一生都会有很多个老师，但都有阶段性：小学的，中学的，大学的。如今想来，父亲却是伴我一生的老师。

在我还是孩童时，父亲用二十四孝的故事，什么王祥卧冰求鲤啦、孟宗哭竹生笋啦，教我要孝敬父母。他还给我讲廉颇、蔺相如的故事，说有了错要敢于承认，要像廉颇一样，自己去把黄荆条子拿给大人打自己，不是大人打起来了光晓得跑。他也讲了司马光砸缸的故事，让我好生羡慕司马光的聪明。他还讲了孔融让梨，使我不会去跟弟妹争东西。

父亲是个农民，只是读了一些时间的私塾，但这些故事能从他口里讲出来，说明那时的教育很注意用历史故事来教育人。

在我读小学时，父亲写了四句话给我："读书不用心，将来不成人；等你长大了，看你有何成？"父亲写的这几句话，虽然我当时并没记在本子上，但却一直记在心里，从没忘记过。父亲这个农民，虽有一点文化，但算不得诗人，他用这顺口溜似的"诗"来教育我，成了我一生的"名言警句"，让我一生受用。

每一学期结束，父亲最在意的是我的成绩通知单，平时则爱看我的作业本。有一次，他看到我的一篇作文，老师出的题目是《记一件有意义的事》，我写的是一个星期天，我们几个小伙伴玩得多么痛快的事。父亲指出，要算什么有意义的事？要像开飞机这样的事才算得上是有意义的事。

父亲对我的行为要求很严格。有一次，中午放学时，我跟别人学，把书包放在教室的神桌下（那时我们的学校在农家院里），原因是不背书包可以跑得更快。回家后，父亲见我没有书包，大概是怀疑我逃学，就大声指责我。我为了证明自己，就说住家附近某某某也是把书包放在那里的。父亲突然厉声指责道："你跟他学？他都是个瘟猪子！""瘟猪子"是指读书很不行的人。又有一次，学校出售师生种的蔬菜，我用父亲给我买零食的一百元（相当于后来的一分钱），买了一根一斤重的大黄瓜，高兴地拿回家，以为父母会很高兴，谁知父亲老是盘问我是不是偷的。待父亲问了同院的比我大的同校生李星树，得知我真的是买的才作罢。

多年后，我考上了中专学校。

后来我走上了教育战线，先当民办教师，后来转为公办教师，再后来被选调到家乡所在地的区委当秘书。又是几年后，当我的仕途受阻时，我本以为父亲会无比懊恼，因为父亲希望子女成龙成凤，光宗耀祖。谁知父亲又开导我，让我把这事看淡些，只要不占不贪，就能食也安然、睡也安然。

父亲晚年不仅喜欢用收音机听新闻，对国家和世界上发生的大事都知道，还特别喜欢读我在报刊上发表的文章。父亲戴着那副黑黑的、厚厚的、只有一边眼镜腿、另一边用线代替的老花眼镜，拿着发表有我文章的报纸或杂志，在老屋前的院坝里，坐在一条小木凳上看我文章的情景，已经深深地映入我的脑海。我能一生坚持文学爱好，父亲的关注也是一种潜在的支持。

父亲亦父亦师，我当永生铭记！

（此文曾在《晚霞报》发表）

让诗歌伴随着我们生活

中国是一个诗歌王国。我们的前人给我们留下了海洋般的诗歌。我们很多人的成长都受到过诗歌的熏陶。尽管现在有人感慨写诗的人比读诗的人多，但我的体会是，诗歌与我们的生活是密切相关的。

当老伴想寄希望于化妆品保持容颜时，我会来上两句提醒她："口红留不住青春，脂粉抹不平皱纹。"让老伴从多方面去葆有青春。

春天，当我们在山坡草坪上享受暖阳时，我会朗诵当代女诗人舒婷的《致橡树》，或匈牙利诗人裴多菲的《我愿意是急流》，增添了夫妻间的爱意。

夕阳西下时，望着天边灿烂的晚霞，我爱吟咏元人马致远的《天净沙·秋思》，激发自己对生活的热爱之情。

在长江的轮船上，我会站在甲板上，面对滔滔江水，在心中吟唱四川老乡苏东坡的"大江东去"，或成都新都人、明代状元杨升庵《临江仙》中的词"滚滚长江东逝水，浪花淘尽英雄"，感悟人生！

当妻子叹息有了眼袋、人一天天"老"了时，我常把苏联塔吉克斯坦女诗人格·苏列伊曼诺娃的一首诗献给她：

> 有人说苗条的身材，
>
> 不能保持到晚年；
>
> 有人说美丽的脸庞，
>
> 不能到老不变。
>
> 可是我看着你呀，
>
> 就不能这样断言。
>
> 有另一种美，
>
> 它不会随着年华而损坏……

（此文曾载《成都日报》）

爱的话题在延续

一个冬日的上午，温暖和煦的阳光照耀着大地。在一处清静幽雅的茶园里，一家三口正在一边喝茶，一边享受着阳光的爱抚。

父亲对妻子和孩子说："今天早晨我看了一篇文章，是前几天收到的《杂文报》上的，我都看得流泪了。"

父亲索性从手提包中取出那张报纸。出门前他已有意将那张报纸带上了。

父亲让妻子、孩子听着。于是，他开始念2009年12月8日"生活随笔"版黄艳梅写的《爱的方向》。

文章中引用了作家刘墉书中的故事：一次演讲时，他问，如果你的母亲和孩子同时陷入危险境界，你只能救一人，你将救哪个？众人难以回答。刘墉问了座前一对母女。女儿对妈妈歉意地说她会救女儿。母亲平静地说女儿做得对，说她自己也会这样做。

读到此时，父亲哽咽得读不下去。是的，他为那母亲的回答而感动得流出了热泪。他的妻子和孩子也静静地听着。

父亲接着念下面的文字，那是作者问老公，如果她和女儿同时落水，只能救一个时，你救谁？丈夫初时回答尽量两个都救。作者说只能救一人。丈夫又先对作者说对不起，然后说他会救女儿。作者知道丈夫说了实话，也知道这向下的爱是无可指责的。

读报的父亲掏出手巾揩拭眼泪。妻子带着湿润的眼睛问他："如果你母亲和我们的儿子同时落水，只能救一人，你救谁？"他默然一会儿，说："太难了！"这回答，很可能对身边喝茶的孩子有刺激。当他意识到这点时，心里更加不安，不好回答。妻子笑着对丈夫说："我知道你是个孝子，你做不到报纸上说的先救孩子的！我再问你，如果我和孩子一起落水，只能救一个，你救哪个？"丈夫又默然。

　　读报者更尴尬了，妻子在身边问出这样的问题，而孩子就在身边呀！孩子虽说已是成人，可还在毕业前的实习阶段，他也不会坚强到哪里呀！

　　正在这时，孩子发话了："如果真的遇到这样的情况，我认为父亲应该救母亲，因为母亲会陪伴父亲度过一生。"

　　读报者的妻子惊愕了，而父亲则一面在心灵深处呼唤"孩子，你太……"，一面止不住眼中的泪水大颗大颗地滚落下来！

（此文曾在山东省《德州晚报》发表）

龙泉山的秋夜秋声

朋友，也许你观看过龙泉山春天的百花，体验过龙泉山夏日的绿荫，品尝过龙泉山秋日的硕果，观赏过龙泉山冬日的雪景，可是，你亲历过龙泉山的秋夜吗？你聆听过龙泉山秋夜的秋声吗？如果没有，好吧，我把我的一次亲历与你分享。

那是一个极平常而又令我难以忘怀的秋夜，一个夜进龙泉山的秋夜！

傍晚时分，一个朋友从成都市区驾着小车，要到有成都"东大门"之称的龙泉山上的一个军营，接回他正在接受军训的儿子，他要我做向导。

空气格外清新，夜空深邃莫测，大山黑黢黢的，无边无际。

前些日子刚下过雨，山间公路上的坑洼处尚有积水，车子圆睁着一对大眼睛，小心翼翼地前行着。

我们的车子驶出龙泉城区不久，从我所居住的龙泉镇东边的飞龙桥开始，我们就融入了一片波澜壮阔的秋声之中！

"唧唧唧唧唧唧……""叽叽叽叽叽叽……""呷呷呷呷呷呷……"！声音从天上来，从地下来，从左边来，从右边来，从前面来，从后面来！

我知道，确切地说，这些声音是从草丛中来，从灌木中来，从树林中来。这是那些名叫"纺织娘""叫姑姑""蟋蟀""蚱蜢"以及各种叫不出名字的昆虫们的大合唱！

这无数的细弱之声汇合成了浑宏的声响，使我整个身心沉浸在这雄壮的声音世界里，耳鼓膜全被这种雄浑壮烈的声音撞击着。此刻，我浮想联翩，想起白居易《长恨歌》里"渔阳鼙鼓动地来"的诗句，想起自己知道的所有风声鹤唳、草木皆兵的历史故事，把头脑中想得起来的古今军事上和自然界中各种惊心动魄的场面都拿来和眼前的情景相比。我知道我的对比不尽合情理，但我还是要用这些场面来比，实在是这声音太气势磅礴，太震撼我的心灵！

我知道这些虫子都是小得用手指一掐就会粉身碎骨的生命，我想它们的叫声或是求偶，或是欢歌，或是哀鸣！就它们单个来讲，那声音的音量扩散也不过数尺或数丈之远，而当它们一起鸣叫的时候，竟是这般如同滚滚不息的雷鸣、仿佛是山呼海啸一般的气势！

我想到了我和这些虫子单独打交道的事。儿时，爸爸在前面用锄头翻地，我就趴在后面捉蟋蟀，然后把它们装在用细篾丝或麦秸秆编制的笼里，看它们互相撕咬打斗；我也想到了，当遍地金灿灿的稻谷成熟了，父亲和家乡父老打谷的季节时，我和其他孩子一道，站在稻田边，守候、捕捉一只只"蚱蜢"；特别是当一块稻田的稻谷快要割完时，"蛾花""鬼头子""千担公""老虎头""花鸡公""烟锅巴"等各种名儿的"蚱蜢"在空中乱飞，让我们专门捉"蚱蜢"的孩子们应接不暇，全神贯注抓捕！抓获的"蚱蜢"或放于专门装"蚱蜢"的竹笼里，或用狗尾草将"蚱蜢"从后颈处穿成一串一串的。晚上，大人会允许我们将白天捕捉的"蚱蜢"放在热锅里，待半熟时，铲起去脚、翅，再放入锅，炒熟加油、盐，一碗香喷喷的油炸"蚱蜢"就成了！我把最肥的"蛾花"拈给爸爸、妈妈吃，然后自己也慢慢享用，吃得舔嘴咂舌！我也想起了夏秋之夜，我和只比我大几岁的幺伯去捉"叫姑姑"。我们打着手电筒，或握着燃着的干竹片，循着"叫姑姑"的叫声，去到屋前屋后山林边或菜地里的竹丛、菜丛或草丛中寻找它们！我们捉住"叫姑姑"后，把它们置放在用麦秸秆编的笼里，把笼挂在屋檐下，喂以南瓜花、丝瓜花，每晚就在笼下听它们欢歌！

当我和这些昆虫单独相处时，它们显得多么柔弱无力！而今晚，我听到的却是这般的威势无比！

我实在是惊叹这群体的不凡！我在心底发出对这些虫子的礼赞，赞美它们的共同呐喊和同声相应的协作精神，赞叹它们群体焕发出来的震荡宇宙的伟力！

我实在是再也不敢小看这些虫子了啊！我是衷心感谢朋友赐给我一个领略秋夜秋声的良机；我后悔着那无数的日子就闷在屋内，而没有更多地投入大自然的怀抱，没有多领略一些如同这壮美秋声的时光！没有在这气势壮阔的虫声里得到柔弱与刚强的转变的启迪：一滴滴水珠可以汇聚成江河湖海，一个个普通的"草民"可以推动历史的车轮前进！

如今，每当我一静下来，耳里就会出现"叽叽叽叽叽叽⋯⋯"的声音！再动听的歌声也很难在耳畔重响，为何这秋声总会在我的耳中长鸣？

每当发出这种疑问时，我都会在心底由衷地赞叹：

壮哉，秋声！

悠悠茉莉情

成都人爱喝茶是出了名的，茉莉花茶是人们爱喝的一种茶。茶杯里放上一勺茉莉花茶，开水冲下，那蜷缩的茶叶舒张，紧抱的茉莉开放，淡黄清亮的茶水中，绿叶、白花上下漂浮，轻烟似的热气从盖碗中袅袅飘起，一种放松、舒适的感觉油然而生！

我的家乡就是出产茉莉花茶的地方。成都出东门不远，就是我的家乡成都市龙泉驿区的大面、洪河一带。这里属黏性黄土，适宜种植茉莉花。

采摘茉莉花有讲究：这项工作不像其他农活可以利用早晚阴凉之时进行，而要在夏天烈日炎炎的中午采摘！中午主要采摘开始泛白的含苞欲放的花骨朵。采花人在烈日下，弯着腰在一簇簇茂密的茉莉丛中，用手一朵一朵地采摘。采花人经受着天上的烈日烘烤和地里热气的蒸腾，往往挥汗如雨，衣裤汗湿！这就没有舞台上跳采花舞那么轻快了！记得有一年，我休假回乡下老家，一天中午帮家人采摘茉莉花，热得我受不了，索性把衣服脱了来摘。几天后，我背上的皮肤被我儿子一张一张地撕下来，那是被太阳灼伤的结果！

第二天早晨，采花人又要到头天中午采摘过的地里去采摘已经盛开了的茉莉花，这是头天中午漏摘的那些露白的花苞开了。早晨摘花，虽无烈日暴晒，但茉莉枝叶的露水往往使采花人的衣袖和裤脚全都湿透。有时头晚下了雨，地里的黄土黏在脚上，甩都甩不脱。

中午摘的茉莉花叫"桶花"，早晨摘的茉莉花叫"开花"。"桶花"品质好、香味浓、价格高，"开花"香味淡且价格低得多，所以采花人再热也要在中午采摘。

每当听到"好一朵茉莉花"的歌声，我的心就会漾起一股浓浓的乡情；每当听到人们说"吃水不忘挖井人"，我就会在心中接上一句"喝茶不忘采花人"。

茉莉花的香味有多浓，我的乡情就有多浓；茉莉花的歌声有多远，我的乡情就有多远！

（此文曾载《华西都市报》）

男儿有泪

2006年6月初的一天，天朗气清。古镇洛带新街的南山大酒店三楼茶厅，坐着四个四川联合经济学校的教师：雷孝友、邓启德、王友根和我。我们都是退休后应聘到这个有名的万人大校教书的。

刚冲上的茶杯里，浅黄色的茶水清澈明亮，片片茶叶在杯中浮沉，一缕缕袅袅的热气从杯中升起，在茶桌上空轻轻飘散。

我们在一起，话题总是离不了我们的本行，上什么课呀，有什么样的学生呀，正所谓三句话不离本行。

话题说到了期末考试。这个学校五校区这期期末考试的语文试题是雷孝友老师出的。作文题是让学生写到四川联合经济学校后一年来的收获点滴。

参加了语文试题阅卷的我把话题引到了一篇作文上。我说："我这次阅作文卷，发现一个男生的文章并没有很直接地写他的收获，却写了他在这个学校的一次经历。我看这份卷子时都流泪了……"

其他三位老师都凝神听了起来。

"那个学生在文章中写道，他刚到学校时，把现金买了生活用品，而饭卡丢了。他躺在床上，精疲力竭。最后他想到食堂去碰碰运气。他对一位女炊事员喊了一声'阿姨'，那个阿姨从他的语气和神态中仿佛明白了一切，没有多说什么，给他捞了一碗很干的稀饭，还给了他四个包子。他感动极了。更令他感动的是，第二天中午，那个阿姨又上门为他送来了盒饭，并说谁家都有孩子在外，你吃吧，你如果难为情，就努力读书，以后挣了钱再还我（分明是安慰这个娃儿的话呀）。那个男生端着盒饭吃时，眼泪止不住簌簌地落在饭里，不知是甜是咸……看到这里，我的眼泪也止不住流出来了。"

　　我转述到这里，声音有点哽咽了，眼泪又在眼眶里打转。我正担心自己"感情脆弱"，被他们在心里笑话，抬眼却看到雷孝友老师的眼睛红红的，王友根老师居然从衣兜里掏出餐巾纸在眼镜边擦起泪来，邓启德老师虽然还算稳得起，没有眼红、流泪，但看他那副神态，却也是此时无泪胜有泪！

2006年6月7日

"不忘初心"甚好

看见"不忘初心"这四个字，我顿生亲切之感。也许，这是因为其中有"初"字和"心"字吧。

是的，这"初"字的确让人喜欢：初花初果，让人心生喜悦；初恋初吻，让人心灵震颤；初春初秋，让人心有期盼；初升的朝阳，初战告捷……莫不让人心旷神怡。

这"心"字更是人的灵魂。中医理论说："心者，君主之官也。"有了心，何患人之不立？

又有一句话让我喜欢："人生若只如初见。"试想，友情、爱情，若能把初见时的美好保持到永远，哪里会有朋友的反目、夫妻的离异？

爱好、事业也莫不如此。如能坚守初衷，何患事业不成？

在龙泉驿区作家协会的一次例会上，振中电器厂的负责人聂在和对我说："老傅，你看今天在座的几十人中，当年一起搞文学的，如今还在坚持的有几个？"我抬头一一看去，发现只有我和他。那天雷孝友没来，如来了，也只有三人而已。当年是指20世纪七八十年代。那时，参加区文化馆召集的文学爱好者也有一二十人，其中有教师、干部、工人、农民。时过境迁，有的心有旁骛，无心再去码字；有的意懒心灰，不再热心创作；有的含饴弄孙，忙享天伦之乐；有的年老体衰，初衷也便渐忘……

我在荣昌读中专时，有一个同班、同乡、同姓的傅德华同学，是我佩服的不显山露水却暗自努力的第一个人。他当时写了一首诗："蝙蝠急急飞，明月更皎洁。理路思故乡，故乡更亲切。"一幅月下有急急翩飞蝙蝠的情景立刻在我脑中闪现；想象着"诗人"的思绪飞回几百里外的故乡成都东边的龙泉山，看那故乡的月，仿佛更圆、更亮、更清晰，正如杜甫诗中所写："月是故乡明。"我惊异他居然写出让我心动的诗来。一交谈，才知道他还有更大的雄心：他今后要写长篇小说！遗憾的是，几十年后，我提及这事，他已记不起当年他发过这样的宏愿了，甚至连这首诗也毫无印象。倘若他能不忘初心，不说一定写出长篇小说，至少可在今天的文学例会上与其他人一同切磋交流文学。

每当说到参加区作家协会活动的老年人居多时，我总免不了在心底产生无限感慨，我佩服这些老人，他们不忘初心，把文学爱好坚持到老，写出一首首赞美自然美景、赞美夕阳人生的耐人咀嚼的诗作或文章。我从他们身上也受到了鼓舞、汲取到了力量。

老聂当初白手起家搞校办企业，为的是给青年学子找出路，为的是给学校增添经济活力。倘若他捞到一笔就忘了初衷，忙着去享受，他就不会像现在这样，白了头还在创呀创！我亲见他为了创业、为了创客八方招揽人才的良苦用心。

君不见，有多少人，当初艰苦创业，也颇有成就，但就是不再思进取了。他们一掷千金，肆意挥霍，以为这是在享受人生。殊不知这样的结果，不仅耗尽了家财，也使自己的精神堕入苍白、虚无、无聊的境界。

初心可贵。无论岁月流逝到人生的哪一个阶段，不忘初心，既是励志，也是享受。

到母校去重温校友情，回想当初立下的报国志；到槐荫树下或某个咖啡店，去回忆难忘的牵手情；到当年的旧厂址，去回顾艰难的创业路……把一次次"初"再现出来，再想想哪些"初"忘了，哪些"初"没有忘，哪些"初"花结果了。

回顾一生开了多少朵初花，又结了多少硕果，是一件快乐的事，也许有时会有一些遗憾。但不要紧，生也有涯，也许正是某朵初花的凋谢，才成就了你另一朵初花的硕果。

2016年10月13日

养鱼换算盘

每当我看到如今的孩子只要需要什么学习用具，孩子的爸爸、妈妈或爷爷、奶奶就会立即给钱购买时，我总会不由自主地想起自己小时候养鱼换算盘的事情来。

记得那时我才八九岁，在家乡村小读三四年级。学校开始教珠算课，学生需自带算盘。当时家里有一把不知几代人用过的又老又旧的算盘，算盘架子和珠子的漆都斑驳脱落，毫无光泽。更要命的是，算盘架子四周逗接处已松动，经常处于活摇活甩的状态，一不小心就散了架，算盘珠子滚落得满地都是。我一边捡拾地上的珠子，一边听着同学们的笑声，真不是个滋味。还有就是，因为人小，别人的算盘都比较小巧，而我这把老旧的算盘却比较大，背在身上，很不协调。

看到别人的算盘，非常坚固，用手使劲摇，把算盘珠子摇得"哗哗"作响也安然无事。特别是看到有的同学用的新算盘，架子和珠子无论是黑色还是黄色，都是亮锃锃的，又好看又滑溜，好生羡慕，好想自己也拥有一把！

尽管如此，自己也从没埋怨过家里。我寻思着怎样才能拥有一把好一点的算盘。

那一年，父亲把房前一块长形地垒了一根埂，扎了一截，灌了水，栽上红慈菇苗。后来这红慈菇长大了，我才知道它的学名叫荸荠。这栽了红慈菇苗的一截地这时就成了一块小方形的水田。水田中，慈菇苗一天天长高，并不断分蘖长出新苗。田边地上有一棵李子树，把大半个慈菇田遮上了。水清清的，还有一些绒绒的小草。这多么适合鱼儿生长呀！我动起了养鱼卖钱买算盘的心思来。

我到别的田里、沟里去捉鱼，把比较小的都放进这个慈菇田里，这些鱼几乎都是鲫鱼。我每天都关心着这些慈菇田里的鱼儿，怕邻家儿童知道我养了鱼，会趁我不在时去偷捉；担心水少了会把鱼干死，适时提醒父亲向慈菇田灌水；担心下大雨涨水时鱼儿会跑掉……

几个月后，当慈菇苗开始枯黄时，父亲要将慈菇田里所有的水放掉，让慈菇田变干，有利于慈菇的后期生长。这时，我才告诉父亲我在慈菇田里养了鱼。我还对父亲说，要他帮我去街上卖鱼，并用卖鱼的钱给我买一把算盘。

放水的那天，父亲挖开田缺，慈菇田里的水开始汩汩地流向田外的水沟。慈菇田里的水越来越浅，一条条鲫鱼开始露出脊背。这时，我开始捉鱼了。我把一条条白生生的鲫鱼轻轻捉起，放到早已备好的盛有清水的盆里。我必须轻捉轻放，这样鱼才不会受伤、不会死，才更鲜活，才更好卖。

一条条养下的鲫鱼都被捉到盆里了，望着这些活鲜鲜的鲫鱼，我说不出的高兴，用今天的话来说，很有一种成就感。当初放养时，每一条鱼只有一两指大小，如今全是三四指甚至有一巴掌大的。那时我们说不是很大的一条鱼的大小，多数时候都不说有几两重，而是说有几指大，就是指鱼从背到腹的宽度有几根手指宽。说有巴掌大，就是指有五指大。

父亲把我养的鱼拿到乡场上卖了，并给我买回了一把黄亮颜色的小算盘。我当时也没去问父亲卖鱼的钱够不够买算盘，反正就得意自己养鱼买上了算盘。从此，我就用这把小算盘读完了初级小学和高级小学。

后来，我考上了一所中专学校。一次应用数学课堂上，老师在黑板上写下一长串数字，让我们用这串数字去乘另一数字，谁先在算盘上乘完谁举手，并在黑板上写出乘后的正确数字，看谁的算盘打得又快又准确。我知道自己打算盘的功夫比起那些能用双手打的人还有差距，但这时我心里也想争取拿第一。当时心中畏惧一个人，他是班长，听说当过多年会计。但最终结果，我是第一个打完且正确的人。此是后话，但也是用那把小算盘打下的基础。

2017年7月13日

给母亲请保姆

父亲故去后，母亲从乡下住到了我家。我们大人要上班，小孩要上学，母亲住来时已近80岁，又住在五楼上。为了不让母亲感到孤独寂寞，我和弟弟商量，决定为母亲请保姆陪伴她。

母亲在乡下时，父亲教会了她打麻将、纸牌。因此，我们请保姆的条件首先要会打麻将或纸牌。当然，实在不会的也可以，由母亲教。

保姆陪母亲打麻将、纸牌，为了提高兴趣，也要兴钱。为了不让保姆输钱，我们的规矩是保姆赢了是她的，输了由我们补上。

要请到很满意的保姆不易。有的是母亲不喜欢，有的是保姆不习惯。比如我们为让母亲晚上有人陪伴照料，要求保姆要与母亲同住一室，有的住在本城，想经常回家住的就不太情愿。

每一个保姆来到我家，我们都会对她说："你随便些，你在我们家的时间里，你和我们就是一家人！"

有一个保姆，刚来时，把门边地上所有的拖鞋洗得干干净净的，并自信地说："我先干三天，你们满意了才请我！"看她洗鞋这个动作，再加上她又是开过馆子的，厨艺不错，我们当然乐意地接纳了她。谁知过不了多久，她不再陪我母亲打麻将，而是每天上午、下午都到楼下茶园去打麻将，近午近晚才回家草草弄饭。后来她家里有事，我们也就随她去了。

有一个保姆，身强力壮，炒菜时，不分青菜、白菜，一律大放海椒豆瓣，使得每样菜都是红彤彤的，咸得辣得不能入口。每当这时，她就不好意思地傻傻地笑。她说在她家，饭菜都是她老公做，她每天外出蹬三轮车。她是想换个工种才来当保姆的，但她觉得天天在我家憋闷，还不如在外跑起舒心，所以没干多久也就走了。

有一个来自大山深处的保姆，人倒是比较忠厚，但就是学不会打麻将。

母亲教得恼火，她也学得恼火。我也教过，但没法，随学随忘。一分钟前教的，一分钟后忘。

有一个保姆在我家只干了三天就走了，她说太闲了不习惯。但我很感谢她。她到我家的三天中，恰遇地震，母亲当时坐在阳台上，身边很重的书柜都移动了位置，书柜顶上的合订报都被摇了下来。正在母亲惊慌之际，这个保姆把她背下了楼。

有一个保姆，在中介那里，她听了我的介绍，流露出愿意来我家的意思，但她想不给中介费，起身往外走，示意让我到外面去谈。但我觉得这样不好，就没马上起身。待我出去时，已不见人影，而我也觉得此人比较精干。只记得她说她是石经寺那里的人。第二天，我乘公交车到石经寺，询问打听有没有一个在外当保姆的。这个说哪里有一个，那个说哪里有一个，都是好几里远的，不得要领。最后终于打听到她住在距石经寺一两里的地方。我步行前往，找到她的住家，可她又外出了。我留了电话给她的邻居。当天，我和她电话联系上了，她同意到我家做保姆，并约定第二天来我家，我到龙泉汽车总站接她。第二天，我在车站接到她，帮她提行李，心里很高兴为母亲请到一个看起来不错的保姆。谁知到家后，当天她就托词离开了。我们百思不得其解。最后猜想可能是看到母亲寝室里放有便桶。

还有一个保姆，是母亲比较满意的，因她善于讨母亲喜欢。这个保姆胃口特佳，买再多的菜，一定全做，也不会剩菜，都会被她"一举扫光"。胃口好、多吃点不算啥，但她白天出去另寻一份散传单的事。我们觉得这一点不能接受，想辞退，但母亲不愿，她宁愿白天自己一人处，还让我们给这个保姆涨工资。

很多人都认为只要有钱就能请保姆，是可以请，但要请到自己满意的也难。所以夫妻之间还是多关心对方一些，多攒身体少攒钱，让老伴多陪自己一些时间为好。

2018年1月23日

（此文曾载《晚霞报》，有删节）

漫话对联

对联是一种特殊的文学样式，深受人民群众喜爱。春联能增加节日的气氛，婚联能助长喜庆之情，寿联能助人祝寿，挽联能寄托哀思，名山大川的对联能帮助游人理解名胜的历史和激发游兴，庙宇中的对联能启发我们对人生的思索……

对联最初是由门悬桃木板而来，因为古人认为桃木可"驱邪"。第一副文字对联是后蜀主孟昶写的"新年纳余庆，嘉节号长春"。

欣赏对联是一件赏心悦目的快事。由于对联的书写，要求字数相等、词性相同、平仄相对，所以文字简洁明快，读来上口，易读易记。对联寓意深刻，内中有典故、有哲理，发人深省。对联的书写有楷、有行、有隶，还可欣赏书法。对联和门神一文一武，"护佑"着门内主人平安吉祥，虽然仅是一种寓意期盼，但也足可使人流连，反复吟咏。

对联可长可短，短可三五字，长可数百字，昆明大观楼长联180字，青城山建福宫长联194字，望江公园长联212字。

有几副对联在我心中印象深刻。

"大肚能容，容天容地，容天下难容之事；开口便笑，笑古笑今，笑世间可笑之人。"这副对联据说是朱元璋拟的，常书写在古庙中的弥勒佛旁。我每次到庙里，不烧香不拜佛，除了或看风景或品楹联或陪家人或享一种肃穆的氛围体验外，就爱站在弥勒佛这"笑头和尚"面前，在心里跟着他笑，笑出了宽容豁达之心。

新都宝光寺有一联："退一步看利所名场奔走出多少魑魅，在这里听暮鼓晨钟打破了无限机关。"每当我在心中默念它时，感觉总能帮助我们正确对待名利，参透人生。

20世纪70年代初，那时我在家乡界牌中学教书，有一次学校组织野营拉练活动，我们带学生到青城山，夜宿天师洞，天不亮就到上清宫附近的"观日亭"静待日出。"观日亭"亭柱上的对联是："弥天宿雾收，万象正恢飞动意；一日凌云出，群山齐失自高心。"这是我无论在课堂上还是在文友聚会时，击节赞赏的一副状物写景的对联。它把青城山新的一天来临描写得出神入化，把日出东方那色彩变幻，特别是那寓意写得形象传神：是啊，山再高，高得过太阳吗？它告诉我们再有成绩也要谦虚，不要骄傲。

有一副大家都很熟悉的对联："风声雨声读书声声声入耳，家事国事天下事事事关心。"这是一副典型的上联写景、下联抒怀的对联。

有一副用于理发店的对联："新事业从头做起，旧现象一手推平。"语意双关，既形象生动，又寓意深刻。

清人左宗棠有一联："子将父做马，父望子成龙。"将父、子、龙、马四个字巧妙入联，写出人间天伦之乐和人生期盼，堪称佳联。

成都武侯祠有一副赵藩拟的脍炙人口的对联："能攻心则反侧自消从古知兵非好战，不审势即宽严皆误后来治蜀要深思。"

汉语言博大精深，仅对联就丰富无比，就值得我们学习、玩味，增加知识，丰富人生。

2019年2月3日

为陌生人祝福

一天，我正穿着厨房用的围裙衣，在厨内灶上熬炼猪油，忽然听见"笃笃笃"的敲门声。我用还有一些油腻的手打开门，一看，三个年轻人站在门口：一个高挑帅气的小伙子，两个显得有些羞涩的姑娘；地上放着一个手提袋。

小伙子一边开口，一边拿起一个像小收音机一样的东西。此刻，我脑海的屏幕中立刻连续出现几个镜头：

一次，一个敲门卖蚕丝棉絮的中年男子，拿出的一床床蚕丝棉絮只比厚纸厚一点，我们认为很难使用，也就没买；

另一次，又是一个中年男子敲门推销菜刀，我买了一把，没用几天就生锈卷口，只得弃之不用。

在我的印象里，敲门推销的货都不是好货，推销的人也很难让人信任，甚至有人说这些人有可能是"打吊线"的人，即先摸清情况再进行偷窃的人。因此，对这些敲门销售产品的人，我们不少人对他们岂止无好感、不信任，有时简直是用防贼的眼光在看人家。

遇到这些敲门推销产品的人，我出于礼貌，一般都要听人家介绍一下；妻子则比我果断坚决，往往还没弄清人家推销的是什么，就喊着"不买！不买！"。我也知道，我的熟人朋友中，有的人更是一开门见是推销产品的，没容来人开口，立即关门；有的则从门上的猫眼里看见，连门也不开。

可这次，我却推翻了以往我对敲门推销产品者的成见，认真听小伙子介绍刮胡刀的功能、使用方法后，马上决定买上一个，售价49元。

我用几十年人生的经验和眼光，判断这几个小青年，一定是在这就业形势十分严峻的形势下，选择的一种职业和生活方式。从他们的年龄看，也许不是大学生就是中专生。他们也许学的是营销专业。看得出，那个男青年或许已有了一些营销经验；或许虽无经验，但在两个弱女子面前，男子汉自然担当起了主打作用。那两个女子明显是才开始跟着跑营销的，那么羞涩的样子，让她们当坏人都不可能。谁也说不清楚，也许若干年后，他们的事业成功了，而且就是得益于这上门推销得来的经验或从中得到的启示与感悟。中外有不少先跑营销，后来成就大事业的例子。

再联想到自己家中的小男孩，前年药学大专毕业后，暂时去做"大学生服务基层志愿者"，每月只能挣1000元多点，他多次提出要去跑营销。我们觉得他不适合做营销工作，劝止了他。试想，如果自家孩子也去跑营销，还不是会和这几个年轻人一样地工作。想到这里，我不仅没有丝毫瞧不起那几个年轻人的意思，反而生出一种敬意！是呀，他们也许会遇到白眼，但他们没有抱怨，没有放弃，没有只知"啃老"，他们在闯自己的路！这是多么难能可贵呀！

我站在阳台上，目送着这几个年轻人，心里油然生出一种爱意，并在心里默默祝福他们的人生拥有一个光辉的前程！

（此文曾在《华西都市报》发表，发表时题目为《上门推销的人》，被中国青年网等多家网站转载）

《家》书伴我度春秋

四川省成都市龙泉驿区龙泉街办合龙街96号1幢1单元9号，这是我的家。

离我家最近的一条街，名叫卧龙街。走在卧龙街，我常常在心中想：卧龙街上有没有"龙"？

离卧龙街往北只几百米，有一座川西建筑风格的建筑物，莫言题写：巴金文学院。

巴金文学院内，展览大厅门口正上方，有一幅巨幅的巴老照：脸是那么慈祥，眼是那么智慧！

巴金，又名李芾甘，《家》的作者，他就是我心中的卧龙！

我有幸与巴老近邻。每晚散步途经这里，我会抬头望一望这心中的"圣殿"，头脑中会映现出那张慈爱睿智的脸庞！心中又会跳跃出"鲁郭茅，巴老曹""激流三部曲""爱情三部曲"……半世犹记《家》《春》《秋》，古稀仍念《雾》《雨》《电》！

20世纪60年代中期，我考上四川荣昌畜牧兽医学校。除了学习语文、数学、化学、动物解剖学、兽医学、中兽医学等普通文化课和专业课，我把大部分课余时间花在泡图书馆和看课外文学书上，《家》《春》《秋》就是在这个时候读的。我们几个业余文学爱好者，或在教室，或在寝室，或在向阳的山坡，或在散步的铁道旁，议论着、分享着各自看的中外名著。巴金《家》中的高老太爷、克安、克定、高觉新、高觉民、高觉慧、梅、鸣凤、瑞珏……都是我们议论的人物。我们为高老太爷的封建霸道愤怒着，我们为克安、克定的"不争气"鄙视着，我们为高觉新的软弱叹息着，为觉民和觉慧的觉醒、勇敢赞美着，为梅、鸣凤、瑞珏的遭遇惋惜着、哀叹着……

不少人认为，巴金在《家》中描写的人物，只是这种大家庭才会有。其实并非如此。巴金刻画的人物形象之所以具有典型性，是因为在普通家庭仍然不乏类似的人物形象。农村中每个家庭当家的父亲，都或多或少有着高老太爷的"霸道"，因为他们是一家之主。我就觉得自己好像就是高觉新。我们兄弟姐妹四人，我是老大，且比排行老二的弟弟大6岁。有时，父亲母亲意见不合，都向我这个老大倾诉，可我总是只听不说。我不便说，我不敢说。而弟弟则比我爽直大胆得多，我觉得他有觉民、觉慧一样的性格。

我们把《家》《春》《秋》比喻成当代《红楼梦》。它影响了我们一代人、两代人！我们读着《家》《春》《秋》，从青年走向中年、晚年！几十年过去了，书中那些人物的影子时不时还会在我的脑中晃动。觉新的委曲求全，觉慧的勇敢决心，都令人感慨感奋！甚至连觉民和琴站在窗前，觉民一只手揽着琴的腰的描写，对于当时还没要朋友的我来说，那情那景都是令我怦然心动和长久记忆的。家中有时做事你推我、我推你时，我还用书中"大懒使小懒，小懒使门槛，门槛使土地，土地坐到喊"的句子来调侃，活跃家庭气氛。

记得当时不少学生受传统思想影响，不愿从事畜牧兽医工作，专业思想不牢固，学习积极性不高。觉慧那种敢于冲破专制家庭的思想和行为激励了我，我在《四川日报》上发表了《改造世界观　一心为革命》一文，在文中表达了把青春和一生献给祖国畜牧兽医事业的决心。

我们把《家》和它的作者紧紧地融合在一起了！一提到巴金，脑中自然会联想到《家》；一提到《家》，自然也会想到巴金。我们还把巴金想象成书中的觉慧。

我们热爱、尊敬、崇拜《家》这本书，也热爱、尊敬、崇拜书的作者巴金。巴金也的确是值得我们热爱、尊敬、崇拜的人！他的"把心交给读者"的教诲，他的"说真话"的言行，都深深地影响着我、教育着我，使我的文学创作总是保持着真诚、真实的风格。

1977年7月25日，我高兴地收到了巴老给我的复信。那时我在成都市龙泉驿区委做秘书工作。

1977年5月10日，我的日记内容是：

　　《文汇报》登巴金散文《一封信》，颇有感触，去简巴老，函中有看文之激动情景、回顾过去对巴之印象、祝愿、希望等。

即我在读了巴老的文章后，兴奋之余，给巴老写去一信，谈了我对他还健在的惊喜和对他的仰慕之情。因为早在20世纪60年代中期，我在四川荣昌畜牧兽医学校读中专时就听传闻说巴老已不在人世，作为一个爱好文学的青年学子，我心中一直怅然，所以才有今日之意外、惊喜之情。

巴老热爱家乡的精神也深深地影响了我。从2017年起，我先后在《人民日报·海外版》发表了《成都的雪》《桃乡三月》《到成都喝茶》《青冈树里寄乡愁》《成都城里芙蓉开》，每篇都有家乡龙泉的元素。

我与巴老的出生地和纪念地近邻，那是客观存在的事物；在心灵上与巴老相邻，那才是我主观上要努力的。

学习巴老讲真话、做真人，热爱家乡、讴歌时代，建设《家》中追求的新世界、新生活，这应当是我这个文学爱好者对自己的诫勉之语并当努力实践之信条吧！

2020年11月9日

（此文曾载《四川经济日报》）

游踪留影

桃乡三月

三月的一天，我们结伴到四川省成都市龙泉驿区桃乡赏花。

如果把一年四季用四种主色调来概括：春红、夏绿、秋黄、冬白。那么，桃乡的三月就最是这"红"的标志。

"到龙泉看桃花"已经成为成都人一年一度踏春的首选。不仅成都人爱去，其他地方的游客也慕名前往。

走进桃乡，但见山上山下到处是如璀璨红云翻涌、似斑斓赤锦铺地的桃花！十万亩桃林怒放的桃花让人眼花缭乱，置身在这无边的花海之中，你会感到自己被绚烂的春日气息笼罩着；山径上、花树下，人们陶醉在这艳丽多姿的美景之中。难怪歌唱家蒋大为来到这里也感叹说："这里的桃花太美了！"蜜蜂"嗡嗡嗡"的劳作歌声、蝴蝶忽高忽低的优美舞姿、燕子衔泥垒窝的呢喃，组合成了有声有形的春的意境。我们身边不时有姑娘站在树下，把红扑扑的脸蛋儿贴近那粉艳艳的花枝，真是"人面桃花相映红"！

从龙泉驿附近的飞龙桥到龙泉山的山顶，沿途漂亮的农家乐一家赛过一家。每天清晨，主人早早地打扫了庭院，烧好了开水，或在院坝，或在楼顶，或在桃花树下，备置好桌、凳，"花径为客扫，楼门为君开"，然后到门前恭迎赏花的客人。观花人从四面八方涌来，有乘公交车来的，有骑自行车来的，有包车组团来的，更多的是自驾汽车来的。车水马龙般的车流、人流，流向一处处桃园、一户户农家乐，赏花、照相、品茗、打麻将、摆龙门阵……据旅游部门统计，盛花期的周末，一天的观花人数可达十万人之多！

中午时分，随处可见桃花树下，或一家老小，或亲朋好友，围坐饭桌旁，桌上既有山乡水库所产的鱼虾，用红苕、玉米喂养的鸡、猪等肉食荤菜，更有城里人喜欢的野菜如血皮菜、灰灰菜、马齿苋、野苕菜等，倒上一杯蜜桃酒或枇杷酒，一边慢品，一边交流着新年的打算或人生的感悟，充分享受着这沐在春风、坐于花下的闲适自得。我们也选了一家农家乐，加入了游人的"百花宴"。

桃乡人和桃树相依为命。果农守护桃树一冬，为的就是让它们在春天一展风采。桃乡人眼里的桃花是美丽、智慧、奉献的化身，龙泉驿城中那婀娜多姿的"桃花仙子"塑像，寄托了桃乡人对桃花的无比钟情与厚爱。龙泉水蜜桃被誉为"天下第一桃"，远销东南亚、俄罗斯。

如今，国家级成都经济技术开发区、四川航天城、中国新兴的汽车城落户桃乡，平均每天有3400辆汽车从桃花树下开往祖国的四面八方。

（原载《人民日报·海外版》，被人民网、日本新华侨报网等20多家网站转载）

到成都喝茶

说到旅游，人们常爱用一句话点明旅游地的特点：到北京参观故宫，到上海游览黄浦江，到西安看兵马俑，到天津吃"狗不理"包子，到乌鲁木齐吃烤羊肉串……到成都看什么？吃什么？看的多了：武侯祠、杜甫草堂、宽窄巷子、金沙遗址、都江堰水利工程、龙泉山的桃花……吃的也多：龙抄手、赖汤圆、夫妻肺片、麻婆豆腐……还有许多人到成都是为了喝茶，体验一下成都人的喝茶情趣。

在成都，公园、街头巷尾、乡村道旁等地，都能找到茶楼茶馆或是茶舍茶铺。在人民公园、望江公园等大型公共场所，还设有室外的喝茶场所。在这些地方喝茶，不仅价格便宜一些，且其多设在大树之下、竹林之间，空气清新，常有鸟鸣声相伴，实在是难得的养身怡性、养精蓄锐的好地方。

这些室外的茶铺设备简洁一些：木方桌，竹椅子，盖碗茶。所谓盖碗茶，是指装茶用的杯，由三部分组成：茶托、茶碗、茶盖。喝茶时，左手持茶托，右手用拇指、食指和中指揭茶盖，一边用茶盖边沿拨开漂浮的茶叶，一边用嘴吹散茶碗中氤氲的雾气，慢品茶水的香醇。其优雅之姿、悠闲之态，令人艳羡。

外地游客在成都喝茶，不一定会选高档的茶楼，他们就要选那有木方桌、竹椅子、盖碗茶的地方。大概是他们觉得只有在这些喝茶处才能感受到正宗、地道的成都茶文化吧。茶客点茶后，掺茶师把毛巾往肩上一搭，拖长声音叫着："好哩！三花一碗！""素毛峰两碗！"随即左手端茶碗，右手提水壶，来到你面前，麻利地将茶碗放下，将茶壶提得高高的，"飞流直下二三尺"，壶嘴口一股细流直冲碗底，茶叶、花瓣立刻在茶碗中上下欢快地翻腾，或清亮或淡黄的茶水马上呈现在你眼前，顿时，一份惬意感油然而生，眼前的情景仿佛是一幅生动的世俗风景图！

喝茶已成了成都人休闲生活的一个表征。人们在喝茶时增进亲情、友情、爱情，也在喝茶中交流信息，谈生意、交朋友。成都人有时请朋友吃饭，常爱说："我请你喝茶。"喝了茶后才说："去吃点便饭。"好像吃饭倒成了顺便的事。

在成都九眼桥畔的锦江河边，选一喝茶处，可以一边品茗，一边观赏江边翩翩飞翔、忽起忽落的白鹭；一边眺望望江公园的楼阁，遥想当年唐代女诗人薛涛读书、制作薛涛笺、写诗抒情的样子；也可面对眼下缓缓流去的锦江水，遥想当年一排排浣纱的女娃，挥动玉臂，在江水中濯锦，让轻纱和流水一起漂荡……

（原载《人民日报·海外版》，被中国网、人民网、搜狐网等10多家网站转载，被四川师范大学选编为地方文学试题）

醉美芙蓉

昨年芙蓉今复开，秋风劲里又逢君。

望着眼前明艳丽姿的一树树芙蓉花竞相怒放，又忆起，那故乡老屋前，曾有一株比碗口还粗的芙蓉树，它的枝干纵横，枝杈散开，蓬蓬衍衍。开花时节，在绿叶丛中，满树粉红色的芙蓉花被绿叶簇拥着，在秋高气爽的环境中，舒心地绽开欢乐的笑脸。

儿时，我和邻家小伙伴常常爬到这株芙蓉树上去玩耍。有时家里人身上长有疮疖，母亲会让我去摘回一把芙蓉叶，将这芙蓉叶捣碎，敷在患部，几日之后，红肿全消，疮疖消失。

那一年秋天，女儿出生了。当时正在教书的我，拿着一本字典，翻找着满意的字眼，好作为女儿的名字。这种漫无目的翻找，效果并不理想，我很久都没找到那个期待的字眼。忽然，我的目光定格在了屋前那满树繁花之上！自己不正是希望女儿长得如那美丽鲜艳的芙蓉花吗？于是，我就用"蓉"字做了女儿的名字，这个字将伴随着她的一生。

芙蓉艳而不俗，丽而不妖。她有牡丹的艳丽而无牡丹的华贵气势，有梅花的风骨而比梅花美得多姿大气。芙蓉花树没有过多奢求，贫瘠的山梁之上，潋滟的湖水之畔，都能生根、发叶、开花，无须施肥，清水足矣。当大地上大多数植物枯萎，在一片枯黄的色调里，芙蓉的鲜活美艳格外引人注目，她在秋风萧瑟中独领风韵。正如苏东坡诗中所言："千林扫作一番黄，只有芙蓉独自芳。"

芙蓉形体上有单瓣、复瓣之分。那单瓣的犹如衣着明快简洁的姑娘，那复瓣的则犹如穿着美艳百褶裙的少数民族少女。有一种芙蓉的花色更是奇特，清晨的芙蓉花为白色，午时则为粉红色，傍晚变为深红色，一日三变，故而芙蓉花又名醉芙蓉或叫三醉花、"三醉芙蓉"。

中国种植芙蓉有三千年以上的历史，全国不少地方都有种植，但由于历史文化的积淀，使得全国有两个地方成为芙蓉的"望族之地"：

一是湖南湘江一带。湖南自唐代开始种植芙蓉，似锦的繁花，灿烂的花容，被唐末诗人谭用之写诗赞为："秋风万里芙蓉国。"以后，湖南便有了"芙蓉国"之称。

二是四川成都。成都与芙蓉有着很深的渊源，所以芙蓉成了成都市的市花，"蓉城"成了成都的代称。历史上，以成都为都城的后蜀主、那个被誉为"对联第一人"（他拟了"新年纳余庆，嘉节号长春"的对联）的孟昶酷爱芙蓉，命人在城墙之上遍种芙蓉树。

芙蓉花儿盛开之际，孟昶携花蕊夫人在城墙之上欣赏芙蓉，百看不厌。这花蕊夫人本姓徐，姿容秀丽，才华出众，她的这一称号亦是孟昶所赐。孟昶认为他的这位夫人用花来比喻不足以比拟其色，而是有花蕊之"飘轻"，即轻灵飞翔的妩媚体态。

可叹这花蕊夫人在后蜀被宋灭亡后被俘。但她的一首诗却成了千古绝唱。当宋太祖问她，蜀亡之时，为何没有殉国时，花蕊夫人悲愤地口占一绝来回答宋太祖：

君王城上竖降旗，
妾在深宫那得知？
十四万人齐解甲，
更无一个是男儿！

《一瓢诗话》高度赞美此诗："何等气魄！何等忠愤！当令普天下须眉一时俯首。"

宋太祖羡慕花蕊夫人的才貌，将她留在身边。花蕊夫人后被宋太祖的弟弟赵匡义"为社稷着想"射杀（一说患肠病而亡），宋太祖哀伤不已，命以贵妃之礼厚葬。

花虽美，但总是柔弱的。好在，成都的市树银杏高大、坚韧、挺拔！银杏树与芙蓉花，一刚一柔，刚柔相济，相得益彰，相映成趣。而这，每使我联想起舒婷《致橡树》的诗来。银杏树和芙蓉花，不正如有着伟岸身躯的橡树和有着红硕花朵的木棉花吗？

　　蓉城，是一个令人陶醉的、总是流溢着花香、永远充满着爱意的地方！

2015年7月5日

　　（此文曾在《人民日报·海外版》发表，标题为《成都城里芙蓉开》，文字稍有删节，被人民网、环球网、光明网、中国环境网、中国经济网、腾讯网、搜狐网、中国青年网、中国兰州网、内蒙古新闻网等近40家网站转载）

华山吟

巍巍乎！华山！

在我中原拔地而起，南倚秦岭，北瞰黄渭，有五千仞之高，拥十数里之广。险居五岳之首，坚为众山之王。峰分东、西、南、北、中，犹国疆之缩影；势胜泰、恒与衡、嵩，似金汤之扩展。东峰迎朝阳，接旭日彩霞光芒；西峰秀莲花，伴夕阳灿烂余晖。南峰极顶曰太华，势飞白云；云台、玉女来辅佐，相映成趣。卅六小峰峰峰秀，瀑布栈道处处景。峰奇石怪云成海，泉鸣瀑飞景似仙。五里关，青柯坪，千尺幢，百尺峡；上天梯，莲花坪，仙掌崖，南天门；老君犁沟，鹞子翻身；长空栈道，虽仅一道，有径可寻。云、雨、雾、雪，扮华山之丽容；风、霜、雷、电，壮华山之雄威！

中华威名，乃藉华山而名；黄帝尧舜，皆趋华山游巡。劈山救母，吹箫引凤，引人遐思无限；老子炼丹，陈抟斥虎，而今仍为笑谈。李白杜甫，诗记咏山；迁客骚人，刻石留念……

想我华夏子孙，而今仰慕华山美名，成群结队，扶老携幼，不远千里万里，前来游玩观瞻，岂独赏景，更为向往华山之神韵无限！

华山，一柄翘指蓝天的利剑！

华夏之族，几千年变迁，几千年鏖战，几千年耕耘，几千年繁衍，赖有利剑卫捍！

华山，一块硕大无朋的镇国玉玺！

镇华阴，镇中原，镇汉唐伟业，镇华夏威容，更镇神州二十一世纪的今天！

华山，如顶天立地的英武勇男！

观五湖四海风云变幻，历赤县九州沧海桑田；栉风沐雨难改豪杰本色，冰刀霜侵更显英雄儿男！

华山，似如花似玉的雍容美妇！

华美如玉的山石是"她"洁白的肌肤，大气壮美的山势是"她"母仪天下的慈颜！

华山，若不是天籁降落之飞来神石，定然是华夏凝结之民族精魂！

穷东海之水，写不尽华山之壮美；假天马之行，思不完华山之梦幻！

假以时日，去登朝思暮想之华山，歇脚华山松，问道玉泉院；赏红梅，观银杏，吃沙果，品山菇之美味，让黄河鲤入宴……畅游如此壮美之山，乐享当今盛世之年，若问曰：

天下山，哪里最壮、最美、最雄、最险？

吾必曰：

伟哉！华山！

椰树礼赞

当我第一次踏上祖国的宝岛——海南岛，首先映入眼帘的是那鹤立鸡群般的椰树。

如果把白杨比喻为北方之树中的伟丈夫，我要说，椰树就是南方之树中的伟丈夫。

当我在海南的海岸边遥望海天一色的大海时，当我在海口、三亚的城中街道上漫步时，当我在住宿的宾馆憩息时，我总是爱与椰树相依相伴，盘桓流连。我围着它的树身，仔细地端详它，抬头仰望它，心中赞美它！

坚中寓韧是椰树的品质。

椰树的树身在光洁中有着层次分明的圈轮，给人一种节节高升、步步为营的昂扬、稳健的感觉。它的质地既坚且韧，能堪重负。难怪它一生虽经千百次刚烈的海风劲吹而依然昂首！站在它的身旁，又会给人以可以依托信赖的感觉。它那顶部繁茂的叶柄叶片，显露出椰树的大气与活力。站在那绿荫如盖的枝叶下面，还会让人有一种被庇护的感觉。

挺拔多姿是椰树的形象。

如果用"玉树临风"这个对人的溢美之词来形容椰树，那是再恰当不过了。它的躯干通体灵光，干净利落，或直立，或斜倚，无不展示出玉立的风姿。

我站在椰树下，仰望那每一枝叶柄两侧对称的条状叶片，遐思道，如果这些叶片不分条而是整个连在一起，那该多好！那样不是更能遮住阳光和雨滴吗？那样，我们站在树下，不是可以感到更加舒适和惬意吗？

但当我有了一些思索后，我又嘲笑自己自作聪明了。我想，椰树的叶片裂分成条状，那是椰树在长期生长进化途中，为了有利自身生长的杰作啊！不是吗？当呼啸着吹来的劲风一次次扑向椰树时，它用条状叶间的缝隙把风力送走，让风儿无处着力，无从发威。试想，如果椰树的叶子连成一个整片，那就正中风的下怀，让它有了着力处，能在宽大的叶面上肆意摧损。

如果把椰树的条状叶片拿来与柳树枝条作比，它们共同的美丽是婀娜多姿，不同的是，细弱的柳枝是"小家碧玉"，苍翠柔韧的椰枝叶片则是"大家闺秀"。

如果没有椰树，海岛会显得多么单调枯燥。没有椰树的海岛，是一张平面的图；有了椰树的海岛，是一幅立体的画。

如果在海岛树种中选美，椰树成为冠军当之无愧。海岸边没有椰树的伫立，犹如赛场边上没有人来观看。蓝天下没有天地对接的椰树的衬托，大地没有那么富有生机！

硕果累累是椰树的精神。

多年前，那时我还在成都市龙泉驿区委做秘书，有一天，区委办公室姓马的副主任抱来一个椰子让大家分享。那清澈甘洌的椰汁沁入心田，那洁白清香的椰肉唇齿留香，我心中生了一个愿望，何时能亲见这椰子长在什么地方。

当我仰望着椰树顶端枝叶下长着的硕大的椰子时，我心里顿生感慨：它结出的、奉献给人类的果这么大，汁这么多，味这么醇！椰树多么无私啊！

椰子不仅汁可饮，肉可食，就是它的壳，也是工艺品的上等资材啊！每当看到书桌上那椰壳制作的梳着刘海的美丽可爱的少女头像，我就会想起多姿的椰子树，想起美丽富饶的海南岛。

随地生根是椰树的风范。

椰树的生长随遇而安。它无须人们刻意播种，也无须人们除草施肥。即便如此，它也显示出自己旺盛的生命力，将自己的物种一代代繁衍下去。

椰树又是多么坚强淡定：你近我，或远我，我都在这里生活；你赞我，或不赞我，我也在这里坚守。

椰树是海南人民的象征。海南的各族儿女从远古到现在，像椰树那样坚韧不拔，迎着海风，顶着烈日，在果林，在田间，在牧场，挥洒着勤劳的汗水；在车间，在商店，在各条战线，像椰树坚守土地一样，在各自的岗位上默默地奉献！

祖国的宝岛海南，在海南人民的辛勤培育下，变得越来越美丽！这里山美、水美、街美、树美、人更美！没有海南人的海岛，是一幅静态的画图；有了海南人的海岛，是一幅动态的图画！

海南像一艘巨船，它载着近千万海南儿女，"长风破浪会有时，直挂云帆济沧海"。在这艘稳健前行的巨船上，海南人民是水手，椰树是风帆！

2017年1月2日

南海观海

在我很小的时候，我对大海就充满了神秘和向往之情。

我家住在大山与大城市之间稍有起伏的坝区，随时可登高望远，也随时可到熙熙攘攘的都市去逛一趟。唯独没见过海。

于是写大海的文章自读自娱，于是买大海的画图悬挂于厅堂，然而总没见过真的大海。看了电影里出现的大海也不过瘾，因为终究没有亲到大海的身边去过。

当机会到来的时候，我是何等的欢欣啊！在海南岛的大东湾浴场，我和那相识的或陌生的男的、女的、老的、少的一起，欢呼雀跃，忘却宠辱，忘了岁龄，好似又回到了童年，天真地、忘情地扑向大海的怀抱。

一座座山也似的波峰排山倒海般地次第涌来。开始我紧张得很，担心被这海浪吞没。正在我准备朝海滩岸边跑回之际，却看见别人勇敢地面对浪峰走去，或跳或挺，全无一丝畏惧，我感到一阵惭愧，心里嘲笑自己，随即也壮了壮胆，迎向那哗哗而来的海浪。浪头一到，纵身一跳，那大浪即从身边溜走；或站立不动，让波涛从头顶翻过。如是几番，则非但不再怕那波峰浪谷，反倒遥望、期盼着一次又一次的海浪再次涌来。我在心里不断发出"快哉！快哉"的呼喊。此刻，我才真正明白了弄潮儿的含义，体会到了弄潮儿的乐趣，理解了弄潮儿的追求！我忽然想到，生活不也是海吗？困难不也是这一道道波峰吗？

我们还到了海南岛三亚市最南边的海边。站在那镌刻着"天涯海角"的海边巨石上，迎着刚劲的海风，遥望那水天相接、波浪涌翻的海面，顿时觉出个人的柔弱渺小来！我敢说，面对这烟波浩渺的大海，任何狂妄的人都狂妄不起来，任何骄傲的人也会失去骄傲的勇气！

但海的浩瀚，海的深广，却又把我的心胸开阔起来了；海的壮阔，海的雄伟，又使我一扫卑微的心态；海的刚柔兼蓄的风格，海的容纳百川的气魄，还使我悟到一点：如果不嫉妒大海的雄浑，不恐惧大海的气势，而是谦虚地让自己做大海的一滴水，不是能与大海共存了吗？！

我终于看到了海，我终于领略了海，我终于理解了海。然而，生活也是大海，我还要永远永远在生活的大海中搏波击浪呢！

（此文曾载《四川农村日报》）

难忘幽峡

小三峡位于长江边巫山县的大宁河。

当我们的游船从大宁河的龙门峡、巴雾峡、滴翠峡经过，仰望那"两岸连山，略无阙处"的刀削斧劈般的万丈危崖而使颈脖发酸的时候，我们仿佛来到了一个桃花源似的仙境，进到了"物我一体"的境界。

而最使我难以忘怀的是，每当船过险滩急流处，船工那使尽全力撑篙、迎着逆流而上的拼搏形象！只能坐20余人的小舟，还有机器带动，我们又全都下了船，过那急流回旋处，除船尾驾长全神贯注掌舵外，船头的三个船工都全力以赴地撑着船。他们一篙一篙地找准撑着点，然后一边呼喊着号子，一边拼尽全身之力，直至后仰时背部着船地呈仰卧状，好似在和水龙做着你死我活的斗争。我站在河岸上下意识地屏住呼吸，捏紧拳头，以致手心都出了汗。船终于冲破急流的阻挡，上到了较为平缓之处。此刻，船工们一边喘着气，一边用手拉着船，使船位固定，好让我们一个一个地上去。

船又继续行进了。此刻，船工们悠闲地坐在船头，一边听着我们说笑，一边回答着我们提出的问题。他们不说不笑时，悠闲得如同仙翁，刚才那激战仿佛不是他们进行的。

"你们看！前面那河滩上是不是人？"

随着这惊诧的声音，我们一齐引颈张望，猜测着。有的说是人，有的说是羊……待到船拢沙滩，人们才看清是两个小青年蹲在那里。那猜测是人的很得意，好像他发现了新大陆似的。我想，这些人每天在城市人海里出没，现在居然稀罕起人来，足可说明此地的"幽"和"静"了。如果要叫我们这些连声赞叹这"幽"这"静"的人长期在此地生活、工作，我们能行吗？而为我们服务的船工，也许会被有的人认为是"没啥欣赏大自然能力"的人，就是长期在这里出没的人！他们是拼搏者！想到这里，我望着船头的船工，心里油然而生敬意！

　　人的一生中，也会有种种艰难挫折，好似江河的急流险滩。每当这时，我们不也应该发扬拼搏精神，努力将生命之舟撑过那道道难关吗？

（此文曾载《成都晚报》，发表时题目为《幽幽小三峡》）

天府探源谒二王

地处祖国西南的川渝地区，山川秀美，君不闻：峨眉天下秀，青城天下幽，剑阁天下险，夔门天下雄。

距我家90多公里的都江堰，原名灌县，古典小说中称二郎神所居灌口是也。

因为有一个"堰"字，很多人开始都以为都江堰是一个堰塘。其实它是一个水利工程。

像都江堰这种虽是古代的，却至今仍然发挥着重要作用的水利工程，世界少有。

到四川旅游，看水可到九寨沟，看山可到峨眉山，看石刻可到大足、安岳，看大佛可到古嘉州乐山，访李白故里到江油，看武则天所居到广元……而能集既享山之幽美，又观水之气势，既寻天府源头，又谒治水圣贤于一体的，就属都江堰！

都江堰水利工程分三个部分：鱼嘴、飞沙堰、宝瓶口。鱼嘴起分水作用，飞沙堰起溢洪排沙作用，宝瓶口起进水、节制作用。

我站立在观看鱼嘴的观景堤坝上，手扶栏杆，心潮澎湃！你看，那像野马奔腾似的岷江从万山丛中呼啸而下，而到鱼嘴这里却乖乖地、驯服地、缓缓地，一部分向左流向外江（岷江主流金马河），一部分向右流向内江（孕育天府之国的源泉）。那形似鱼嘴的分水堤，现在是水泥加固，古代却全是竹筐装满鹅卵石垒就而成！我想象着古代先民全凭双手在这湍急的大江之中将鱼嘴垒成，那是多么浩大的工程！那是多么险峻的工程！我仿佛看见烈日下无数古铜色脊背在那里"哼唷哼唷"地劳作，仿佛看到朔风中仍在工地上不息奋斗的先民，我对勤劳、勇敢、智慧的先民油然而生敬意！

飞沙堰，看似一条普通的堤坝，实则有着重要的溢洪排沙作用，内江一侧的水多了就从这里流走。如今的飞沙堰堤坝也是用水泥加固，古时这里仍是使用的竹筐装石而成。

宝瓶口是凿断山脉而成的，起着进水和控水作用，因形似瓶颈而名。站在离堆公园靠宝瓶口一侧，我又手扶长排座椅的靠背，凝神地观看着滔滔岷江水从这里急切地奔腾着涌出这宝瓶口，通过蛛网似的河渠，流向以"温（江）郫（县）崇（庆）新（都）灌（县）"和成都周边地域为中心的"天府之国"，使这里水旱从人，旱涝保收，成为中国繁荣富庶的大后方。抗战时期，四川出人出粮之多都居全国之冠，应是有赖天府物阜民丰之功。又忆起，从前，宝瓶口河段每年都要清除淤泥河沙（飞沙堰虽有排沙作用，但不能完全排净），都江堰灌区的农民都会轮流来这里进行"岁修工作"，我的父亲就曾挼着锄头，挑着鸳篼，来这里劳作，以保证水流常年畅通无阻。望着这都江银水欢腾地流向前方去孕育着天府大地，真是"水润天府"，或曰"水孕天府"啊！想着这里就是天府的源头，不由自主地想到了修建这水利工程的"英雄"——李冰父子。

通过横跨岷江的"安澜桥"，来到祭祀李冰父子的"二王庙"。望着李冰父子的塑像，我在心里感慨着：很多庙宇中塑的神像大多是神话传说中的人物，而这里的塑像是实有其人，且是为官一方、造福人民的好官，而且还总结出"深淘滩，低作堰"的治水经验。几乎从不在泥塑木雕前膜拜的我，也情不自禁地向治水英雄深深地鞠躬。

到都江堰旅游，还可站在玉垒山上观看山下秀山丽水，吟诵"玉垒浮云变古今"的诗句；可以去登青城山，夜宿天师洞，品"青城四绝"：洞天乳酒、青城茶、白果炖鸡、青城老泡菜；可以起个大早，到上清宫附近观日亭去看东方天际色彩变幻中喷薄而出的朝阳，并且领略亭柱上那生动形象且寓意深刻的佳联："弥天宿雾收，万象正恢飞动意；一日凌云出，群山齐失自高心"。

2021年8月15日

秋游长松寺

成都龙泉自古寺庙不少，如长松寺、石经寺、金轮寺、菩提寺、白马寺、大悲寺、燃灯寺、金龙寺、大佛寺、柏合寺、龙华寺、迥龙寺、桃花寺、山门寺、顶佛寺……有的已经名存实亡，但最有名的当数长松寺和石经寺，现存的燃灯寺、金龙寺也比较有名。

一个秋高气爽的日子，我和友人徒步从龙泉镇燃灯桥出发，途经宝狮湖、三百梯，到达长松寺。

到了长松寺地界，首先看到的是一株枝叶繁茂的千年银杏树，须七八个人伸开双手手臂才能围住树身，我们都惊叹这树的生命力如此旺盛，历经千年风霜雨雪和雷劈而不朽，给我们以极大的震撼力。

我们来到唯仁山庄，伫立庄前，凝视着这年久待修的文物保护单位，遥想当年。

唯仁山庄又名长松山舍。它是避暑山庄。山庄依山势布局，主体建筑是中西合璧的双层楼房，总面积有6000平方米。我在20世纪50年代中期在界牌中心小学（地点在岐山寺）读高小期间，学校老师带领我们来长松寺活动时，就在唯仁山庄食宿，还看见房内墙边安有暖气的设备。

我们看到唯仁山庄前有一排高大的桂花树。此时正是丹桂怒放、桂蕊飘香的季节，一阵阵清香甜润的香气扑鼻而来。我们都不断地翕动着鼻翼，进行着深呼吸，想把这浓烈的香味多吸入一些到体内。桂花树下，铺满了报纸，报纸上密密麻麻地散落着金黄小巧的桂花花朵。原来这是住在这里的解放军战士在收集桂花，用来泡制醇香的桂花酒。由于桂花花朵的开放时间也是有先有后，所以这收集工作也会坚持好长一段时间。

我们又来到离山庄仅几米远的一座亭子。我们坐在亭子的横座上。我向友人们介绍着长松寺的情况和与它有关的传说。

长松寺位于龙泉山脉最高处（海拔1059米），林木葱茏，环境优美。长松寺古有著名八景：千年银杏、西寨斜晖、普铭大篆、成化丰碑、长脚仙踪、鲁班智井、云峰积雪、万顷松涛。

长松寺的著名还因为有一个"大和尚"马祖在这里驻锡过。

马祖（709—788），唐代著名僧人，法号"道一"，出家前本姓马，后人尊称他为"马祖"或"马祖和尚"。他本是四川什邡人，是中国佛教第七代禅宗。马祖道一是四川历史上最具影响力的文史名人之一，当时曾与司马相如、李白、苏东坡齐名。他先后在渝州、湖南衡山、福建建阳、江西临川、江西南康等地学禅传法，有得法弟子139人。

长松寺本是古蚕丛庙址，唐开元中马祖驻锡于此并扩建庙宇。唐明皇召对，赐名"长松衍庆寺"；又赐给名香，庙里为贮此香而建亭，名曰"御香亭"。

唐代著名诗人郑谷、宋代大诗人苏东坡、南宋诗人杨甲都有诗作赞美长松寺，说明唐、宋时期直至明代的长松寺都是声名远播的，不愧为蜀中一大名刹。

前面提到我读高小时来过这里，那时庙宇尚存，塑有姿态各异的菩萨，我曾一个人进殿去，感到森严害怕。那时长脚大仙的脚印尚存，我们纷纷站上去用自己的脚去比，我们一双小脚只占长脚大仙脚印的一小块。

关于长松寺的传说故事有好多，就我知道的有这样几则：

一是我在龙泉中学读初中时，学生中广泛流传说长松寺有"铁头和尚"，那和尚的头，子弹都打不进去。当时我虽怀疑，但也增加了长松寺的神秘感。

二是我家乡一带流传的，说住在长松寺的鲁班和长脚大仙打赌，一天，长脚大仙要到成都挑面粉，鲁班对长脚大仙说："你出门回来之前我把今天的活干完就是我赢，还没干完就是你赢。"长脚大仙爽快地答应了。当长脚大仙在成都市内挑上面粉，一步走到牛市口，两步走到簧门铺，三步即将跨到大面铺时，鲁班看到长脚大仙这种速度赶回来，自己的活做不完，于是整了长脚大仙一个"冤枉"：他将墨线一弹，长脚大仙的脚被什么东西一绊，打了一个趔趄，一个跟头摔下去，箩筐里的面粉倒了一地。长脚大仙只得慢慢用手将干净的粉捧回箩筐。待到他赶回长松寺时，鲁班的活已干完。因为长脚大仙在大面铺跌倒过面粉，所以大面铺过去又叫"倒面铺"。

三是我父亲讲给我听的。他说长松寺鲁班井会不断冒出木头来，长松寺就是这井里冒出来的木料修的。并说修长松寺没用完的木料拿去修的石经寺，所以石经寺又叫"剩经寺"，意思是用剩下的木料修的。

听完我的介绍，我们起身去林间溜达。一百多亩高大的松柏楠木高耸入云，遮天蔽日，犹如原始森林。但见沟谷幽深，岩石峥嵘。据住在这里的解放军战士讲，这里一年四季晚上睡觉都要盖铺盖。

我们往一高处走去。我们极目远眺。向东方看，但见简阳方向的浅丘起伏，犹如茫茫大海中的波翻浪涌。向西方看，则见成都平原一马平川，绵延远方，隐隐约约的一处处高楼矗立其上，一条条公路犹如白晃晃的带子飘落其间。

如是晴明天气，这里看西岭雪山更是澄明可见。如是冬季来这里，更可见到玉树琼枝，见到南国风光，也会有"千里冰封，万里雪飘"的景象。

参观完后，我们选择一洁净平坦处，铺开塑料布，摆上卤鸭、卤鸡脚、卤鹅翅，拧开啤酒，倒入纸杯，大快朵颐。

用完午餐，我们另寻公路返回，径直前往山泉镇，途中仍可饱览龙泉山的秀色美景。到山泉镇，在老成渝公路上搭乘公交车返回龙泉，结束了一天游长松寺的行程。

2016年11月15日

洞庭湖畔思范公

参观了韶山后，同行中有人建议去岳阳。我立刻表示赞同。那座岳阳楼令我心仪已久；那篇已经烂熟于心的《岳阳楼记》，是我练习书法时最爱使用的文本；那个被范公精妙描写的洞庭湖，那《岳阳楼记》中的两句名言，都深深地诱惑着我。

在岳阳楼上，我看着眼前的湖光水色、林木嘉卉、楼台石刻，却神思于范公当年描绘的洞庭湖景和人文故事。

岳阳楼中墙壁上有字迹很大的《岳阳楼记》全文。我本是一个羞于在公众场合"显摆"的人，这次却出人意料地要"张扬"一回。我让同行中的一个人帮我看着墙上的文字，我则背对着墙，然后朗诵起这篇《岳阳楼记》："庆历四年春，滕子京谪守巴陵郡……"一口气背完全文，同行的人和一些不相识的游人都投来鼓励的目光和掌声。

有人说我记性好，其实也不是，而是因为经常默诵它、使用它。我写毛笔字的水平虽然一般，但有熟人朋友索要时，也总是慷慨答应。有时索字人会说出要写的内容，有的则说随便我写什么内容。这时，我就爱写《岳阳楼记》。写的次数多了，所以也就记熟了。

喜欢《岳阳楼记》中两段写景的排比句："淫雨霏霏，连月不开，阴风怒号，浊浪排空；日星隐曜，山岳潜形；商旅不行，樯倾楫摧；薄暮冥冥，虎啸猿啼。""春和景明，波澜不惊，上下天光，一碧万顷；沙鸥翔集，锦鳞游泳；岸芷汀兰，郁郁青青。而或长烟一空，皓月千里，浮光跃金，静影沉璧，渔歌互答，此乐何极！"

更喜欢《岳阳楼记》中那两句千古名言："先天下之忧而忧，后天下之乐而乐。"这两句名言传达的精神和我们今天倡导的大公无私、先人后己不是一脉相承的吗？

喜欢《岳阳楼记》，也还喜欢文章的作者范仲淹。

范仲淹，因谥号文正，世称范文正公。他是一个值得我们喜欢、敬仰的人！

范仲淹是一个当官的人，但他不仅是当官的人，还是杰出的思想家、政治家、教育家、军事家、文学家。

范仲淹的成长之路并不平坦。他的父亲范墉因病卒于任所后，他的母亲谢氏因贫困无依，只得抱着两岁的他，改嫁他人，范仲淹也改从继父之姓，取名朱说，后来恢复原名。范仲淹少时家贫，在僧寺里读书，经常煮粥一小锅，待凝结后用刀划成四块，早晚各取两块，外加一点咸菜，即为一天的食物。

范仲淹是一个敢于申明自己政治立场的人："绝不阿谀奉承，有益于朝廷社稷之事，必定秉公直言，虽有杀身之祸也在所不惜。"他刚直不阿、直言敢谏、不怕得罪权贵甚至皇帝。当他奏请朝廷派人视察灾情，仁宗不予理会时，他敢质问皇帝："如果宫中停食半日，陛下该当如何？"

范仲淹是一个"居庙堂之高则忧其民，处江湖之远则忧其君"的人，是一个有作为的人。他在任上修堰浚河，造福百姓；助学兴学，助长学风。他在朝中，民间有灾，他上书要朝廷关注；朝中大兴土木，他进谏要求停止施工。

他还担任过边防主帅，提出过积极防御的得力措施，培养提拔过狄青等名将。

后世对他好评如潮。

欧阳修说他："公少有大志，每以天下为己任。"王安石说他："一世之师，由初起终，名节无疵。"

一座楼，名闻天下；一篇文，千古传颂；一个人，万人景仰；一种先忧后乐的胸怀，成为华夏子孙共有的座右铭！

2017年8月7日

芽庄：享受分享之乐

越南芽庄，海滨旅游城市。来这里旅游的人，最多的是俄罗斯人和中国人。观海玩海，这里和中国海南岛或泰国普吉岛差不多。当然，风土人情有差异，例如芽庄城里，除游人和店家，街上、路上大都是骑摩托的人，有的单骑，有的双人。这里没有红绿灯，横行过街，总需相机而行，好在街路不宽，瞅准时机，几步奔过，倒也相安无事。

在芽庄旅游期间，给我留下印象很深的是分享之乐，且是在无声之中。

有一天，行程安排是到一个岛上参观，先坐车，再坐机动船。我们那条船上，除几个船工外，游客二十来人，大体上是一半中国人（又几乎是成都人）、一半俄罗斯人。此时，暖阳高照，和风阵阵，绿波翻涌。中国人话语喧喧，谈笑风生；俄罗斯人则缄口不语，只偶尔有相邻的私语几句。

这时，我小声地对身边的妻子建议，把我们带的炒花生拿出来给大家吃。妻子担心如果人家不吃，那多尴尬。我用龙泉驿区有个模范教师参加国宴时，发现外国人特别爱吃油酥花生米的事给她打气。于是，妻子将装花生的塑料口袋打开，双手提着，送到每个人的面前，让他们自己伸手抓来吃。送到中国人面前，妻子说："吃花生！"他们边抓边说"谢谢"。见客气的只拈几颗的，妻子又说："多抓点！"送到外国人面前，妻子知道说也无用，只将袋子递到每个人前，示意让他们取食。无论男女，无论老少，知道这是友好表示，更不会怀疑食物有毒，都伸手抓取，并抬手以示感谢。妻子又将袋内所剩花生全给了船工，船工甚是高兴。一时间，全船人都在剥炒花生吃。我看见他们吃得津津有味，心里很是高兴。我说这是我自己用盐炒的。我说炒花生本可用河沙炒的，用盐也可代替，并可反复使用。有的成都人还边吃边向我讨教如何用盐炒花生，并担心会不会使花生米有咸味。我说盐炒花生不是煮花生，不会进盐味。

又一日逛珍珠岛，游乐园内，我正坐在一处可供休息的花台之上，面前走来的应是一家子当地人，其中有一个有点瘦小的小女孩。我将随身带的仅有的一小块条形沙琪玛递给小女孩，小女孩不惊不诧地接住了。她身旁的年轻女子和男子（应是小女孩的妈妈和爸爸）向我露出真诚和友好的微笑。接着又是一个老年女人和一个老年男人（许是小女孩的爷爷奶奶吧）对我报以友善的表达谢意的微笑。这时，我反倒生出歉意来，后悔身上没有多一点东西了，一小块糖糕收获了这么多微笑和真诚，心里真是无比感慨和欣慰。

我们住的宾馆，进出大门时，都有一个小伙子为我们开门。有一天，我先下楼，在吧台内坐着等妻子和同行的其他人。这时，那开门的小伙子也坐在我旁边的凳子上休息。我将背包里的一小块沙琪玛和一颗干汤圆递给他。他高兴地接过去，将沙琪玛揣在衣袋里，将干汤圆当场吃了，并用手和脸上的表情信息告诉我"好吃"。走的那天早晨，我给了那小伙子10元人民币（相当于3250越南盾）小费，并把随身使用着的一把绢制折扇送给了他，扇的一面是我写的王羲之的《兰亭集序》，一面是我画的梅、兰、竹、菊。

人与人之间，能用语言交流固然好，倘若不行，用眼交流也行，用心交流则更佳。

（此文曾载《华西都市报》）

几江行

重庆市江津区，因地处长江要津而得名，是长江上游的航运枢纽和物资集散地，是富硒之乡、长寿之乡，是长江边上一颗璀璨的明珠。

刚到江津，我就请教当地的接待我们的主人，我问："你们这里有一条叫几江的河吗？"多年以来，我依稀记得江津又叫几江。

主人告诉我，几江就是长江，是长江的一段。原来，长江流到江津这个地方，因一连三次遇到山势的阻挡，使得江流"一弯三倒拐"，形成一个大大的"几"字！江津城区就处在这个"几"字中间。

长江在江津这里形成的"几"字，犹如母亲有力而温柔的臂弯，爱抚着江津这座古老城市一代又一代的人民。

三面环水的江津，空气湿润，气候温和，万木葳蕤，出产丰富，真是一个宜人宜居的好地方！

最令我感叹的是，江津的滨江路被称为"万里长江第一路"。这条路总长20公里，"十里长堤十里路""十里江水十里景"。这条路上，有6个主题广场、6个景观广场、38个休闲小广场，足可满足江津人和外地游客的休闲娱乐的需要。

整个滨江路都是市民和游客散步休闲的好去处！在或是绿叶婆娑、浓荫蔽道，或是垂柳依依的滨江路上，呼吸着温润而清新的空气，沐浴着和煦而轻拂的河风，观赏着缓缓流动着的江水以及江面上那时疾时徐、时高时低欢快地翻飞着的水鸟……在广场，或茶或饮，或棋或牌，或操或剑，或琴或鼓，或歌或舞，尽情欢悦，不亦乐乎！

当我们沿着江边的滨江大道悠闲散步时，不经意间，眼前突然出现一座凌空大桥，桥头大书"几江长江大桥"六个字。桥身距水面很高，大桥像悬在空中一样，让人立刻联想到"一桥飞架南北，天堑变通途"的诗句。陪同我们散步的当地主人说："从桥这头走到桥那头，要走半个小时！"这座大桥的建成，改变和结束了过去"望江兴叹"与靠渡船渡江的历史。

由于江津区良好的地理环境和气候，这里出产丰富，产品品质优良。江中的鲜鱼用这里盛产的青花椒烹调，味道特别鲜美；这里的广柑口味纯正、入口化渣；米花糖更是香酥脆甜，咬上一口，满口生香；江津的高粱酒纯正浓烈，豪饮一碗，顿生男子汉的英雄气概！

爱好文史的我，更是欣赏江津人钟云舫所撰长联。长联从地理风光写起，追溯华夏千年历史，揭露封建统治者的罪恶，寻求改革沉疴之路。我过去只知道中国长联有昆明大观楼长联180字、青城山建福宫长联194字、成都望江公园长联212字，这次江津之行，才知道江津长联竟有1612字，不愧为"天下第一长联"！

江津还有四面山风景区、黑石山风景区、爱情天梯等旅游胜地，可供游人游览。江津自古以来就是一个风景优美的地方。江津人、明代工部尚书、文渊阁大学士江渊，认为江津风光冠绝川东。他在《鼎山叠翠》一诗中写道："几江形势甲川东，山势崔巍类鼎钟。岚静天空青嶂耸，雨余烟敛翠华重。钩帘对酒情偏逸，拄笏吟诗兴颇浓。安得辞荣归故里，巢云直卧最高峰。"抒写出江津胜景，表达他渴望退出名利场、过上闲适生活的强烈意愿。

江津工业园区为创业者提供了施展抱负的天地，犹如一棵硕大的绿荫梧桐，期待着一只只美丽凤凰的到来！

江津地处重庆与成都之间，江津人既有重庆人的豪放，也有成都人的温和。与江津人相处，既爽快又和谐。在未来成渝经济圈的发展中，江津人一定会大有可为和大有作为！

2021年6月13日

（此文曾载《四川经济日报》）

日喀则情思

这是一次令人难忘的藏区之行——

飞机像一只硕大的银燕，穿云破雾，飞向我心仪已久的西藏。

当银燕徐徐降落在贡嘎机场，我们缓步走下舷梯时，就立刻置身在丽日、蓝天、白云和清新的空气中。

汽车载着我们往200余公里外的日喀则驰去。沿途，一座座黛色山峰从车窗外次第掠过；山坡上、河滩边，一群群牛羊在悠闲地吃着青草；一株株粗大的红柳葱葱茏茏；一片片格桑花和荞麦花艳丽多姿；时不时还可在路边见到三五成团围坐着喝酥油茶的藏胞。

日喀则，西藏的第二大城市。

日喀则最大的名胜当数扎什伦布寺。寺中，有世界上最大的镀金铜佛像——强巴佛。佛像高26.2米，肩宽11.5米。修造这尊佛像共用去黄金6700两，黄铜23万多斤，大小钻石32颗，珍珠、琥珀、珊瑚、松耳石1400多颗，是藏族同胞巧夺天工的艺术杰作。

在日喀则，高大的杨树和红柳，美丽的格桑花，恢宏的寺庙，朗朗的晴空，幽静的林卡，这一切，固然给我留下了鲜明的印象；但，那戍守边塞的人民解放军将士更使我永志难忘，我对他们怀着深深的敬意！

日喀则军分区的王司令员，在西藏一干就是二十多年！他不是不能想法"内调"，他是爱上了祖国这片神奇的土地！王司令员告诉我们，边防哨所的官兵比他们更艰苦。他说："我有时到边防哨所，看见哨所干部、战士那种艰苦的生活环境，自己是带兵的，虽然自己在部队也干了二十多年，有时我都想掉泪。"

适逢西藏军区一记者正在日喀则采访，他了解边防官兵在高原如何自力更生解决吃蔬菜的问题，准备向中央新闻单位投稿。他说，边防哨所战士们的粮食是头年十月送上去，要吃到来年四五月间。为了吃上一点新鲜蔬菜，战士们从山下很远的地方背泥土到哨所附近"造地"，这些地都是一些几尺见方的"袖珍地"。战士们在上面种海椒、黄瓜等蔬菜。战士们育海椒、黄瓜秧时，为了给种子增加温度，使种子能够发芽，他们白天把种子缠在腰间，晚上放在被窝里，待种子破芽后再植入土中。战士们在盆里种上海椒、南瓜、白菜，舍不得吃，放在屋内当作盆景欣赏。记者说，他采访时都要落泪了。

晚上，我坐在军分区招待所的床头上，拿出笔和本子，追记王司令员和记者的话，脑海中闪现出一幕幕营区内外的景象。我激动地写着，泪珠在眼里打着转。

"谁是最可爱的人？"这里与不丹、尼泊尔、锡金三国接壤，在1500多公里边防线上戍边卫国的解放军将士，他们就是最可爱的人！

（此文曾载《晚霞报》）

旅行途中的"扶贫"图

贵州赤水那里有人把楼盘开发和旅游结合起来，吸引了不少人前往参观旅游，我知道的就有天岛湖和天鹅堡两处。

他们为了扩大知名度，在一些地方设立了宣传门面，我所居住的成都龙泉驿就有这样的宣传门面。他们定期或不定期用车辆把愿意前往的人接去，包接包送，管吃管住，且费用低廉：两天一晚，一人收费50元或100元，有时甚至不收费。去的人中，少数是去看房的，有的也下手买了房；而多数是当作旅游去的。

无论是去看房的，还是去玩的，都会采购土特产。无论是天岛湖，还是天鹅堡，每天一大早，人们就去农贸市场挑选采购猪肉、挂面、花生、干笋、鲜笋、栽培用的石斛等物资。尤其是猪肉摊前，围着的人争相挑选着这喂粮食的猪肉："我要这块！""这块我要一半！"

当地人说："你们买我们的东西，就是在'扶贫'啊！"听到他们这样说，人们买得更加起劲。是啊，买了自己需要的相对来说比较环保的产品，价格也还比较便宜，又扶了贫，真是物质、精神都有享受了！

一个乡下女子摆在地摊上的是一堆还带着少许泥土的鲜竹笋，那天天很冷，又下着雨，她衣着单薄。她的鲜竹笋经别人挑拣买后已经剩下不多，我和妻想让她早点卖完回家，就买下了她剩下的竹笋。

乘车返回时，途中路过一休息处，车子停下来，多数人或去打开水，或去卫生间方便；我则去到商店逛，看见还有几个同车的人也在里面，但他们都没下手买任何东西。这时，我看见有一处柜台下面放有一瓶又一瓶的海椒豆瓣，更让我惊喜的是还有临江寺豆瓣！

年长的很多人都知道，20世纪五六十年代，资阳临江寺豆瓣，那可是远近闻名的名优产品啊！那时还在读书的我，一听到临江寺豆瓣的"金钩豆瓣"这个名字,马上就会食欲大增。很多人都知道临江寺的"金钩豆瓣"直接下饭,饭都要多吃一两碗。

看到眼前这圆柱筒形典雅而熟悉的临江寺豆瓣包装,我立刻买了几盒"香油豆瓣"和"金钩豆瓣",以及几瓶炒菜用的红亮亮的海椒豆瓣。价格也还适中,都只10元多点一瓶(盒)。何况,那处柜台外面的玻璃板上还贴有"扶贫产品"四个字,更是坚定了我要买的决心。

在这店里逛的几个同车人见我下手了,忙围上来,我说起这临江寺豆瓣如何有名,他们也就跟着我买了好多瓶。

我们几个人上车后,车上的人见我们买了东西,纷纷问我们买的什么、哪里买的,我又说起这临江寺豆瓣如何有名,如何好吃,说得他们一个个心痒痒的,且又见我们买的不管分量还是价格都是比较令人心动的,于是纷纷说:"我要买!""我也要买!"后下车的人还不忘叮嘱开车师傅一句:"师傅,麻烦稍等一下哈,我也要买!"

接二连三去买豆瓣的人陆陆续续回到车上,几乎每人都买了临江寺豆瓣的"香油豆瓣""金钩豆瓣"两个品种和炒菜用的不同规格的大瓶装、小瓶装的鲜红海椒豆瓣。

当同车人大包、小包地上车后,我心里漾起了一种甜甜的欣慰感:"我是不是无意之间又做了一件扶贫的好事?"

2019年11月10日

(此文曾载《华西都市报》)

版纳行中的花絮

那一次去云南西双版纳，是云南省民俗学会组织的民俗考察，全国有7个省市的人参加。云南的彩云，西双版纳的植被、泼水节、竹楼（实际上已多数是木楼了），还有傣味餐，都是令人印象深刻的。但还有一些花絮也让人回味。

我们坏了摄影师的好事。

那一天，为了体验傣族人的生活，我们被分别安排到傣家人的家里去住。我们七八个人被安排到一户傣家。安顿下来后，我们去附近一条河中洗澡。时值黄昏，清澈的河水静静地缓缓地流着。我们脱了衣裤，纷纷下到河里。刚才大家完全没有留意，下到河里我们才注意到：河附近还有一个年轻的傣家女子，她正撩着裙子往河水中央走去；而岸上，有一个摄影师正在摄像架后拍照。姑娘见有人来洗澡，不愿再往河中走，而是边往岸边走边逐渐放下裙子。摄像的人示意她还要往河中走，她不听，继续往回走！摄影师无奈，只好收起摄影架也走了！我们中有人说，这是拍摄傣家姑娘在水中由浅水渐次走入深水、将裙子慢慢提起直至从头顶褪去。还说那女子多半是找的人，不知费了多少口舌，或许还要给人家报酬的。我们都忽然生出歉意，觉得坏了人家的事。

歌是不能随便对的。

那天晚上，我们住的那家是一个四口之家，父母、女儿和女婿。女婿是上门女婿，名叫岩龙，是个帅小伙儿。大家纷纷和岩龙一家留影，岩龙的妻子白净、丰满，倒也大方，穿着桶裙与大家照相，即使单个与她照，她也不拒绝。

照了相后，我们让岩龙带我们到木楼外面去。我们来到一个干田里，田里长着一些野草。月亮洒下满地清辉，恍如仙境。这时，对面有歌声飞出。

我们问岩龙，这是不是电影里放的对歌？岩龙说，现在如果有人应和，就是对歌了。我们好想亲自听到对歌，鼓动岩龙："快对嘛！""快对嘛！"他始终不愿满足我们的这一愿望，我们很失望，问他为何不愿对歌？他说："这样不好，我是结了婚的人，我对了歌就对不起她。"

我们的人中还有不甘心的，又鼓动他："你又不是真的对！"

"不好！这样欺骗了那边对歌的女子。"

我们虽然有点失望和扫兴，但也在心里佩服岩龙对感情的认真。

傣家寝室也不那么神秘。

第二天参观，有一个当地的中年妇女带路。平时听人们对傣家的寝室有种近乎神秘的说法，我想一探究竟。

我把这一想法对当时正走在我身边的一位重庆诗人说了。他极力阻止，说这是民族习俗，绝对不可以随便去看。

我虽然知道他说的也有道理，但我还是不死心。我心想，偷偷去看固然不好，但如果我征得屋子的主人同意，那还不行吗？我得知给我们带路的那个大嫂，她的丈夫在粮站工作。我想，在外工作的人包括他的家人，思想应当开化些。于是，我悄悄地对大嫂说了我想看一看她的寝室。她一没拒绝，二没流露出为难的情绪，而是乐呵呵地同意了！

傣家人的寝室，就在楼的一端，没有门，只有门帘。掀开门帘，但见地板上一排被褥，有如通铺，但垫的盖的各是各的；不分辈分、不分老少，同居一室；有时也可用蚊帐隔一下。

人家习惯了，也不是我们想象的那样不可理解。

2019年4月19日

（此文曾载《华西都市报》）

雨城雅遇"三雅"

四川雅安素有"雨城"之称。五月的一天，我和几个文友去了一趟我久已想去的雨城。

雅安是汉藏交接的枢纽城市，是古南方丝绸之路的门户和必经之道，是中国南路边茶马古道的起始地，是著名的四川农业大学所在地，曾为西康省省会。雅安现在是一个地级市，下辖两区六县（雨城区、名山区、荥经县、汉源县、天全县、宝兴县、石棉县、芦山县）。

社会上广泛流传，雅安有三雅：雅雨、雅鱼、雅女。

雅安由于所处地理位置的原因而多雨，主要在夏、秋季，而且多为晚上下、白天停。但也有说下就下、说停就停的时候。

上午到了雅安，天空和树木都给人一种温温润润的感觉。还在来雅安的路上，我在车上就对同伴讲了，多年前报上曾登过一篇与雅安有关的文章，说雅安有一道亮丽的人文景观：陌生人可共伞。

我们很希望来一场雅雨。仿佛是天遂人愿，刚才还是晴天，忽然天空中飘飘洒洒地下起雨来。我们一行人都犯了一个共同的错误：到雨城却忘了带伞！我们一行人赶紧找了个有房檐的铺面处躲雨。

看到有打伞的人走过来，同行中的老王说："刚才老傅说了在雅安陌生人可共伞，何不检验一番？"大家都说好，谁去呢？都说："老雷去！"他是中学教语文的高级教师，上课时因肢体语言丰富而广受学生欢迎，说白了就是脸皮没有我等薄。

老雷见众人相信他，也就信心十足地，几个箭步蹿上去，钻到一个女人的伞下！那是一个中等偏高的女性。她对老雷报之一笑，随即将伞撑高了些，因为老雷比她高。老雷和那女子并排走了十来米，说声"谢谢"，钻出伞外，那女子又是嫣然一笑，独自走去。老雷一回到我们站立处，大家高兴地为他竖起了大拇指道："老雷勇敢！检验成功！"

中午，我们在西门大桥桥下河边一家火锅店就餐。我们特意点了雅鱼。到雅安不吃雅鱼会是一大遗憾。这雅鱼在店里的水缸里养着，现点现杀，特别新鲜。大家一边吃一边品评。雅鱼肉质细腻，口味颇佳。

吃完时，我问一个年轻的女服务员："听说雅鱼头上有一把剑……"她对我们笑了一下，轻柔地说："等一下！"她随即取来一个精致的小方盒放到桌上，然后将我们吃过的鱼头骨剥开，取出一柄特别像宝剑的小骨。她用她的纤纤细手（这雅雨、雅鱼滋养的雅女端盘子也没能将手指端粗）将这袖珍"宝剑"用餐巾纸轻轻地揩拭干净后，把它放进小盒里，笑微微地，双手将小盒递给我们，作为吃了雅鱼的见证和留念。

吃过午饭，我们选了就餐地点附近的一家露天茶园喝茶。此时天已放晴，空气、树木都是清清爽爽的。我们点了雅安所辖名山区蒙顶山产的茶。同行中有人吟了一句："扬子江中水，蒙山顶上茶。"又有人来了一句："青衣江中水，蒙山顶上茶。"蒙顶山在雅安名山区境内，以产茶闻名于世，古时这里是生产贡茶的地方。我们自以为是在喝贡茶。茶也真的甘洌爽口。

我们边喝茶边议论还要到哪里。有说去荥经游龙苍沟、买荥经笋子和砂锅的；有说去石棉参观安顺场的；有说去上里古镇参观古居古桥的；有说去熊猫故乡宝兴的；有说去汉源看牌坊和买花椒的……

时近黄昏，我们离开茶园，到西门大桥桥下布满大小不等的卵石的青衣江河坝上，领略这暮色苍茫之际的名江名水。但见清澈的江水不疾不徐地流向前方。一个长发披肩的女子站在我们前方不远处的一块大石上，时不时弯腰扯上一些河中飘摇的水草。

此时，我们一行中有人朗诵起"关关雎鸠，在河之洲，窈窕淑女，君子好逑"来。另有人说道："淑女者，河坝中之雅女也。"一会儿，雅女落落大方地从石块上跳下，朝我们的方向走来。众人一看，果真是一个身材苗条、皮肤白皙、相貌清秀不俗的雅女子！有人小声道："雅女！雅女！"

"请问这是青衣江吗？雅鱼就是这江中生长的吗？"我们一行中有人对雅女问道。雅女用温润甜美的声音回答："是的。"

入夜，我们去逛雅安夜晚最美的地方——廊桥。这廊桥远看如仙山琼阁，近处则灯火辉煌。桥上店铺中有各种商品供游人挑选。我突然大笑起来，原来我发现糖果店有一种糖叫"狗屎糖"。我买了一袋让大家品尝，这糖软糯适度，甜而不腻，口感不错。我奇怪雅安人怎么会把令人讨厌的东西做了食品名称，一看包装袋上的说明，方知民间有"走狗屎运"的说法，此糖取此为名，意为祝愿人们走好运的意思，真佩服雅安人的聪慧，化腐朽为神奇，取了这样一个名字。

（此文曾载《华西都市报》，文字有删节）

芽庄：后悔吃面没吃虾

那一次，去越南芽庄旅游，妻子约了她中学时代的三个同学，还有一个是同学带上的朋友。虽是组团，但我们几个人是"团中团"，上下都一路。也许是旅行社为了节约成本，使出行报价低一些，吸引更多人去参团，在行程中安排了很多自费餐，也就是好些时候都不统一管饭。

不统一管饭也有好处，吃好吃孬随自己的便，特别是到一个没去过的地方，总会有一些有特色的吃食可供选择。

这芽庄是海滨城市，食品店铺里虾蟹多得是，特别是街沿边摆满了用盆盛着的熟了的红红的大龙虾，光躯体部分就有茶碗大，足有一尺长，如果连同那头上的像剑像戟的锐角再加上长须，一只虾有两三尺长！一只这样的大虾一般标价100元人民币。

我很想提说买一只这样的大龙虾来品尝一下，但我没有提。因为我揣测即使我提出了，妻子和她的几个同学也不会支持，到时只能使自己尴尬，有失男人面子。我为什么会这样揣度她们呢？我知道她们都很节约，尽管我们一行中还有不大不小的"老板"人物。

我观察到，这些年中国人爱出国旅游了，一般人都认为，有钱了才会出去旅游。可很多人出去后还是很节俭的。而且好像只有在吃自费时才能找到节俭的机会，因为机票、门票啊什么的那是必须给的，给多少也是由不得自己的。

吃自费餐时，我们一行东转转西转转，见门面太堂皇的不想去给高价钱，见写有虾蟹的又不敢去，心中认定虾蟹价必高。脚都走痛了，终于找到一家面馆，而且是成都味道的，老板说他们就是成都的，看那姑娘的长相、肤色，听那口音，我们相信她是成都人，或是成都附近的人，起码是四川人；那男的就有点让人生疑：个头偏小，皮肤黪黑。他们说佐料从成都运来，所以面价高些。不，是高得多！在成都，吃二两面八九元、十来元吧。可在芽庄这家乡味面馆，一碗（大概相当于国内二两面的量）收12万越南盾，折合人民币36元。我们在海关那里换有越南盾，所以我们有时给越南盾，有时给人民币。当时人民币与越南盾的换算比例是海关那里一元人民币换3150越南盾；海关门外一元人民币换3200越南盾；街面上一些店铺写着的是一元人民币换3250越南盾；市面上也有一元人民币换3400越南盾的。而这家成都口味面馆，他们是按一元人民币换3000越南盾计算的。

尽管这家面馆人民币换越南盾的比例低，且面价比成都的面价高出很多，但我们总认为吃面是最节约的，所以在芽庄旅游期间，凡是吃自费餐时，我们都到这家面馆用餐。

第二天就要离开芽庄了，妻子和她的几个同学狠下决心：再贵也要去吃一回虾！说到了越南芽庄大海边，不吃虾怎么说得过去呢？这岂不是辜负了这次行程？

我们终于选了一家可以吃虾的饮食店。我们点了两斤基围虾，一斤蒸，一斤炒。两大盘端上桌，妻子"哇"了一声，我知道她这"哇"一声的潜台词是好大的虾！好亮的虾！好香的虾！众人喜滋滋地品尝着，赞美着。接着又吃了又香又稠的虾肉稀饭。大块朵颐之后，结账后，碗头开花，各给各钱，每人也才30多元。

回到成都的家后很长一段时间了，妻子还时不时地提起在芽庄吃面吃虾的事，总心有不甘地说："我那么喜欢吃虾，却天天跑去吃面，早知道吃虾吃面价钱差不多，我们该天天去吃虾！"

（此文曾载《华西都市报》，文字有删节）

行游拾珠

虽然人们常爱念叨那句俗语："在家千日好，出门一时难。"但人一生中，或因学习，或因工作，或因旅游，总会有一些时间或长或短、距离或远或近的外出行游。时过境迁，也许那些异地风情、沿途胜景逐渐淡忘，但总有一些"小事"会长留脑际。

很久了，有半个世纪的时光了。那时，我在当时的川东荣昌县读中专。放假、开学，坐火车在成都与荣昌之间往返。有一次返校，途中，乘务员来为乘客泡茶、倒开水，白开水一分钱一杯，泡茶两分钱一杯。坐在我旁边的一位中年男子，他在给自己泡茶时，也给我泡了一杯。这素昧平生的人给我泡这杯茶花的两分钱，却在我心里有很重的分量。前些年，我从机关退休后，受聘到一所学校上课，冬天早晨天还未亮就要乘公交车到校，我遇到过不止一次这样的情况：乘客中有人没有零钱买票，售票员直叫乘客"自己想办法"。这种时候，我总会出手递上几元车票钱。每当这时，陌生人为我泡茶的情景就会浮现在眼前。

20世纪中期，我在成都大学学中文，临毕业时，到西安实习。其间，到咸阳参观多座地下陵墓。参观完，在车上等人时，见车窗外有好些卖手工绣品的妇女，其中有一个女孩儿，那眼睛有如冰山上天池中的湖水那般清澈明亮！正是读书的花季呀！那天并非周末，她的家人怎么没让她读书呢？她长大成人后，没有知识智慧的滋养，那眼光会是迟钝呆滞的呀！这双明澈的眼和我想象中呆滞的眼总是交织着在我眼前晃动，晃动了几十年！生活中，有不少这样的事例，由于父母的短视，葬送了儿女的一生。

几年前，我们一家到云南丽江旅游。一天，我们在街上乘坐一辆小型客运车，车上还有另外几个人。到达目的地后，那几个人在付车费时，没有小额钞票，司机说："算了吧！"我们去付钱时，师傅又说："你们是一路的吗？也算了吧！"我们说我们和他们不是一路的，我们有零钞。我们坚持给了车费。但我们心里仍然很热。这个师傅不就是丽江一张亮丽的名片吗？

有一年，我参加云南民俗考察，当时有成都、重庆的人参加。在西双版纳参观期间，我很想看一看傣家卧室。同行的一位重庆诗人"警告"我："不行！这是禁忌！"我不死心，对带我们参观的女主人提出这一要求，她满口答应了！掀开卧室门帘，卧室地板上是一排单独铺设的垫褥和被盖，的确是一家老小不分辈分同宿一室，铺位中间至多用蚊帐相隔。带我们参观的大婶的丈夫在粮站工作，她又是基层干部，我想她应该比别人更开化。我如愿以偿地独自一人参观了被人说得很神秘的傣家卧室。其实，民族风俗、禁忌也会随着时代变迁而有所变化的。

还是那次去西安实习期间的事。我们返回时，在长江边的巫山县住下来，并坐船去参观大宁河的小三峡。使我难以忘怀的是，每当船过险滩急流处，除船尾驾长全神贯注掌舵外，船头的三个船工都全力以赴地撑着船。他们一篙一篙地找准撑着点，然后一边呼喊着号子，一边拼尽全身之力，直至后仰时背部着船地呈仰卧状，好似在和水龙做着你死我活的斗争。我们有感于船工的付出和拼搏精神，提出给他们照相，并说要把照片寄给他们。他们说，也有其他人给他们照相，也说要给他们寄，但从来没有收到过。我们信誓旦旦地说保证会寄去。可是回到成都后，洗照片时操作失误，造成所有照片都没有了，给船工寄照片当然也就不可能了。此事过去三十多年了，我都"耿耿于怀"，感觉我们"欺骗"了那幽境中默默奉献的人。我想起这事时，常在心里说，老船工，你们还好吗？

2017年5月13日

（此文载曾《华西都市报》，文字有删节）

九襄归来衣犹香

阳春三月，我们一行来到古沈黎郡、牦牛县治地、现四川省雅安市汉源县九襄镇。

我们是冲着梨花来的。九襄的梨花，漫山遍野。我们来到镇旁一新村所在地，道旁全是一株株梨树，繁花似锦。走近树下观花，但见一朵朵洁白清新的梨花，有如"天使"般圣洁，又如一个个活泼可爱的精灵在你的眼前晃动闪烁！有人说，梨花是没有香味的。但，梨花是有香味的，它的香味淡雅，绵长而幽深，只不过不像梅花的香味那么浓烈而已，只有对梨花钟爱至极的人和勤劳的蜜蜂才辨得出它的香味！站在这梨树之下，令人神清气爽！

抬头看，高低错落的远山上的梨花，又是一番景象：好似一团团白云在山腰飘动！天上的白云和山间的白云上下交辉，令人心旷神怡！我在心里感叹着：不虚此行！

九襄的蒜薹也是质优量大。梨花盛开之际，也是蒜薹收获之时。蒜薹是人们喜爱的菜肴：蒜薹炒肉丝，清香可口；蒜薹烧黄鳝，一节节剖开的鳝鱼肉裹着一节节蒜薹，被称之为"滚龙抱柱"，不仅味美，且这名也十分生动形象。

我们来到一块蒜薹地。一对夫妻正在地里收割蒜薹。收割蒜薹的工具，铁制，有柄，小巧，下端有割破蒜苗体的刀片；割取蒜薹时，左手持苗秆，右手用工具，一割、一破、一抽，就取出一根鲜嫩清香的蒜薹。我从主人手中要了这剥薹工具，试着也剥离出几根蒜薹，好像很有成就感似的，也感慨这细细的剥取蒜薹的工具这么精巧实用，凝聚着人的智慧。走出田头，手上还留着蒜薹的余香。公路上，一车车蒜薹被送往连接川藏的要地、原西康省会雅安、西南大都会成都等地销售。车过处，撒下一路清香。

九襄是清溪乡花椒的生产和销售集散地。清溪乡花椒远近闻名。清溪乡如今划归九襄镇，这花椒也可说是九襄花椒了。花椒是川人和南方一些省份的人的至爱，是做菜时不可或缺的作料。没有花椒的"麻"味，就成就不了川菜"麻辣鲜香"的特色。

我们一行经售卖花椒门市的人介绍，来到镇郊一个院子，这里的主人是专门收购和出售花椒的。还没进屋，在主人院坝里就闻到花椒香味。进到屋里，但见一袋袋花椒堆放在里面，香味更是浓烈扑鼻。我们一行成都人每人都买了花椒，有自己用的，有送亲朋好友的。

九襄是南方丝绸之路、茶马古道上一个重要集镇，曾为汉源县城。除了赏梨花、闻蒜香、购花椒，我们还参观了这里气势恢宏的古牌坊、汉源古街和附近的清溪古城遗址、文庙，吃了清香、细腻化渣的黄牛肉汤锅。有着精妙石刻、上有48部戏曲故事、数百个人物的节孝古牌坊，令人仰视、感叹不已。汉源古街上，明清时代的建筑比比皆是，有着精美雕花的门窗随处可见。清溪古城遗迹北城门，高阔雄伟，行在其中，使人有一种穿越历史之感。文庙中高大的紫薇、桂花树和镂空雕石龙都令游人驻足流连。黄牛肉汤锅汤鲜味美，味道正宗，如今已走出九襄，在远远近近的其他地方已有不少"九襄黄牛肉汤锅"，满足人们的口福。

返回途中，我们坐在车上，一个个乘客一边抽动着鼻子，一边循着香气，把眼光纷纷投向我们。原来，我们行李中的花椒味跑出来了。我对他们笑笑，他们也对我笑笑……

（此文曾载《四川经济日报》）

百游不厌五凤溪

五凤溪古镇是一个后起之秀的优美古镇，距我家住的龙泉驿只有不到一小时的车程。

接触五凤溪这个名字是在20世纪60年代中期，我在荣昌读书，坐火车，知道了有一个火车站站名叫五凤溪。

20世纪70年代中期，我从家乡界牌中学调到龙泉驿区委做秘书，因为五凤溪与龙泉驿区的清水乡相邻，工作之余去了一次五凤溪，我初识五凤溪，留下一些古街古朴的印象。

2000年初，龙泉一批爱好文化考古的年轻人邀我去考察洛带至五凤溪的古驿道。我们准备从五凤溪开始走，头天晚上准备在五凤溪住宿，可当时只有少数床位的住宿处接待不了我们十来人，我们便到金堂淮口去住了一晚。

第二天又赶到五凤溪，五凤供销社的何主任是个热心人，他义务为我们带路。出发前，他先带我们参观了几处虽显破败但却是名胜的如关圣宫的地方，让我知道了五凤溪是一个有名胜古迹可寻的地方。

何主任带着我们头顶烈日、挥汗如雨，沿着古驿道，边走边介绍沿途的古今情况。他一直陪同我们到龙泉驿区所辖的万兴场才返回。我很感慨，他真是五凤古镇上的古道热肠之人啊！

从万兴场往洛带行走的途中，我们重点踏访了已消失的义兴场，遥想着这里现在已是田土，而当年却是行人不绝、食宿烟火味特浓的乡场情景。一路上，我左手持伞、右手摇扇；小张、小杨虽年轻却较胖，他们把揩汗的毛巾顶在头上，湿了又干、干了又湿。我们走在时宽时窄、时沟时坡的古道上，想象着当年那些挑夫从五凤溪挑来，又向五凤溪挑去的"汗人"队伍，他们每人都会挑着一百多斤重的货物，比我们空手行走艰难得多啊！

中午，我们一群"汗人"进到洛带新民饭店。饭店老板知道我们是考察古驿道的，格外热情。

后来，五凤溪处开始打造了。打造期间，我和家人也去过，见证了那有破有立的打造过程。

五凤溪被打造出来后，我和家人或和一些文友多次去游玩，我还把参加同学会的同学带到五凤溪参观游览。在河边树荫下，木桌，竹椅，品茗，天南海北、天上人间地摆谈，惬意而舒适。

到五凤溪古镇游览，不仅可以享受到绿水、青山的美景，还有椒麻鸭等众多美食，还可买回皮蛋、红薯、花生、红豆、时鲜蔬菜、水果等土特产品。有时家里的红薯没有了，总想到五凤溪去买。有些农产品如红薯，在相对贫瘠一点的沙土中长出来的，品质要好些。

喜欢到五凤，不仅是为了去吃椒麻鸭，也不仅是去买土特产。还有什么吸引我呢？

这名字太美了！五凤！你想象着有五只凤凰在空中翩翩起舞，那该有多美！而这个地方，原来多是下苦力撑船的、拉纤的、下货的、上货的、挑担的（被我戏称为"汗人"）出没的水码头，能用五凤这个美丽诱人的字眼来命名，足见这里的人是爱美的。

五凤溪吸引我的，还有贺麟。开始，我看见"贺麟故居"的指示路标，并没在意，凭想象以为他是一个将军之类的人物。后来去了，一次又一次！游庭院，看展览，买写五凤的书籍，取五凤自办的报纸，惊叹这片绿荫树竹掩映的、有着耕读传家家风的院子里，走出了一个哲学大家来！这是智慧在五凤溪闪光，这智慧，像沱江一样源远流长！

好书不厌百回读，好景不厌百回看。五凤溪就是一部我们可以反复阅读的厚重的书。

五凤正在飞翔！五凤飞翔的翅膀不单单是美丽的，有智慧的翅膀可以引领我们思索人生和生活。

2020年7月6日

(此文曾载《晚霞报》，有删节)

情满雷波五月天

2017年的5月，注定是我此生难忘的时间。

5月4日，是四川省散文学会组织的在凉山雷波县进行采风创作活动报到的日子，受龙泉散文学会派遣，我和两位文友终于在5月5日下午4时许到达目的地。

雷波县，过去只知其名，未到其地。凭想象，那是一个很远、很偏、很穷的地方，说不定治安还不好。

5月5日傍晚那场雷波县领导与作者的见面会，让我开始对雷波刮目相看。短短的雷波风光片，把我带到如诗如画的境地。县委书记王荣华介绍县情，不看稿子，对全县的政治、经济、历史、文化甚至传说如数家珍，侃侃而谈，让我这个在党政机关几乎待了一辈子、见识过不少县市区书记的人为之赞叹！

这个王书记对我们这些作者太看重了，每晚直至我们离开那天早晨，他都来陪着我们吃饭。有一天，他跑了两个乡镇，回来时我们大多数人都已吃完晚饭，他仍然在那里陪着少量没吃完的人吃。书记和作者，一边吃，一边交流，那种亲切，那份融洽，真的很令人感动！

当王书记得知我是成都龙泉驿人时，告诉我，他还差点到龙泉来工作。1991年，他准备到龙泉来应聘区委办主任，因为家属不支持才没来。我感慨地说，1990年我才从龙泉驿区委办调到区委宣传部，如果他来了，我们就成了先后同事了。

这里有辽阔的土地，2900多平方公里的县境是我们龙泉的将近6倍！海拔从380米到4076米，这巨大的落差使得雷波的风景格外优美、生态特别优良。全国第三大高山湖泊马湖就在这个县，这是一个休闲、游乐、养生的绝佳去处。这里山也美来水也美，那做导游的彝家姑娘更是貌若天仙。到雷波不到马湖，你就会留下长久的遗憾！

"时势造英雄"，也许是这里相对内地来说工作艰难些，促成了模范人物的成长。汶水镇那个黑黑的中等个儿，名叫朱明清的镇长，原是村支书，他在上级派来的驻村干部的支持配合下，把高山上生存条件很差的村民迁下山，住进整洁美丽的移民新村，种植芭蕉芋养猪，让村民走上致富的道路。这个看似普通平常的小个子男人，头上戴的荣誉帽子说出来有点"吓人"：党的十七大代表、全国劳动模范、全国民族团结先进个人、全国优秀公务员……

很多人知道"雷波脐橙"。但只有你置身于那苍翠欲滴的脐橙树丛之中，聆听了青杠村唐朝胜支书介绍他从部队复员回到家乡后，如何带领村民转变传统的种植观念、如何在坚硬的石头上挖窝种植引进的优良脐橙品种，看到到处都有的虽贫瘠瘦薄的山坡却长着郁郁葱葱的脐橙树，你才知道什么叫创业，什么样的人才配称创业型干部，你才能分享他们创业成功后的喜悦，你才知道这里为什么会成为"中国脐橙第一县"！

在雷波，还有缘与孟获见面。少年时读《三国演义》，诸葛亮"七擒七纵"孟获的故事长留脑际。在马湖的金龟岛上，建有孟获殿。孟获是彝民心中的大英雄。如今我还真的很喜欢他，佩服他。他憨直可爱，不服就是不服，服了就心服口服。

我在雷波还认识了一个叫欧富兵的年轻教师，他在康复村小学任教，一人教一个班。康复村就是社会上人们所说的麻风村。在"谈麻色变"的社会氛围中，他已在那里工作将近13年，其间来了又走的教师已有七八个。

晚上，好心的文友叫我们最好不去逛街。第一晚忍了，第二天晚上忍不住，还是上街了：广场舞热火朝天，广场旁的台阶上坐着一排排人。跳舞的，坐排排的，有彝有汉，活鲜鲜的一幅《彝汉一家亲》画图！

返程途中，巧遇一个在雷波工作了30多年的即将退休的老公安，他的老家在成都温江。我问他县城晚上，外地人上街逛是不是不安全？他说二三十年前也许存在，现在不存在这个问题。我们说到宣传部江副部长，几天里，他从早到晚全程陪同我们，既当工作员，又当讲解员。他对县情也是那么熟悉，他对自己的家乡是那么热爱，他介绍情况时十分卖力，讲得口干舌燥，他要把他对故土的爱传达给我们！他想让我们也像他那样爱雷波！

他成功了，我真的爱上雷波了！他工作了几十年，爱人的工作都没解决，他都没有利用职务去谋取，仍然无怨无悔地干。

在雷波，像这样的人应该很多，他就是雷波干部奉献精神的一个例子。有这样的干部与群众一起撸起袖子干，我们有理由相信，雷波一定会有更加光辉灿烂的明天！

2017年5月18日

烟火人间

有些味道的记忆是抹不去的

去菜市场买菜，看见一个卖菜大妈的摊上有一把鲜嫩的苕菜，立刻引起我想吃这苕菜的欲望来，于是我询问价格准备买下。

我好像很在行的样子对卖菜大妈说，这苕菜要用米汤煮，然后用泡菜盐水蘸来吃。

大妈说，你还很懂啊，但那是过去没有油的吃法，现在有油了，好多人都是用油直接炒来吃了。

苕菜可以直接炒来吃，我还是第一次听说。在我的记忆中，苕菜有两种吃法，而鲜苕菜只有一种吃法，那就是用米汤煮、泡菜水蘸。

苕菜又名巢菜、野豌豆，是一种既可做绿肥也可做饲料的作物。在我的家乡，一般是头年稻谷收割后，农人将拌有猪骨灰的种子或撒播或点播于稻田间。来年春种时节，苕子长得翁翁郁郁、满田密不透风，绿叶紫花，蜜蜂嗡嗡，飞翔于串串紫色苕子花间采集花粉。农人将苕子割下，一部分挑回晒坝，晒干、打细，做猪饲料，一部分就在田间用铡刀铡成短节，然后抛撒于田头做肥料。

在即将收割苕子之际，我的母亲会像其他农妇一样，有时也会叫上我们小孩，去到苕田里，拣那又胖又嫩的苕尖一根根掐下来。

掐下的鲜苕菜洗后先炒一下，放上几片泡姜最佳，再加上米汤煮；在泡菜坛里舀半碗泡菜盐水，吃时将苕菜直接蘸上泡菜盐水，其味清香，鲜美可口，是下饭的好菜。

还可将鲜苕菜在开水里焯一下，捞起晒干，揉成短节或粉状，装坛备用。煮饭时加两把干苕菜，饭味清香可口，还可节省粮食。

我将卖菜大妈的那把苕菜买下，回家后，做饭时取一半，按卖菜大妈的说法，不用煮，直接炒。吃后总觉得虽然也有清香味，但还差那清香、微酸的令人难忘的味道，另一半则仍用老法煮。也许是因为母亲煮的苕菜的味道已烙入我的记忆深处，难以忘掉，这或许也是一种不自觉的怀念母亲的方式吧。

如今农民也几乎不种苕菜了，但每到春季，菜市场还是有不少卖苕菜的。而现在卖苕菜的又多是老婆婆，她们把苕菜捆成一小把一小把的，或一元或一元五或两元一把，有时也论斤用秤称来卖。这些苕菜几乎都是野生的，长在地里或田埂上。

说是野生，其实也是早些年农人种苕菜时留下的种子，它们年复一年，顽强地把生命一季一季地延续下去。我曾经和几个文友一起，在龙泉山中长松寺附近踏青赏花时，看见田埂边上长满绿油油的嫩苕菜，大家欢呼着、赞叹着，纷纷蹲下摘起来，不用起身换地方就能摘下一大把，摘上两把就能炒一碗。

2015年1月21日，2018年1月25日改

（此文曾载《晚霞报》，发表时题目为《苕菜记忆中的味道》）

又到野菌飘香时

夏秋之季雨水多，正是山林草丛间野菌疯长的时候。儿时捡菌子的记忆总是难以忘怀。

故乡老屋的屋后，是一大片山林，林间有松树、茶树、青冈树、栖木树和一丛丛翠竹。

如果头晚下了雨，湿漉漉的林间地上总会长出各种菌子。天麻麻亮，我就戴着斗篷或草帽，披着蓑衣，提着篮子，来到山林间，在林间地上仔细搜寻。

很喜欢捡到露水菌，这种菌菌面黛青色、内面和菌腿白色，看起来和吃起来都是嫩嫩的、滑滑的；栖木菌也令人振奋，这种菌菌腿细长、一小朵一小朵的，但却是挨挨挤挤、蓬蓬衍衍的一大丛，往往捡到一丛就能至少煮出半碗，这种抱团成簇的菌子颜色金黄，看起来赏心悦目；南瓜菌则是菌面青黄色相间，菌体粗短厚实；乔巴菌无腿，呈一圆球状，通体白色，小的如拳头，大的有饭碗大；竹丝菌是在竹笼附近地上成片长出的细小腿、一小朵一小朵、状如补锅钉的菌子，这种菌子虽然只有指头大小，且肉质薄少，但菌体呈丝状，有韧性，有小鸡肉菌之称；香香菌也是一小朵一小朵的，黄色，菌面有圆圈形纹路，这种菌捡到后，不煮来吃，而是用细篾丝穿起，挂在屋檐口晾干后，放进泡菜坛里，让泡菜的味道鲜香无比。

最让人凝神屏气、惊喜无比的是发现了鸡肉菌。鸡肉菌菌面淡青色，菌体白色，菌面硕大，菌腿肥硕高长，菌体呈鸡肉丝状。这种菌也是"家族式"生长，一经发现，就不是一朵两朵，而是三朵以上，所以有人又将此菌称为"三大菌"。这种菌在一个脸盆大小的范围内次第出土，先出的已撑开菌盘，像打着一把大伞；有的露出尖尖的、滑滑的菌盖像骨朵似的半截身子；有的刚露出一个头；有的则还没露头但却已把泥土拱起来了。有时一处会有几十株，可以刨出一篮子。把鸡肉菌作为"菌中之王"，那是当之无愧的。因为无论从菌体的大小，还是从味道鲜美的品质上看，都非他菌可比。

家里吃菌子的时候，也犹如"打牙祭"一般。父辈们说，有钱人家吃菌子，为了防止吃到有毒的，要用银器检验，看银器是否变色。一般农户人家，哪有银器去验。我们都是父辈所教，只捡无毒的菌。那些或绿或红、颜色太过鲜艳的菌子多半有毒，我们从不捡它。

如今我所居住的城市紧邻成都东边门户龙泉山，每年夏秋之季，市场上都有山民出售他们捡来的各类野菌，犹以鸡肉菌最多。鸡肉菌价也好，每斤要卖五六十元甚至更高。

鸡肉菌不仅煲汤味道鲜美，直接炒煮一样鲜香。我有时买上几朵，拿回家洗净，菌面撕成块，菌腿撕成条，用猪油加蒜片炒，加清水烧开再煮一会儿，然后下一束面条，放点盐，就是一碗鲜香无比的鸡菌清汤面。我曾对家里人开玩笑说，所有的食物我都有吃厌的时候，但只有鸡肉菌会是我百吃不厌的东西。

远近闻名的成都洛带古镇，也是紧邻龙泉山。这个古镇的名食，人们大多只知道油烫烟熏鹅和伤心凉粉，其实，洛带各家饭店特别是新民饭店和供销社饭店的鸡肉菌面皮汤，那应是洛带的又一大特色名食。不信你去尝尝，应可知道我此言不虚。

2016年8月6日

母亲的"一鸡九用"

如今，我们在农家乐点杀活鸡，店家做出热窝鸡、凉拌鸡，我们就誉之为"一鸡两吃"。

我的母亲在过年杀鸡时，能做到"一鸡九用"！

母亲做的姜汁热窝鸡是一家老小和客人赞不绝口的拿手菜！她的诀窍是比别人用的生姜多，因为生姜少了味出不来。母亲把生姜剁成细末，煸炒出味，加其他作料后加水，再将已煮过并切块的鸡肉放进去，用慢火焖煮；中途加入蒜苗，起锅时加醋、勾芡粉。

母亲做的凉拌鸡，选取鸡身上的翅膀和腿部的活动肉，麻辣味适度，色香味俱佳，口感特好。

母亲把鸡头、鸡翅尖、鸡脚剔下，加剌萝卜炖汤，食补两得。

母亲将洗净后的鸡的内脏和血，用鲜芹菜来炒，偏酸味的芹菜炒鸡杂，在过年油荤较重时是下饭的绝配。

杀鸡前一小时许，母亲会将一块圆形方孔的小铜钱灌进鸡肚里，让鸡胃里的沙石磨砺小钱。杀鸡后把磨得锃亮的小钱取出洗净，缝在我的帽子前沿正中，就是亮闪闪的装饰品。

鸡杀了后，母亲让父亲扯下大红公鸡身上左右两侧和颈部的鲜艳的羽毛。身上的羽毛相对颈上的羽毛，羽毛柄要细软一些，颜色也要淡一些，母亲就用这部分羽毛扎扫灰尘的鸡毛掸子。

颈上的羽毛柄粗硬一些，颜色也红艳，母亲就用它给我们做毽子。毽子是儿时大人小孩都喜欢玩的，既可玩乐，又可健身，还可用来比赛。

清洗鸡的内脏时，母亲会把鸡胃（俗称鸡郡肝）内侧那层较硬的黄壳撕下来，洗净晾干后，放在锅内或瓦上，用火焙焦后研磨成细粉，让我们吃，说是可以开胃。长大后，我才知道这就是中药里名叫"鸡内金"的健胃药。

　　母亲还会在清洗鸡肠时，把那两根盲肠扯下给我们，我们把这本该丢弃的肠子用麻绳拴在箩筐内底部，傍晚时将箩筐拿去放在冬水田边，在箩筐里放上石头，让箩筐沉入水底。第二天一早去提起箩筐，里面会有不少亮晶晶的、指头大小的、活蹦乱跳的大马虾。

2016年8月13日

（此文曾载《华西都市报》，被中国青年网、今日头条等多家网站转载）

钓乌鱼

我的老家成都龙泉一带原来有很多堰塘和冬水田，是乌鱼繁殖生长的好地方。乌鱼在民间叫乌棒，喻其体形如棒也。

麦收时节开始到整个夏天，堰塘里的乌鱼要浮出水面"晒水"。这时，我们会用一根长竹竿，顶端系上有粗大乌鱼钩的麻绳，鱼钩穿上一条活的小鲫鱼。穿鱼时要用钩尖先穿过鱼的背部，再从鱼鳃处把鱼钩拉出，这样小鱼才不会死。当看见有乌鱼游着或停着晒水时，我们会小心翼翼地将竿伸出，将麻绳上的小鱼轻轻放在乌鱼前方一尺左右的水下寸许的地方。如乌鱼对你鱼钩上的小鱼感兴趣，它会专注地盯上一会儿，然后猛地上前咬住小鱼，拖住就走。这时，持竿人要将绳线放松，让乌鱼拖去。此时不能提竿，此时提竿，十有八九会失望，因它还没吃稳。当看见水面有一团水泡冒起时，赶紧提竿，十有八九会成功。

当我们发现乌鱼产卵的地方以及鱼卵孵化后乌鱼带着一群小乌鱼仔游走的地方后，利用乌鱼保护后代的本能，用钓乌鱼的竿，在鱼钩上穿上或鱼或蛙或蚱蜢或螺蛳肉，在鱼卵旁或小乌鱼群中不断用鱼钩上的东西去点击水面，故意逗惹。老乌鱼见到侵犯物，会愤怒地发出"啵"的声音，同时张口咬鱼钩上的东西。见它咬着了，立即提竿。这种逗乌鱼的方法关键在于发现产卵的地方。无论堰塘还是栽了秧的冬水田，乌鱼产卵的地方常在堰塘或田块的四角，或在岸上有树的浓荫下面。乌鱼夫妻选准地方后，会用鱼尾扫拢一些杂草或拱倒一两株秧苗。母乌鱼产卵后，乌鱼夫妻又会用鱼尾将散乱的卵块扫拢在杂草或秧苗间，形成一团黄澄澄的卵团，走近了很容易发现。我们有经验，还会在离卵团较远处闻到腥味而知附近有卵团，循腥搜索，都会找到。卵团形成后，母乌鱼到附近休息觅食，公乌鱼在卵团下守护，防止小鱼和青蛙去吃鱼卵。我们先逗钓起肚皮麻黑的公乌鱼后，白肚皮的母乌鱼会回来接着守护，可再钓起母乌鱼。

　　乌鱼捉回家后，用父母教给我们的方法剖鱼：将一根竹筷从乌鱼口中插入，直到腹底。此时的乌鱼直挺，便于剪鳍、剖开、去脏。用泡青菜、泡红海椒、泡子姜、藿香或茴香叶等佐料，煎煮成家常泡菜乌鱼，清香可口，是农家打牙祭的一道美食。但那时由于乌鱼太多，人们总说乌鱼肉粗，乌鱼头更是无人会要，丢弃一地，还说什么"鲫鱼头，鲤鱼腰，乌棒脑壳当柴烧"。

　　乌鱼如果捉得少，不好下锅，我们就直接用黄泥抹在乌鱼身上，放在灶内燃烧后的火灰中煨烤，烤熟后剥去黄泥和鱼皮，直接蘸上海椒豆瓣吃，口感也很不错。

　　有时在野外也可烧烤乌鱼吃：先用纸包上一点盐巴备用。或在田埂上，或在荒坝里，在附近扯一些枯草或找一些枯枝堆在一起，点燃后，把乌鱼直接放进火里烧煨。取出乌鱼后，剥去面上那层甲皮，露出白生生的鱼肉，抹上一点盐巴，那个香，那个乐，不亚于吃碗里煎煮的乌鱼肉。

　　如今人们把乌鱼当成高档菜，不过听人说如今的乌鱼多是人工养的，我真希望水环境好了后，河塘里有更多非人工养的乌鱼。

（此文曾载《华西都市报》）

油酥花生米

我喜欢吃油酥花生米，我相信不少人也会像我一样喜欢。

跟我同住一城的青年诗人印子君，长得白白胖胖的，煞是可爱。他在北京打工期间写诗，多家媒体发表过他的诗作，被誉为"打工诗人"。文友们问他何时开始"发福"，他说他在北京打工期间，有段时间帮厨，可以随便吃他最喜欢吃的油酥花生米，结果人就开始胖了。

曾担任过巴金文学院办公室主任的来自大巴山的老诗人廖忆林，与文友小酌时，让他点菜，就点一样油酥花生米。后来，文友们和他小聚时，不等他开口，就会有人对店主说："给廖老师来一盘油酥花生米！"

成都市龙泉驿区曾有一个劳模教师曾宗隆，他到北京，登天安门城楼观礼台，吃国宴。他回龙泉后，龙泉驿区委、区政府为他组织了一次大型的报告会，会上他在讲到吃国宴时，有一个细节被我牢牢记住，并作为我宣传油酥花生米好吃的佐证。他说宴席上，外国人特别喜欢吃油酥花生米，盘里的吃完后，服务员又来添上；下桌时，盘里没吃完的还包起带走。

我出生在农家，地里也会种花生，但直到读完初中，都没吃过油酥花生米。我清楚地记得，我的口腹第一次与油酥花生米亲密接触，是在1965年春天，那时我在荣昌的四川省畜牧兽医学校读中专，那一年我19岁，参加了四川省农业厅组织的省畜牧兽医工作队，到当时的绵阳专区遂宁县、蓬溪县等地去开展培训工作。在赴遂宁途中的那天早晨，在内江早餐时，有油酥花生米下稀饭，那个稀罕，那个香，至今不忘。

工作后，家从农村搬到城里后，我想自己学会酥花生。第一次酥，煳了！第二次、第三次酥，又煳了！都是炒过火了。第四次，我早早地将花生米铲起来，火候又不到，不脆。这油酥花生米很怪，不脆就不香！

本是黄澄澄的花生米被我酥成黑黑的颗粒，我着实心痛，觉得浪费了东西；也埋怨自己太笨，老是学不会。

我安慰自己：前几次酥煳了，就当成是"交学费"了。

如今，我自认为是可以十拿九稳地把花生米酥成功了。把花生米洗净后，下锅，用微火，炒干水汽，倒一些菜油下去。油无须倒太多，油多了把花生米淹起了，那就成了油炸花生米了。用锅铲不断翻炒花生米，尽量使每一颗花生米贴锅受热面均匀。不多久，有花生米开始爆裂，发出"啪""啪"之声。这"啪""啪"之声先是稀疏发声，继而"啪""啪"之声大作。密密发声后，又复是稀疏的"啪""啪"声。待到不再有声时，毫不犹豫，立即起锅。为什么我要说"毫不犹豫，立即起锅"呢？这是因为，我总结到我失败的几次，都是担心没炒熟，"啪""啪"声停后，再炒几下，再炒几下。结果事情就是坏在那"再炒几下"之中，真可谓当断不断，必有后患。

起锅后的花生米晾冷后才脆，吃时撒盐撒花椒面自便。

或客人，或友人，将盘中一颗颗黄亮亮的、又香又脆的油酥花生米放进口中，在或白酒或红酒的伴随下，食者往往会催生出超常的激情和智慧，口若悬河，侃侃而谈，天上地下，风光文学，尽情宣泄倾诉，尽情享受生活。

2017年6月13日

（此文曾载《成都晚报》，被新浪网转载）

母亲的泡菜

泡菜是人们再熟悉不过的了。特别是在四川，在成都，几乎家家都有泡菜坛，有的一家还不止一个；在饭馆吃饭，泡菜也几乎都是"压轴菜"。

母亲的泡菜一直是我怀念和乐道的。我吃过北京的榨菜，吃过西安的盐渍菜，觉得与母亲的泡菜都不能相提并论。据说韩国泡菜很有名，虽然很遗憾我还没吃过，但我敢武断地猜测，韩国泡菜再好吃，也不会超过母亲的泡菜。

父母还在乡下时，只要母亲揭开泡菜坛捞泡菜，隔壁人家的人就会说："傅大婶又在捞泡菜了！"如果有凑巧此时正路过我家门口的乡邻，也会说："傅大婶的泡菜好香啊！"

20世纪80年代初，我在成都大学中文系干部写作专修班读书，其间有一段时间，母亲从乡下来到我工作的龙泉驿区委机关帮我照料正在读中小学的孩子。那时我们住在单身宿舍里，用水、如厕都是公用的，每家的蜂窝煤炉子都放在自家门口的过道上。一到吃饭时间，不少人会端着碗在过道上吃。母亲的泡菜香气很快又吸引了人们，这个说："傅婆婆，我要点你的泡菜嘛。"那个说："傅婆婆，把你的泡青菜给我一点做泡菜鱼。"母亲一律应允，不仅不会计较，反而很得意这么多人喜欢她的泡菜。我想，母亲喜欢别人吃她泡的泡菜，就有如我们作者喜欢别人读自己写的文章一样吧。

节假日里，父母亲的儿辈、孙辈们会回到乡下看望他们。大多数时候，都是父亲操灶，用母亲泡的泡菜炒回锅肉招待儿孙们。我们走时，母亲又会把她的泡豇豆或泡青菜外加一些泡子姜、泡红海椒，一家给一袋。我们返回时，撒下一路清香！

母亲的泡菜水灵灵的，黄澄澄的。母亲的泡菜也没什么秘诀，一是经常清洗坛子内部无水部分的内壁和坛沿；坛沿里保持有清洁的水，阻绝空气进入。空气进入了叫"喝风"了，"喝风"后影响泡菜质量。揭坛盖时要小心，不要把坛沿里的水扯进坛内去了。二是泡的菜一定要洗净晾干水汽后才能将菜入坛，没晾干的菜会把生水带进坛去，这样盐水会生白霉状的"花"。如果生了"花"，可倒入一点白酒"散花"。三是每次新泡菜时要加盐，保持泡菜水中有合适的盐分。光下菜不加盐，泡菜会越来越酸。当然，盐加多了又会使泡菜偏咸。每次加盐要视下菜多少而定。四是要加一些香料和调色的东西，如八角、茴香、干香菌、红糖等。有意泡上鲜姜、鲜红海椒、鲜大蒜，有助于提高泡菜盐水的质量。小时候，母亲还会带着我到屋后山林里的树、竹下，寻捡一种叫"香香菌"的菌子。"香香菌"只有食指大小，圆形，褐色，菌面有圆圈状花纹。采回后用细篾丝串上，挂在屋檐下晾干，然后洗净晾干水汽，放入泡菜坛，让泡菜有一种特别的菌香味。可惜现在已经没有这种菌子了。

母亲泡菜的方法也是我一直效法的。现在我家里的泡菜主要由我经管。妻子时时怀念父母在时到乡下吃泡菜回锅肉的那个香，还鼓励我要把母亲的"手艺"继承下来。

但林里没有了香香菌，家里没有了父母亲，我的泡菜"手艺"再好，也再体味不到父母用他们慈爱的目光看着我们狼吞虎咽地吃泡菜回锅肉下饭的那景、那情……

2017年2月19日

（此文曾载《晚霞报》，有删节）

有鸟名相思

多年前，我在成都一家书局做编辑，编辑过养鸟书，从书中第一次知道了红嘴玉也即相思鸟的名字。

那年初，我买了一对相思鸟来养，它们秀丽的身体、光洁的羽毛、灵巧的动作，特别是那晶莹剔透的红嘴儿，实在是讨人喜爱。这对夫妻鸟在笼中一刻不停地跳跃，不时夫唱妻随地欢鸣。晚上，我悄悄地去观察它们的休息状态，惊诧怎么只有一只了！仔细一看，才发现两只鸟身躯紧靠，且把头紧挨着缩在蓬松的羽毛里，仿佛成了一只鸟！我赶忙喊家人来看，并对家人发出感慨："你看人家鸟儿多么恩爱，真是名副其实的相思鸟啊！"

周许，一天早晨，我发现一只鸟儿一副病重的样子。我赶忙下楼去附近诊所买土霉素，回家时不到一刻钟，可它已永远闭上了眼睛，来不及吃饭了！这美丽小巧的生命多么脆弱啊！我很怅惜和懊悔，正准备过几天再去买一只，让活着的鸟儿有伴，可一天后，另一只本来活蹦乱跳的鸟儿不知怎的，也死了！我在心里想，它们真的离了一个就活不下去了吗？果真如此，那相思鸟的名字就真的恰当无比了。

后来我因睹笼思鸟，就又买了一对相思鸟。这对夫妻鸟活得好，两个多月了还照样活蹦乱跳。可几天后一只鸟儿又死去了，而且我从活着的鸟儿的叫声辨别出死去的是雌鸟。我担心鸟丈夫也会跟着鸟妻死去。但鸟丈夫似乎很坚强，失去爱妻后，仍顽强地活着，只是叫声更大，叫得更多。我突然悟到，这不正是坏事变好事：欣赏鸟儿的一个重要方面就是听它唱歌，这雄鸟如今唱得更起劲，不正满足了我们的需要吗？我还在想，它在丧妻后叫得更大声，怕是在呼唤妻子吧？它在妻子活时没那么肯叫，是忙着卿卿我我吗？

我分明记得，在鸟妻活着时，常常听到的是鸟妻叨唠式的鸣叫，鸟丈夫洪亮、优美的歌声不多。

但我最后决定：还是要为这只雄鸟"续弦"，给它配妻，不然，它只身生活，会相思得很苦的；我不能那么自私，只图自己能多听它的歌声（也许是哀鸣呢）而忘了人家自身的需要和欢乐。

（此文曾载《成都晚报》）

让阳台成为氧吧

初夏时节，正是我家阳台上"绿色大军"的青春勃发期。

清晨，我坐在置放在阳台的藤椅上，泡上一杯澄黄鲜亮的茉莉花茶。今天又是一个好天气！眺望一会儿蓝天白云，把眼收回来，从右到左，检阅我阳台上的花卉草树。

阳台右角上，是一株高大的幸福树。这棵树栽在一个大缸里，一年四季都长着翠绿的叶片，能遮住照进卧室的阳光。在这棵树的周围，是十多盆兰草。我栽兰草的时间有十年以上，虽然至今仍然处于"经常死，经常栽；经常栽，经常死"的无奈循环之中，但我仍不放弃，把兰草作为我阳台上的"压卷之作"。我真有点古时武将"屡战屡败，屡败屡战"的精神了呢。

在龙泉山中扯回的一株蕨草居然长得蓬蓬衍衍；那一盆芦荟不要肥甚至不要水都永远长得青葱依然。一盆爬壁虎每年冬枯春发，但总延续着绿葱葱的藤蔓，大片大片的叶子总能遮住阳光。金银花藤向护栏的四方攀爬延伸，不断扩展着它的领地，开放着金色、银色的秀气的芬芳花朵。

一株石榴不断上蹿，已经顶住雨棚，几个果实像红灯笼一样地挂在它细如柳条的树身枝条上，总担心它承受不住那果实的重量，然而它却没事一样。洁白的茉莉花、栀子花散发出浓郁的香味。两盆金菊和一盆白菊已长出密密的花蕾。

一红一紫的两盆三角梅，正是尽展风姿的时节，恣意开放，像火炬，像旗帜，在五楼护栏外吸引着街上路人的眼光。我用手机拍下发到朋友圈，得到不少点赞，让我很有一些成就感。

还有一红一白的两盆月季花，虽然开花不是很多，但密密匝匝的枝条和附近的一棵杉树、一盆棕树一起，挡住了照进客厅的阳光。还有两盆在三圣花乡买回的至今没记住名字的常绿植物，生命力特强。美人蕉、菖蒲虽然被其他花木遮掩，阳光不足，但仍然顽强地生活着。

左边邻墙的是一株十年以上的夜晚香，开花时，晚上会有浓郁的香味散发开来。虽然它已老枝多于新枝，但我仍然让它与我相伴。只要它还有一片绿叶，我就会用水肥供养它。

这些花木因为盆重，要么放在阳台的阴墙上，要么放在阳台地面。而护栏底部，就放花盆不太重的如仙人球、佛指甲、韭菜花之类。阳台护栏底部正中部分，近年来每年都用来栽海椒，大大小小十余个盆子，栽上二斤条品种的海椒，长势很好。海椒长成，炒菜炒肉，随摘随用，方便又环保。

我家阳台能置放这么多种类的花木，不仅是因为阳台较长较宽，更是因为我坚持与妻"争"阳台的布置权。

我家住房是二十年前单位集资建房修的。从一开始，我和妻子就为如何利用这阳台意见相左：她说要安窗子，说安上窗子，既可避鼠蚊，又可增加房屋使用面积。而我在这件事上"特牛"，无论她怎样唠叨，我就是四个字：毫不动摇！但我也坚持做耐心细致的思想工作，只要有亲戚朋友来家，只要他们赞美了一句，如说"你们的阳台简直像氧吧"啊，"五楼的阳台栽这么多植物不容易"啊，"这阳台上这么多花木，在这儿喝茶聊天很巴适"啊，等等。我会及时或反复用客人的话来"开导"她。

如今，妻子也不再提阳台安窗子的事了，那是因为她的眼睛饱览了阳台的那份绿意，鼻子享受到了空气的清新和花香，体肤感受到了这里的清凉和舒畅！

（此文曾载《成都晚报》，被北京时间、网易新闻等网站转载）

救　狗

两个月前的一天，妻子告诉我，家中男孩又捡回一条狗。

说是又捡回一条，那是因为之前他已经捡回过好几条狗，不过都是小狗或失去主人的狗，都是属于小体型的狗。往往是，小狗喂大或喂到半大，流浪狗喂一段时间，都因妻子极力反对，加上孩子单独住，上班有时也照顾不过来，这些狗都被陆续送给乡下亲戚去养了。

这回捡的狗，孩子告诉说，是一条体型特大的狗，好像是属于金毛犬品种。妻子听说是大狗，更加反对。我和妻子都是在农村长大的，小时在上学路上被恶狗吓怕了，如今晚上散步，妻子看见在大街上肆无忌惮、旁若无人、招摇过市的大狗，都会一边气愤地说城里不准养大体型狗怎么还有这么多吓人的大狗，一边往我身边靠，躲开大狗。

孩子说，他在街上看见这条狗时，狗已经快不行了，无力地躺在地上，不断呕吐。孩子立即将狗送到宠物医院，进行诊治后把狗带回家，细心照料。孩子平时不想煮饭都是在外边随便吃点什么，现在却是每餐为狗煮稀饭，买卤猪肝等。一段时间后，这狗居然好了！孩子说，他为了救这狗，花了上千元。一向节俭的妻子听说后，说孩子这么舍得，花这么多钱去救一条狗！

对孩子花"巨款"救狗这件事，我保持了沉默。我既没有指责他，也没有赞扬他，但在心里，我是欣慰的。我觉得这事说明孩子有爱心。而且，这爱心也是我们培养出来的。记得，在他年幼时，每当看见有乞讨者，我们都会让他去给乞讨者一元两元。

有一天，孩子将病愈后的狗牵到我家，妻子又是一边往我身后躲一边惊呼好吓人！

终因孩子要上班照顾不了这狗，又将这狗送给朋友了。虽然花了钱，毕竟救了一条生命，这钱也没白花，更重要的是，再次见证了孩子的善良和同情心。这是千金难买的品德呀！

2017年12月3日

（此文曾载《成都晚报》）

柴草灰中的美味

每当看见年轻人不管长辈如何提醒要少吃，却仍然热情不减地把一串串烧烤食品吃得有滋有味时，我都会情不自禁地想起乡村中的另类烧烤。

在用柴灶煮饭时，会产生不少滚热的柴草灰。柴草灰中，可烘制各种烧烤食品。

烧玉米。将鲜玉米棒放在灶口，用热的柴草灰覆盖着。待玉米籽七八分熟时，用火钳将灰中的玉米棒刨出夹住，在燃烧着的柴草灰中快速地翻烙。细微的啪啪声响过，夹出，用手拿住，一边两手交替握着，一边用口吹灰。稍凉，或用口啃，或用手将玉米籽一行行撸下入口，其味比放在锅里煮的香得多。

饭煮熟后，灶膛里剩下的草灰中可放入红薯或洋芋。烘熟后掏出，将红薯或洋芋撕皮后食，香甜可口。农家小儿常在大人挖红薯时选其大者，留下薯鼻（接近红薯的薯藤），悬挂于屋檐口下，过些时日，红薯水分散失。用这种蔫红薯入柴草灰中烘烤，香甜味特浓，有时还会流出红红的糖汁，诱得人口水长淌。

用火煨的青海椒拌皮蛋，味美可口。方法是将一束青海椒（二荆条海椒最好）置柴火灰中烧煨。椒体变软时取出拍掉草灰，撕去外皮，将椒肉捣碎；皮蛋剥后切成小块置盘中，放入煨青椒，再加酱醋，其味特别鲜美。

将乌鱼裹上黄泥，置柴草灰中烧煨。取出后捣去干硬的黄泥壳，剥去乌鱼甲壳，露出雪白鲜嫩的乌鱼肉，蘸上海椒豆瓣，甚至只蘸一点盐巴，那香味都是难以言说的。用此法也可烧煨黄鳝或鲫鱼，不用糊泥，直接放入柴草灰中。熟后剥去外壳，蘸作料入口，美味可口。乡谚有云："鸡鱼蛋面，当不到火烧黄鳝。"即是对火烧黄鳝的充分肯定。

"秋前十天无谷打，秋后十天满坝黄。"秋季农人收割金黄稻谷时，正是乡下儿童捕捉蚱蜢的好时机。蛾花、鬼头子、千担公、老虎头、花鸡公等名目众多的蚱蜢，在一块稻田即将收割完时会满天飞舞。孩子们看得眼花缭乱，不知捉哪只好了。大家聚精会神地抓紧捕捉。捕捉的蚱蜢，或放入专门用于装蚱蜢的篾笼中，或用狗尾草串起。捉得多时，可以在锅中煎炒；如不多时，就用柴草灰烧煨。方法是将一串蚱蜢置热草灰中，待蚱蜢腿、翅烤焦时取出，掐去腿、翅，再将去腿、翅后的蚱蜢置入热草灰中。待蚱蜢体焦肉熟时取出，无须蘸作料，直接入口，其香无比。其中蛾花熟后通体油浸浸的，口味最佳。

其他可食的如竹林间的笋子虫、水稻田中的水爬虫之类，也可如法炮制，其味也香。

更有一种烧烤可谓妙绝：田间黄豆老熟后，农人会扯起一株株带豆的黄豆苗秆，捆成一把一把的，置于通风处晾晒。将晾晒干了的黄豆把取来，在山坡上找一处地方放下，直接点燃豆叶豆秆。红火中豆荚爆开，一颗颗金黄的豆粒在啪啪的豆荚爆裂声中跳落火中，很快被烤熟。拨开豆秆豆叶之灰，寻捡火灰中的熟豆，放入口中，其香沁齿。此种吃法，成年后使人不禁想起曹植的七步诗："煮豆燃豆萁，豆在釜中泣；本是同根生，相煎何太急。"

2018年6月22日

（此文曾载《四川经济日报》）

清浊之思

何必硬要"苦作舟"

我本来是个"循规蹈矩"的人，也不喜欢死钻字眼的人，但有时自己却又自觉不自觉地钻起字眼来。

比如"书山有路勤为径，学海无涯苦作舟"这两句话，长期以来，很多人包括我都是把它作为经典句子、作为座右铭来对待的。可后来我却钻字眼，觉得这话有"不妥"之处。

哪点不妥？

首先第一句："书山有路勤为径。"路和径的字义虽有一些区别，但终归是指路。说书山已有路了，又说勤才有路，好像有点重复不通。当然，也可理解为路指大路，径指小路，勤是小路，由小路而上大路。但还是觉得别扭。我觉得把它说成"书山无路勤为径"更好。莽莽书山本无路，勤读勤学就会找到求取知识的路径。

第二句："学海无涯苦作舟。"这句中一个"苦"字，虽然从古到今也激励了不少人，但也"苦"了不少人！为什么说"苦"了不少人呢？因为这句话使很多人一说到学习就想到苦，而人们普遍的心理都是不喜欢苦的。就像吃药一样，先就知道药是苦的，但又不得不吃，于是闭上眼睛，皱了眉头，很不情愿地把药喝了下去，心里留下久久的苦味，巴不得从此不再吃这苦东西！

在我们的教育中，教育孩子的就是，你要有出息，你就得苦读苦学。懂事点的孩子，就像喝苦药一样地苦读苦学下去，不这样，对不起父母，找不到满意的工作。不大懂事的孩子就对读书学习畏苦怕苦，不是应付老师，就是逃学不去上课，或是在课堂上东搞西搞。

我们可不可以一开始就给孩子灌输读书、学习是甜、是快乐的事这种思想呢？可不可以把"学海无涯苦作舟"改成"学海无涯乐作舟"呢？我认为是可以的。这也是个导向问题。

在这方面，我有一些个人体验。我深知，"爱好是最好的老师"。孩子没有喜欢读书学习的自觉性，你就是整天陪在他身边也无济于事，他也会心猿意马，神驰书外。

我在夏天月下乘凉时，给孩子讲各种有趣的故事，他们听得津津有味。这时，我告诉他们，我讲的这些都是从书上读到的，你们只要喜欢读书，就会知道很多很多的故事。

那些年，每到"六一"儿童节，单位上都要给职工家中16岁以下的子女送礼品，有糖有书。很多孩子都会特别喜欢糖，但我把礼品拿回去后，孩子们首先问有没有书，然后抢着选喜欢的书看，把糖放到一边。

我曾受聘到一所中专学校教语文，这是一所民办学校，收的学生大多是没考上高中的，学习自觉性比较差，上课说话、玩手机是常态。学校提出"快乐教育"的要求，以期调动学生的学习积极性，并且要求教师献课、讲示范课，还组织人员评分评讲。我讲了一节诗歌课，我除了讲中国是一个诗歌王国，我们大多数人都是受过诗歌熏陶的等内容外，还选了一些中小学阶段学过的诗歌，事先用毛笔大字抄好，然后设想外出旅游，走到哪里，见到什么，就问学生你们这时会想到什么诗？有猜对了的，有猜不出的。这时我翻开抄好的相应的诗，让大家齐声朗读，效果很好。

2019年1月20日

相亲这些事儿

一个青年对我说——

我们家乡男女相亲时有一个传统习惯：女方要到男方家里看"家务"。

爷爷说，他们年轻时，要经媒婆介绍女朋友。女方家里的人，多数时候是女朋友的妈或再叫上姨，来男方家里看家务，也就是看男方的家底如何，女儿嫁过来会不会挨饿。那时家里只要有"三柜一缸"（粮柜、衣柜、碗柜、水缸），女方也就不开腔，默认了。精明一点的女方母亲，会趁主人不在时用脚去踢柜子：装有稻谷的柜子踢起来是闷实的感觉，和空柜的"空空"声大不相同。床上的铺盖也会看到，但那不是女方太在意的，因为女儿出嫁时娘家会制作；有的男方家里穷，他们也会从邻居家借来放在床上。按说女方最应该到猪圈去看看的，但种庄稼的人几乎都会养猪，只是养多养少、猪大猪小的区别。也有一些精明的男方，女方来看家务时，正值圈里的猪小，他们为了增加对女方的吸引力，会在客人没进屋前把邻居家的大肥猪借来吆进自家的猪圈里待一会儿，等客人走后再把肥猪吆回去。

父亲说，他们那时要朋友，可由中间人介绍，也可自己耍，但自己耍的到时也会找一个人做介绍人。那时的女方到男方家看啥呢？看有没有"三转一响"：手表、自行车、缝纫机、收音机。手表小，戴在男朋友手上，有时袖子挡着看不见，女方的人会不断往小伙儿手腕处盯。精明的小伙子会以干活为由，挽起袖子，故意露出那亮晃晃的手表，至于是什么牌子、多少钱买的，他们倒不在意，只要有就行。自行车、收音机也是，不追究牌子、价位，他们也不会懂，只要有。有缝纫机当然更好，锦上添花。如没有，看小伙儿不错，也就可以不强求，或说今后再添置吧。

到了我这一代，讨老婆就没爷爷他们几个柜子那么简单了；也不像父亲他们拥有手表、自行车就行了。我们这一代大都进城了。社会上流行的"有车有房"还不足以满足好些女子的愿望。车子太低档了她们不会认为你有车，电瓶车、摩托车更不算车，你有拉货的大汽车也不算有车。起码要有说得过去的轿车，价位当然越高越好。有租的房怎么能算有房？仅有一套房还不够。要几套才够？姑娘说，我要"三房一车"：新房，这是必需的，面积大比面积小好，装修豪华点比简单点好；不愿和公婆住一起，要有男方父母住的房；女方是独生子女，父母要来女儿所在的城里定居，还得要有娘家父母住的房。唉，够条件就早点结婚，不够条件就慢慢熬吧，把大家都熬成大龄青年再说。也有识时务的不强求物质，只要人好就行，毕竟我们是跟人结婚。

2016年2月17日

婚姻的保证是宽容

又到年关，又会有多少父母倚门盼望大龄儿女在回家过年团聚时带回他（她）的另一半。

我由此想到自己曾在课堂上对学生不无"幽默"地说过：过去是男子休妻，如今社会进步，女子也可以休夫了（女子先提出离婚）。

最近读到一篇文章，内中提到某地近年的离婚案中，约百分之七十是女方先提出。

君不见，有不少在婚礼的神圣殿堂上，向亲友庄严承诺：愿把对方当作自己今生唯一的、相伴终生的伴侣；可一两年后，甚至不到半年，甚至两三个月就分手了！这是多么令人惋惜的事，又是让人感到多么滑稽的事。

当然，我们不应当嘲讽那些离婚的人，他们离婚，总有他们的理由；而离婚，总是"不幸"的事，我们应当理解宽容。

其实，婚姻内的男女双方更应该多一些宽容。

君不见，有不少"休夫"的女子，她们有文化，有能力；"休夫"后，也是有房有车有存款，而且事业有成，但就是再婚难，给人造成一种印象：强势女子多薄命。

女子从总是被男子休到可以休男子，无疑是一种社会进步，是男女平等的一种具体体现。过去，女子被男子休，或虽未被休，但对男子三妻四妾、花天酒地只能接受、顺从、宽容，那是因为女子没有社会地位，接受的伦理教育是"三从四德"，更重要的是没有走向社会，只能围着锅边转，没有一点经济实力，还给你裹了一双尖尖脚，当然只能被人休！

如今的女子不同了，有知识，有展示才能的地方和平台，有自己的经济来源，不再是只能人身依附，不再愿嫁鸡随鸡、嫁狗随狗，容不得男人花心，容易做出休夫的决定。女子的能力越强，收入越高，对男子的宽容心就会越低。

无论是"休夫"也好，"休妻"也罢，都忘了一个千古古训："金无足赤，人无完人。"结婚前，两个人是在完全不同的家庭中成长起来的，结婚后，不合的地方肯定有，所以要磨合。磨合就是互相迁就，就是互相宽容。

对婚姻轻言放弃的人，还有一个认识上的误区：总认为凭自己的条件（相貌、才干、实力），离了眼前的，还可以找到更好的。殊不知有的会遇到这种情况：重新找的人缺点更多，问题更大。看到这种情况，也造成一些离婚女不敢轻易再婚，对再婚的条件提得比初婚时还高，这也是离婚女再婚难的一个原因。婚姻的成功率降低，也降低了青年男女对婚姻的渴望而迟迟不愿走进婚姻殿堂（当然还有其他原因）。过去民间有一种说法："找了七个八个，还不如先前那一个。"这话虽然有点偏颇，但也有一定道理，这就是因为重新找的人并非完人，离了的人并非一无是处。人们总是会在不知不觉中用新人的缺点去比旧人的优点。

社会、思想的多元化，让人们的行为和认知也有变化。男女双方对对方的要求也不应该墨守成规，而要与时俱进，多一些理解，多一些宽容。

婚姻如果是一件艺术品，它的作者应该是两人；婚姻如果是一道作业题，也须两人共同来作答。

成就婚姻是一种缘分，"百年修来同船渡，千年修来共枕眠"。婚姻双方都应当珍惜，不要轻言放弃，不要随便使用社会赋予我们的"休夫""休妻"权。

2019年12月23日

恋爱、婚姻勿求"最"

　　社会上，大龄青年或曰"剩男剩女"不少，究其原因，不是因为他们条件差，恰恰相反，他们自身的条件大都"优秀"：学历高、工作单位好、收入也不少、有的相貌也俊俏。他们的恋爱婚姻成为"老大难"，是因为他们追求一个"最"字，或曰"最挑"，总之要自己"最满意"才下手。女选男，要么房子、车子必备，要么"高富帅"；男选女，既要看"盘子"（脸蛋），又要看"条子"（身段），或曰"下得厨房，出得厅堂，温柔善良"，有的还要"门当户对"。

　　恋爱、婚姻乃人生大事，重视它，主观上希望对方"完美"一些，都是可以理解的。但"完美"也是相对的。

　　这使我想起了儿时读的一则童话：雌老鼠不甘嫁给老鼠，想嫁给天下最强大、什么都不怕的。她认为太阳就是理想的对象，于是向太阳求婚。太阳说："我也有怕的。"雌鼠问："你也有怕的？你怕谁？"太阳回答："我怕云。"雌鼠问："为什么怕？"太阳说："云会遮住我，让我失去光芒。"雌鼠于是去向云求婚。云说："我怕风，风会把我吹得散了形。"雌鼠去向风求婚。风说："我怕墙，墙会挡了我的路。"雌鼠去向墙求婚。墙说："我怕老鼠在我身上打洞，让我遍体是伤。"雌鼠最终还是嫁给了老鼠。

　　"金无足赤，人无完人。"这句话很多人会说，但却少有人真正把它用于对待具体的人和事上。温柔的不一定漂亮，漂亮的不一定温柔；美丽的不一定能干，能干的不一定美丽；事业有成的不一定善做家务，善做家务的不一定事业有成。男子希望对方具备女人所有的长处，女子希望对方具备所有男人的优点。愿望是好的，却往往是会落空的。

　　"天涯何处无芳草"这句话是对的，但什么是"芳草"，在不同的人眼里，"芳草"的标准也不是完全相同的。特别是在外貌美和内在美问题上，更是值得年轻人在恋爱、婚姻上慎对。"爱美之心，人皆有之。"但如果一味只注重外在美不注重内在美，也很难有完美的婚姻。试想，一个虽然脸蛋漂亮，但不想上班、只知涂脂抹粉、穿金戴银，只在麻将桌上或歌厅舞厅混日子的女子，在人们心目中能有多美？很难想象这样的人会对公婆有多大孝心、对子女有多大责任！一个帅哥如果不学无术，拈轻怕重，挣钱不多，又花天酒地，这样的男人怎能对女人呵护一生？有的男子虽无家底，也无车、房，但聪明、勤奋，未来也是看好的。所以，无论男女，选择对象一定要从自身条件出发，实事求是，多从对方品质入手，培养感情，"情人眼里出西施"，切莫过分挑剔，应了"千选万选，选个漏灯盏"的俗语。甚至到老都没选上，独身度日，让父母不安，自身亦难。

人海茫茫，不缺"芳草"，缺的是善于发现适合自己的"芳草"的眼睛。

愿天下正处恋爱黄金季节的男女，只要抛弃不切实际的幻想，"白马王子"会有的，"柔美娇娘"会有的，要坚信：有情人终成眷属！

书坛怪象何时休?

有人对我说,他不敢带孩子去看书法展览。他怕孩子写毛笔字时学坏或无所适从或不知所以。

当今不少人对书坛以丑为美的怪象感到不满和担忧。不知一百年后,"后之视今",那时他们会如何评价我们当今的书坛。

书法竞赛的获奖作品大体有两类,一类是有临摹功夫的字,没有个性,只见古人不见他;一类是随心所欲,鬼画桃符,这一类作品被誉为有创造性,常获重奖。有的级别高、分量重的报刊也跟风助势,发表不少根本不值得效法的作品。

有一个爱写所谓变体字、已有一定名气的"书法家"曾亲口对我说:"我们和那些正规写的人拼不赢,只有另找出路。"听了他的话,我忽然联想到古时打仗,有的所谓将军在兵法布阵上比不过对手,就寻求左道旁门之术去对付。

人人都赞赏王羲之的《兰亭集序》,并誉之为"天下第一行书",可是有几个书家的字还看得出王羲之的字的那种工整、和谐和风韵?

如今的书坛不接地气,只在圈子里互相吹捧,实际上是"吹而不捧"。吹别人为的是让别人也吹自己。吹别人口吐莲花时,骨子里还是认为自己的才是最好的。

还有一种怪象是,一些以丑为美的书家,把那些写得工整、正规的斥之为"你那不是书法呢,你那是在写字呢",真让人难以理解,写字和书法真有天壤之别?

在书坛怪象误导下,人们变得分不清美丑好孬了。大家认为这字不错,却不入"专家"法眼;专家吹得玄之又玄的,人们又觉得很不顺眼。有一个享受国家津贴的书法老师,他在给学员讲书法课时说了这么一句话:"不管是写什么体的字，总之要好看。"好看，说起来空泛，实际也具体。美也有共同因素，犹如说一个人美，总和脸蛋俊丑、五官是否端正以及身材等相关。字也如此。

不少人买书法作品，不是着眼艺术，一味追求效益，以是否能增值为出发点。花同样的钱，明明喜欢这幅字，一打听，这个人没那个人的名气大，可那个人的字自己又不喜欢，最后在利益的驱使下，违心地舍掉喜欢的。

真正的书家，应走到群众中去，传输书法真谛，帮助人们学会欣赏书法，陶冶情操，写出既有传统又有创新的、人们"乐见乐学"的作品。只有这样，书法这一民族瑰宝才有可能更好地传承下去。

2017年11月18日

死后哭莫如生前笑

中国自古以来就是一个崇尚孝的国家。《二十四孝》一书代代相传，书中"董永卖身葬父""王祥卧冰求鲤"的故事老少皆知。"老吾老以及人之老"被视为一种崇高境界。如今一些城乡开展创建评选的"五好家庭""文明家庭"，条件中都有尊敬、孝敬老人的要求。孝敬老人是一个公民应当具有的起码的道德。

不过，生活中有些现象使人迷惑：有的人父母死后，儿女媳妇号啕大哭，哭得声震屋宇，丧事办得热热闹闹、体体面面；冥钱、冥品如"房子""电视"，甚至"汽车"都毫不吝啬地给父母"送去"，一副大孝子的样子。

可是一了解，这些人在其父母生前的表现却使人感到鄙屑：供养老人分厘计较，瓜分老人遗产寸步不让；老人轮流到子女家吃派饭，轮到哪家哪家就搞"节食减肥"，把父母本来就干瘪的身子"锻炼"得更加"苗条"；子女玩大彩电，老人看小黑白；请客时子女坐客厅，老人却被晾在一边；子女结婚居正屋，父母搬去住阳台过道；看见老人行动迟缓就皱眉，老人耳背，连喊几声听不见就冒火；稍不如意就斥责，老人怄气还要指责是"老还小"；子女在老人面前一天到晚没笑脸，供养老人就像背了一个甩不掉的"包袱"；更有更者，还要骂父母是"老不死"。

老人生前无笑脸，死后泪涟涟，看起来反差极大，但究其实质，都是一个"私"字在作怪。

父母年老了，不能更多地创造财富了，对子女的经济、精力都成了"负担"，因此嫌弃老人。而老人死后，这些不孝子女在丧事办理上"出手大方"，并不是他们的忏悔和改过，而是他们自身虚荣心的需要，他们要讨得一个好名声，怕被人说成不孝。

但假惺惺的泪水洗不去他们在父母生前不孝的过错，了解他们的人讥讽他们对父母是"在生不孝，死了流马尿"。

曾听有的老年人对子女说："我不求你们拿什么好吃的给我们，你们少拿点脸色给我们看就好了！"可见老年人对子女笑脸的企盼和渴望。如果能做到既在精神上多给父母一些微笑、关心和体贴，又能把大操大办丧事的费用早点用在父母的生活上，恐怕这才能使老人得到真正的安慰。

我们今天仍然提倡尊重、孝敬老人，并不是要我们做古人那种"割股救亲"的愚孝。我们倡导的是符合社会公德的对老年人的尊重和孝敬。很难想象，一个在家里对养育自己的老人都不肯给笑脸的人，会在单位上与同事和睦相处，会在社会上热心公益，更不要说见义勇为了。东南亚一些国家规定，不孝父母的人不能做官员，他们认为不孝父母的人不可能尽心为民办事，这是有道理的。

多给生前的父母一些微笑吧，他们听见这笑声，看见这笑容，定会使他们晚年幸福！

（此文原载《成都晚报》）

心也像门关闭了吗

记得有一次，乡下亲戚送来一篮新鲜玉米棒，我和妻商量，决定送一部分给楼下的一位朋友分享。可是，当我用筲箕端着还是"择优"挑选出来的玉米棒，兴冲冲地给朋友家送去时，朋友之妻却以三分玩笑七分认真的口气对我说："你们是吃不完了吗？"

回到家里，我对妻说了，我们虽然明知这话有玩笑的成分，但我们还是有点耿耿于怀，因为人家就是可能认为你吃不完了才会送人。

吸取了这次的教训，后来又有准备送人家东西的想法就打消了：

一次是乡下大妹送来狗腿肉，也准备分点给楼下的那位朋友。但最终我们没送，因为我们想起了送玉米的事，我们怕又被认为是吃不完了才送的。我们想，如果吃不完就倒掉吧。

又一次是大妹送来优质的"巨峰"品种葡萄，我和妻想送一点给出门仅一步之隔的真正意义的邻居。我们都在一个机关，但不在一个部门。我们的住家门挨门，但住了几年，进门后各自"砰"的一声把门关了，电视之声相闻，数年不相往来。我和妻就是想借送葡萄的机会改变一下现状。但我们最终还是没送。我们怕引起别人的不解：这么多年都没"交道"，怎么突然送东西？

我和妻都是在农村长大的。我们读了书进了城后，时常怀念儿时在乡下的情景：每当收获时，这家收了甘蔗，会给每家邻居抱去一捆；那家摘了柑橘，也会给这家送一些、那家送一些；栽秧、打谷招待干活的人要吃糍粑等难得吃的东西，也会这家送一碗、那家送一碗。接受馈赠的邻家也从不会去计较别人送了多少、是选好的送还是孬的送，一律是非常高兴地接受，并连连说道："多谢了！多谢了！"

特别是在古井旁的大树下，或在院坝里，各人端着饭碗，站在一起边吃边说生产的事，说收成的事，那情那景，进了城后，是难再现的了。

其实，城里人也应有城里人的交际。虽然我们各家的门是关着的，但我们不要把心的门关上。坝坝舞，社区演出，小区、楼院的联谊活动，等等，领导应当多组织，群众应当多参与。打开心门，让城里人也拥有融融的街里情、邻里情！

2013年6月1日

"相亲"与"相轻"

"谦虚使人进步，骄傲使人落后"，曾经是很多人的座右铭。可现在骄傲的人太多，而且都有"骄傲的理由"。

与作品发表得少的人比，作品发表得多的人会骄傲；与没有出书的人比，出了书的人会骄傲；与自费出书的人比，出版社主动出书的人会骄傲；出的书比别人出的书厚可以骄傲；发表的文章比别人的长可以骄傲，还会在心里讥讽别人发的是"豆腐块"；写短文章的也可以骄傲，说那些写长文章的是"王大娘的裹脚布，又长又臭"，是快餐文化，没什么文化含金量；写纪实文章的瞧不起写诗的，说现在哪个读诗啊，说写诗的人比读诗的人多；写诗的人瞧不起写散文和小说的，说自己的语言精练，别人写的散文是口水话，是学生作文，说小说都是胡编的，诗才是写的真情实感；别人发了文章或得了奖，那是因为与编辑熟，或与编辑拉了关系，我正派、我不拉关系，所以我没有发表、没有获奖也该骄傲；我的作品不是水平不高，是编辑不识货；如你是美女发了作品或得了奖，遭背后攻击的概率更高……

凡此种种，不一而足。岂止文人，社会上太多太多自以为是的人。

古语有言："金无足赤，人无完人。"生活中又太多"完人"了：议论别人的非那是头头是道，说得唾沫横飞、口干舌燥。议论他事则这事应该这样，那事应该那样，也说得入情入理。可他（她）背后也不乏贬议之人，这正应了"谁人背后无人说，哪个人前不说人"一句。

我们完全可以找到谦虚的理由。写散文的可以学习诗的精练，使自己文章的语句更精准；写短文的应该学习写长文的：别人为什么写出那么多？别人除了生活积累，难道不也是知识积累？写长文的也可向写短文的学习：同样一件事，为什么别人能用那样少的文字表达出来？自己的长文是不是有水分或水分太多？

　　只看到自己长处的人不是自信而是自负，是自以为了不起。应当知道，山外有山，天外有天。再有成绩也不过是沧海一粟。自负非但不能使人进步，还会让自己落后，成为高昂着头的秕壳。谦虚的人就像籽实饱满的谷穗，虽然低垂着头，却是真货干货。文人应该"相亲"而不是"相轻"，虽然"文人相轻"的说法古已有之。

2019年2月16日

人太精反为不美

"精明"这两个字，本是一个褒义词。谁不愿做精明人而愿做傻乎乎的人呢？可任何事都不能过度，例如这精明，太过精明了，成了猴精，人人都不愿和这个人相处，害怕他的精明，例如打麻将，某人打得太精，十次打九次赢，别人就不愿意和他打了。

清朝嘉庆皇帝被封太子之前，也就是他还不知道自己要当太子的时候，父皇乾隆帝身边的权臣和珅提前给了他一柄如意，暗示他要当太子，也暗示自己拥戴有功。这是多么重要的信息！谁不喜欢给自己报喜的人呢？按常情，嘉庆帝当上皇帝后，应当感谢和珅，更加信任和重视他。可嘉庆帝上任后，还在父皇乾隆帝的治丧期间，就果断地收拾了和珅，给和珅列了二十条大罪状，抄他的家，令他在狱中自尽，而第一条罪状就是他把自己要当太子的信息提前透露了，泄露了机密，心术不正！

当八国联军已经打到京城附近的时候，慈禧太后带着光绪皇帝和皇后、皇妃、大阿哥、端王、庆王以及太监李莲英等，换了衣服，悄悄地溜出都城逃跑。

逃跑之前，慈禧让人把光绪皇帝喜爱的但却被她幽禁的珍妃带出来，慈禧对珍妃说："我本来要带着你一起走，但现在到处都是那些练拳的人，土匪也多，你还年轻，如果被人家逮着了遭受污辱，丢皇家的脸，那还不如死了好。"

可珍妃并不想死。太监崔玉贵揣摩慈禧主子的意思是要珍妃死，于是自作主张，用毡毯裹了珍妃，把珍妃推到井里去了。

慈禧太后一行人逃出去，由于匆忙，来不及带东西，往日过惯了锦衣玉食生活的慈禧也是过了些狼狈不堪的生活：夜宿荒驿，卧土炕上，用簸箕当枕头，有时只得一碗冷绿豆稀饭吃。

慈禧太后要李鸿章等人与八国联军议和，开始八国联军没同意。名妓赛金花（本名傅彩云）被好色的八国联军统帅、德国人瓦德西看上并加以宠爱，赛金花从中斡旋，使得瓦德西下令禁止联军淫掠和同意谈判。

谈判"成功"后，慈禧太后一行人又回到北京皇宫。回到皇宫后，宫里人对珍妃之死多有议论，慈禧太后就追封珍妃为珍贵妃，并把崔玉贵赶出皇宫。慈禧太后对人说："我当初说珍妃如遭乱不如死，不是说她必须死。我回来后，看到崔玉贵，想到他那么狠心，心头都还怦怦地跳！"

假如太监崔玉贵当初不自以为是，而是先"请示"慈禧太后，那慈禧太后就不会把珍妃之死的责任推给他了。这就是太过精明的代价。

我曾经见证过两次车祸事故，都是其他人没事，只是精明的人死了。

一次是一辆大客车，夜晚大雨时疾驶翻越龙泉山，驶到一湖边公路处，突见前面有一辆拖拉机停在那里，急刹车时让客车向右侧翻着地。我那时在成都市龙泉驿区委办工作，值班电话接到消息后，我和区委一名领导马上驱车前往。到达出事地点，方知车内几十人中只有一些人的手指、脚趾有轻度扭伤和擦伤，唯一一个年轻人见情况不妙，欲从车窗翻窗逃命，结果上半身刚出车窗，就被车子压死。

另一次，我和几个文化战线的人去到龙泉山上一个乡机关做诗歌朗诵的评委，还没开始工作，突见乡机关院内来了一个披头散发、号啕大哭的女子。原来她和男朋友不到一个小时前刚在乡机关办了结婚手续，准备到山下石经寺庙宇许个好愿，结果他们乘坐的小中巴在途中翻车，车内其他人有惊无险，唯有准新郎精明眼尖，一人跳窗不成死了！

这当然不能说明凡反应快速的都不好。但他们精明的快速反应，说明了他们对车子翻倒的时间与身子翻窗的时间没有思量（当然也许来不及思量）。反应快本应是好的，但过犹不及，结果不好。

不是精明不好，是太过精明不好。

2019年5月6日

何必为白发忧愁

　　唐代大诗人李白在《将进酒》一诗中有这样的句子："君不见高堂明镜悲白发，朝如青丝暮成雪。"当我们进入中老年阶段后，两鬓、头顶开始出现白发。这些少许的白发太刺眼了，太讨厌了！心里不断在问：我怎么这么快就长白发了呢？于是我们照着镜子自己拔，喊儿女拔，叫孙儿孙女拔，以为拔掉这些白发我们就可以永远年轻了。可白发越拔越长，越长越多。终于在某一天，我们在白发面前"投降"：不拔了！

　　其实，头发白了并不可怕，可怕的是心变"白"了：没有希望，没有热爱生活的激情了！

　　人的生命是一个过程，人生的每一个阶段的到来，都是无法推迟和抗拒的自然规律，例如白发，它就会在我们中老年时出现，你只能面对它、承认它、接纳它，与它和谐相处，顺其自然。

　　你要把白发染一下也可以，但我以为还是本色为好。每当我看见那些头上闪着银光的白发老人，看见他们精气神十足，我就会油然而生敬意，我不仅不会嫌弃他们的白头，反倒认为那是岁月的辉煌纪念，那是智慧的结晶本色！

　　我以为，处在哪个年龄段的人都应该自信、自豪，没必要自卑、自弃。黑发有黑发者精力旺盛的骄傲，白发有白发者智慧积聚的自豪！

　　我想用著名诗人郭小川在《何必为年龄发愁》一诗中的两句，来结束我这篇短文：

　　　　只要在秋霜里结好你的果子，又何必在春花面前害羞。

2017年12月3日

（此文曾被《老年之友》杂志选作卷首篇发表）

从幸福说起

什么是幸福？从读小学时就开始叩问，好像都没有找到一个确切的答案。活了大半辈子，似乎对此有了一个比较简明的答案：平安是幸，健康是福。

谁遇到天灾人祸，或得了难治之病，伤了身体，或失去生命，我们会说这是不幸。反之，我们平平安安地活着，这不就是幸吗？

虽然拥有金钱百万千万，住宅有多处，如果疾病缠身，医院进医院出，不断吃药打针住院，吃啥啥不香，这还有什么生活质量？反之，泡菜下红苕稀饭都吃得津津有味，有口福就是福！

人到了中晚年，开始追求生活质量。一个简单的说法叫"上半辈子学习、工作、奉老育幼，累了、苦了，要活好下半辈子"。这应该是合理的要求，稍有一点孝心和良知的晚辈都会千方百计地让自己的长辈活好。

怎么才叫活好？不少人这样回答："要快快乐乐活好每一天！"这回答无疑是正确的。

但是，想快乐不一定就能得到快乐。为什么？人不是离群索居的，人在一定的时空中活着，天气有好有坏，人心有善有恶，亲情有疏有密，友情有厚有薄；虽无远虑，亦有近忧。生活中总会跑出来一些烦心事，都有可能影响到自己的思想情绪，让你快乐不起来。

怎样才能做到天天快乐？很多人都说："心态要好。"这是一个绝对正确的答案。

但心态不是想好就好得起来的。同事、同学、战友、同乡人，原来所处境况都差不多，后来有了差别，级别职称，工资福利，难免攀比……加上一生中遇到的不公不正之事，甚或是眼前碰到的无理蛮横之扰，等等。更不要说有些人本来就是愿人穷不愿人富、见人富就眼红、见不得别人比自己好。

这一切，又会让人难保时时都有一个好心态。

怎样才能有一个好心态呢？有人给出回答："放下"或"舍得"。这是千古经验之谈。

放下什么？无非名利二字。"人为财死，鸟为食亡。" "天下熙熙，皆为利来；天下攘攘，皆为利往。"追名逐利，也是现在很多人的向往，这些说法和现象都说明放下名利很难。虽然墙上挂着"宁静致远""淡泊名利"的字幅，但要完全做到也不容易。但我们要朝这方面努力，放下一分，快乐一分，有舍才有得。

要能真正做到放下，就要悟透人生。这需要智慧。智慧与文化有关系，但不是正比例关系，有的文化不高或没什么文化的人也有智慧。网络上的调侃顺口溜似乎也能让我们活得明白一点、豁达一点、通透一点：六十岁时官大官小都一样，七十岁时钱多钱少都一样，八十岁时男的女的都一样。

平平安安，健健康康，快快乐乐，无忧无虑，生活自理，选一种爱好打发时间，不给晚辈添麻烦，不给社会增负担，有条件还可为后辈分一点忧，有能力还可为社会发挥一点余热，春到悠闲去赏花，秋来健步登高坡，夏暑棚下凉茶饮，冬寒又有暖被窝，这不是幸福是什么？

2022年1月9日

嘴的方言

在我的家乡成都东山坝子一带，关于嘴的方言有"刀子嘴""鹅公嘴""乌鸦嘴"。

"刀子嘴"指有些人对人说话时，那话就像刀子一样锋利、直截了当、直指要害、直戳痛处、不留情面。这句话还有一句潜台词叫豆腐心，有时就说成"刀子嘴，豆腐心"。在生活中，我们常常会听到有人劝解别人时说："哎呀，你不要生他（她）的气。他（她）这个人是'刀子嘴，豆腐心'。他（她）的话听起来太不给人面子，但他（她）也没啥坏心眼。他（她）是那种说过就算了的人。"这种人嘴硬心软。

"鹅公嘴"是指那些对任何人都看不惯、瞧不起的人，总是说别人这也不对、那也不对，就他（她）一个人对。这句话还有一句后续语，叫"见人转（攻击）"，连起来说就叫"鹅公嘴，见人转"。这个"转"字我只是取其音，指用嘴攻击人的意思。了解家禽中鹅的人知道，在农村中有一个景象：一只白毛红掌、头顶上长有一个大红包块的鹅公，带着身后几只鹅婆，大摇大摆地走着。这时，如果有人走到这群鹅的身边，那走在前面的鹅公立即就会伸直脖子对人发起攻击，用厚实有力的嘴壳夹咬人，或夹咬裤子，或夹咬人腿。若是大人，则或躲或用手中物抵挡；若是小孩，常被吓得大哭。足见这鹅公嘴的厉害和令人生畏生厌！被人喻为"鹅公嘴"的人，多是那些自高自负、拿着手电筒只照别人不照自己、没有自知之明、自以为自己一贯正确的人，他们总是把自己当成一朵花，别人都是豆腐渣。越是他们熟悉的人，被他（她）攻击的概率就越高。所以人们一旦了解到谁是"鹅公嘴"似的人，就会远离他（她）。这种人嘴狠心窄。

"乌鸦嘴"主要是指那些说话不得体、说了不该说的话的人。乌鸦被人视为不祥鸟，它的叫声被视为报丧之音。某人去医院看望亲友，对病人说：

"你看你床边这么多后人来看你，你好有福气，你就是死了也值了哇！"有人这样对亲友说："哎呀！这回你爸死了，我正忙着做一笔生意，走不开；今后你妈死了，我一定争取来！"这种人嘴臭心实。

2021年6月22日

（此文曾载《华西都市报》）

故里风物

冬天的"节日"

什么时候是冬天的"节日"？也许有人会说是出太阳的日子，可我说，成都人冬天的"节日"是下雪的日子。

这使我想起了与雪有关的话题。

早些年下雪，娃儿们高兴的是可以垒雪人、打雪仗，农人则说下了雪来年虫少了，土松了，庄稼会多收几成。稍有点文化的人，则把"瑞雪兆丰年"的话说了又说。我曾在给学生讲唐代诗人罗隐写的《雪》（尽道丰年瑞，丰年事若何；长安有贫者，为瑞不宜多）时，问学生为什么说"瑞雪兆丰年"？学生也多数回答雪能冻死虫子，有利种庄稼。

柳宗元的"千山鸟飞绝，万径人踪灭。孤舟蓑笠翁，独钓寒江雪"（《江雪》）既写出了恢宏的雪景，又写出了诗人高洁的品格和孤独的心境，此诗历来为文人称道，更给画家们提供了绝美的创作意境。

这几年成都每到冬季都下雪，真是令人高兴。因为之前有好些年没下雪，说是地球变暖了，人们有一种担心，怕地球这样一直暖下去怎么得了，冬季不下雪怎么正常！当看见纷纷扬扬的雪片在空中飞舞时，我们感到高兴！

现在人们看见下雪，恐怕想到让雪使农作物增产的人不会太多，因为现在科学发达了，催长素之类的东西效果不知比雪的作用大多少倍。那种因贫寒而冻卧街头的情景也是少有了。而人们在潜意识里，怕是希望人心都像雪花般洁白才好。

特别是冬天下雪的日子，成都人会从市内开着车，载着一家大小，到附近的龙泉山去赏雪景。

儿童欢呼雀跃，用冻得红红的手把一坨坨雪花撒向天空，像银花朵朵绽放；恶作剧地把雪团抛向玩伴的颈脖，立刻引起一片欢快的尖叫；或单照，或合影，在玉树琼枝下摆出各种姿势，在银色世界里留影。尤以那围红围巾的姑娘更加逗惹人眼，红装素裹，犹如朵朵红梅绽放；有的人会用双手捧起干净的积雪，用塑料袋装上，拿回家化水泡鸭蛋会格外甘冽味纯，或用雪水煮醪糟吃治咳嗽。大人和小孩齐心协力，收集积雪，垒成或大或小的雪人，置于车子前盖上。

回城时，龙泉山上山下直至市区，各种牌子的车子载着尽兴而归的家人和姿态各别、妙趣横生的"雪姑娘""雪大爷"，川流不息地往市区奔驰。

成都人不仅好美食，而且善玩耍，就连在这冰天雪地里也会玩得让人心暖如春！

（此文曾在《人民日报·海外版》发表，文字有删节，发表时题目为《成都的雪》，被人民网、东方头条、日本新华侨报网等多家网站转载）

话说龙泉建县及沿革

如今的四川省成都市龙泉驿区，在历史上先后设置过东阳县、灵池县、灵泉县，它的建制沿革是怎样的呢？

龙泉驿区古时候属于蜀国管辖之地。最先的蜀王叫蚕丛，传柏濩（灌）、鱼凫、杜宇（望帝）、开明氏（丛帝）。龙泉驿区长松寺建有蚕丛王庙。

秦国灭掉蜀国后，原蜀国之地被设为蜀郡，龙泉驿区归属蜀郡。

汉代时，仍然实行郡县制，仍然置蜀郡，并置广都县、成都县，龙泉驿区区境分属蜀郡的成都县、广都县。

隋朝时，龙泉驿区区境分属蜀郡的成都县、双流县。

唐朝时，龙泉驿区区境分属剑南道的广都县、蜀县。

唐朝久视元年（700），是武则天当政，她把唐朝国号改为周。这一年，是龙泉建县的第一年：当朝把蜀县、广都县各分一部分出来，新设置东阳县，隶属于剑南道益州，县府所在地王店镇，就是现在的龙泉驿。为什么叫东阳县呢？因当时这里的地理位置在益州以东、锦江以北（古时以河之北面为阳），故取名东阳县。

唐朝天宝元年（742），这时是唐玄宗也就是杨贵妃的丈夫当政。这一年，益州改为蜀郡，东阳县改为灵池县。为什么要改为灵池县呢？因为县的南边分栋山（龙泉山）山边（柏合镇双碑村境内）有很大一股泉水涌出，老百姓感到神奇，在旁边修了庙宇祭拜，舀取这里的池水回家给病人饮用，祈求神灵护佑。此处名曰"灵池"。地方官上奏把县名改为灵池县，获准。

唐朝至德二年（757），这时是唐肃宗李亨当政，这一年，蜀郡改为成都府。乾元元年（758），蜀县被改为华阳县。当时，灵池县和华阳县都隶属成都府。

宋朝时，天圣四年（1026），这时是宋仁宗当政。灵池县被改为灵泉县。为什么要把灵池县的县名改为灵泉县呢？因为原有的灵池涌出的水量变少，逐渐干涸，灵池已经名不副实。而当时县治所在地王店镇（龙泉镇）镇东金轮寺下有观音堂，堂前小溪对岸有观音八角井，井水甘洌，饮之可以治病，名曰"灵泉"。故改名为灵泉县。灵泉县属上县（大县）。上县是指位置重要或拥有千户以上的县。

元代至元二十二年（1285），灵泉县由隶属成都府改为隶属成都府属的简州。

明朝洪武六年（1373），朱元璋执政。简州降格为县，灵泉县撤销，并入简州。至此，龙泉建县历史结束，龙泉建县历史共计673年。

灵泉县撤销后，建龙泉镇巡检司。民国初废巡检司设置县佐署、分知事署。

民国时期，龙泉驿区先后属简阳县第三区、简阳县第十五区、简阳县龙泉驿区（区境内大面、洪河、西河、十陵原属华阳县）。

1959年，简阳县龙泉驿区（辖柏合公社、龙泉公社、界牌公社、平安公社、大兴公社、茶店公社、山泉公社、长松公社、龙泉镇）划归成都市，与同时从华阳县划归的大面公社、洪河公社、西公社河、青龙（石灵、十陵）公社等共13个公社、镇组建成成都市龙泉驿区（县级区）。

1976年，原简阳县洛带区（辖同安公社、洛带公社、西平公社、黄土公社、洪安公社、文安公社、清水公社、万兴公社、长安公社、双溪公社）划归龙泉驿区。

1989年，成都市龙泉驿区按城市区对待，享受副地市级待遇（因成都市系全国计划单列市，享受副省部级待遇）。

2000年，国务院批准建立成都经济技术开发区，龙泉驿区实际享受地厅级待遇。

2013年，龙泉驿区成为四川十强县（区）第一名。

2016年，龙泉驿区成为全省第一个收入过千亿元的县（区），超过全省七个地级市州。

2017年，龙泉驿区成为全国综合百强区（第33位），居西南地区首位。

2018年，龙泉驿区继续成为全国综合百强区（第28位），同时成为全国绿色发展百强区（第32位）、全国投资潜力百强区（第37位）、全国科技创新百强区（第59位）、全国新型城镇化质量百强区（第48位）。

有感于龙泉这条龙的腾飞，偶得数语，以结束此文：

池水灵，泉水灵，灵山灵水育花魂；花如金镶就，桃似白银锭。

龙传子，子传孙，龙子龙孙建车城；车驰五洲外，龙泉冠蜀境！

2018年10月27日

古驿道上的名铺——山泉铺

山泉铺在哪里？即今成都市龙泉驿区山泉镇所在地。

明清时，成都出东门到重庆有一条交通要道亦称官道，名叫东大路。东大路从成都锦官驿出发，途经沙河铺、黉门铺、大面铺、界牌铺、龙泉驿到山泉铺。

山泉铺位于东大路翻越龙泉山的最高处，地势险要，山泉铺古街东场口即是古时张飞扎营之处，当地居民世代谓之"张飞营"。这张飞营我曾去考察过，山势高险，上有一平坦之地，只有北面有一窄埂可进山顶，四周尤以东面最为险绝，具有较为典型的山寨地形特征。

在这条古道上，冯玉祥、郭沫若等名人都曾路过，冯玉祥在他写的书中还有翻越龙泉山的描述。

山泉铺有个人叫晋希天，是华西大学的学生，酷爱园艺，他于1936年从浙江奉化和山东肥城引回水蜜桃种；1942年春天，晋希天邀朋聚友，以个人名义在他的果园举办桃花会，赏花饮酒间，有人提议作联句诗。第一人开口道"龙泉山中桃花源"，第二人接道"桃树栽满龙泉山"，第三人道"今年赏花人两桌"，第四人道"几十年后万倍多"。如今已成现实。晋希天的果园还曾被作为南京金陵大学农学院（抗战时内迁）的实验基地，为培养园艺高级人才做出了贡献。晋希天被龙泉人誉为"龙泉水蜜桃之父"。

20世纪80年代，龙泉驿区开办桃花会以来，以及龙泉在争创国家级工业开发区的过程中，被邀或主动来这以山泉铺为中心的花果之乡的，可说是"名人荟萃"：蒋大为歌唱家来观桃花，感叹"这里的桃花太美了"！

山泉铺是成都市第一个对外开放的农村乡镇。

如今的山泉镇辖区内名胜众多：柳沟铺战址，国家级文物保护单位北周文王碑以及碑侧的大佛寺和附近的盘龙石（盘龙石传说是赵云沙场保阿斗返回时，阿斗曾在石上躺卧过；此石我少年路过时曾见过，距山泉铺不远处东大路旁，一巨石，石面光洁平坦。惜乎今已不存，但民间记忆犹在，传说仍存），还有木鱼山摩崖造像、回龙寺摩崖造像等。也有新建的旅游景点桃园故里，也迎来过舒婷、张新泉等著名诗人。

如今的山泉铺，主要街道已建在距老街不远的公路两旁。老街仍存。山泉铺是清光绪十四年（1888）建场。前不久我和家人去踏街访古，询问故人，几个仍住在古街上的热心的大嫂、太婆热情地和我们摆谈，回忆着昔日这山乡小镇的风光和故事。一位老婆婆去街后土中摘来自家的一个大柑子给我们，给她钱坚决不收，古道热肠令人感动。我和家人准备找机会去看望老人。

今日山泉铺，幢幢新楼点缀在山间，犹如一个松散的山城；公路宽阔、平坦、洁净；农家乐一家比一家整洁和富有特色；农家存折上的数字不比城里人少；很多家庭都有私家小轿车……

水蜜桃丰收之季，途经山泉铺的318国道旁有不少果农卖那个大、肉厚、皮薄、汁多、味甜的蜜桃，远远近近路过的车辆停下来，买上一篮载上返家，撒下一路蜜桃的清香……

这两年我在《人民日报·海外版》发表的《成都的雪》《桃乡三月》《到成都喝茶》几篇文章，每篇都写了以山泉铺为主要地域的龙泉山：《成都的雪》写冬天成都人来山上赏雪玩雪；《到成都喝茶》也点到了到成都可以到龙泉山上赏桃花；《桃乡三月》一文更是全篇写以山泉镇为中心的景观。这些文章被国内外很多网站和报刊转载。据不完全收集，仅《桃乡三月》一文转载的就有人民网、中国一带一路网、人民网旅游频道、人民网强国论坛、人民网宁夏频道、人民网陕西频道、东方网、手机中国网、国际在线、国际线上、国际在线移动版、华夏家庭网、山西融媒网、日本新华侨报网、汕尾一线网、中国凤台县新闻信息网、湖北省《咸宁日报》、山西省宜春新闻网、《龙泉开发》报等。

《人民日报·海外版》在全世界80多个国家和地区发行。以山泉铺为中心的龙泉山桃乡风景，可以说是名扬天下了！古驿道上的山泉铺，正是"走遍天下路，乐到山泉铺"。

2019年6月4日改

（此文曾载《华西都市报》，文字有删减）

古驿道上的明珠茶店镇

一个春暖花开、天朗气清的日子，我和几个文朋诗友驱车来到"古驿茶店"。如今这里是成都市龙泉驿区茶店镇党政机关所在地。如今的茶店镇管辖范围包括原茶店乡和原天峨乡大部，是一个山乡大镇。

首先映入我们眼帘的是一座高大、雄伟、壮观的牌坊，上有工整、遒劲的"古驿茶店"四个大字。这里就是成渝之间古时交通要道上的茶店子。如今成都人一说到茶店子，多数人想到的都是金牛区首府的那个茶店子。老一点的龙泉人知道龙泉山上有个茶店子，龙泉的新市民知道这个茶店子的也不多。

茶店子最初是古驿路上名副其实的只供应茶水的店子，逐渐有了卖饭的、供宿的，清朝康熙四十四年（1705）正式建场，茶店子做了场名。

茶店子处于龙泉山中段东坡，它的周围，东有韦驮山、照壁山，西有五指山拱卫，北有浩渺幽碧的龙泉湖滋养，南有千年古刹石经寺的钟磬之声，昭示着这方胜地的祥和安宁。茶店子，龙泉的茶店子，真的是风水宝地、山中明珠！

往昔的岁月，我们可以想象得出，那光着膀子、挥汗如雨、不断用汗巾揩汗的挑夫，来到这里，或买一碗茶，或喝别人喝过但人已走的"加班茶"，一解渴乏，岂不快哉！想那送邮使者驰马奔过这里，一路烟尘；想那驮物马儿，铃声叮当，马蹄人步，让驿道、场内石板上留下深深的凹印；想那官轿、滑竿，一次次从这里路过……岁月悠悠，茶店子，见证了古驿道、古场镇的前世今生！

还是让我把笔头收回，述说眼前的茶店子吧。

场口东部，算是"商贸区"吧。百货摊店、茶馆饭馆、农贸市场、文化场所……一应生活所需，也可满足。

　　进入正街，有点惊喜，有点意外。

　　惊喜的是，这里的街房、街路，全都整修得古朴典雅、整洁清爽，令人耳目一新。对于我这个半个世纪前就曾路过，以后又多次来过的人，能从如今的街面找到哪里是原来的坡坎处，哪里是原来的高门屋。街路、街房的"新"中有我"古"的"旧"的记忆痕迹。

　　令人意外的是，街上太清静了！除机关外，只有少数开着的铺子在营业。一问，因为周围相当一部分村民移民下山，赶场人少，所以铺面多是难以坚持营业。有的如理发店则是逢场时开门。但漫步街头，也有一种清静闲适的惬意感觉。漫想着待龙泉山森林公园建成后，这里将会重铸辉煌！

　　最令我留恋的是，镇西有一个玲珑的、秀美的湖山公园。那湖虽只是原来的一个堰塘，但如今它已具有"湖"的功能。湖堤有石砌雕栏，雕栏上刻有诗词、花鸟画图，很有文化气息。周围有两圈可供游人漫步登攀的围湖路，有木质地板、回廊，有供人憩息的凳子。特别是湖周围众多茂密幽深的植物，水竹、芦苇、迎春花，以及那些我叫不出名字的树和草，更有那芦苇丛中、路墩之下的钓翁，以及周围满山的果树、翠屏似的山峰，绿树丛中的农舍，一年四季都有的各种野草、山花，还有树丛中欢鸣蹦跳不已的鸟儿，活鲜鲜地告诉我们：人间仙境何处寻？世外桃源茶店镇。

2017年12月1日

（此文曾载《成都晚报》）

乡场磨子街

我的老家在成都市龙泉驿区界牌乡增产村二组。赶场，是农人生活、生产必须进行的一件事。

我家东距龙泉驿15里，北距大面铺8里，南距柏合寺12里。我和父老乡亲主要赶这三个场，而以赶柏合寺和大面铺最多。因为有一条从大面到柏合、乡人称为大路的路就从我家门前过。

柏合寺赶场的日子是逢一、四、七，大面铺是二、五、八，龙泉驿是三、六、九。

柏合寺因街呈磨子形而被乡人称为磨子街，每逢一、四、七，人们诙谐地互相邀约着："走！去磨子街推磨子！"

大路上，挑担的，提篮的，推鸡公车的，抬滑竿的，吆牛吆猪牵羊的，背麦草辫子的，背草帽子的……牵线线的人流朝柏合寺街上走去。柏合寺和华阳交界，外县的，本地的，从四面八方涌向柏合寺，这里真是名副其实的物资集散地——

卖了米或糠，买了油或盐。牲畜市上，筐里的猪被买主提起来，肥滚滚的小猪发出夸张的嘶叫声，买主买定一只或两只，双手抱着，就像抱着乖儿子一样。羊被新主人牵走了，不停地发出"咩咩咩"的叫声，还回头望着原先的主人，似有不舍之意。铁匠铺里，叮叮当当的打铁声吸引了不少人围观，农人在这里选购满意的锄头或镰刀。百货公司里，赶场人选购着盆子、盅盅、毛巾、肥皂、香皂等生活日用品。尤其是卖布的柜台处，嫂子们、姑娘们挤在那里，给售货员指着这匹布、指着那匹布，让售货员取下来仔细看。顾客选定后，报上要买的数，售货员用竹尺飞快地量取，量毕，用剪刀剪开一个口子，双手各执口子一侧，"哗"的一声，撕下顾客要买的布！"哗""哗""哗"的撕布声不绝于耳，清脆动听！这声音预示着新衣新裤终会被人穿戴上身!

我从四五岁起,就开始跟着大人赶柏合寺。记忆中,儿时赶柏合寺吃到的艾蒿馍馍,我们当时称为甜板馍馍,那青幽幽的色,那沁人心脾的甜,那软泥泥的糯,未入口先嗅到的香,穿过时空,至今仿佛犹见其色,犹感其甜,犹闻其香。

后来长大了,我单独去赶柏合寺,或买或卖,不知往返了多少回!那条路上,不知镶满了我多少脚印!

父母赶柏合寺更是有如家常便饭,卖米卖糠,买油买盐,看病,制衣,卖麦草辫……

到磨子街吃豆腐皮,是令游人大饱口福的快事。柏合豆腐皮名声在外,那麻、辣、鲜、香、烫是川菜的典型,会令人吃一次就终生不忘!

街上有个谢裁缝,我父亲母亲和其他不少人一样,爱找他缝制衣裤。说来凑巧,梨花街社区发出写老街记忆征文消息后,我又去了柏合寺,专门到老街寻访,见一门口有一老人,即上前与之攀谈,我说到谢裁缝,他说"我就是"。

柏合寺街上的茶铺要数黄桷树近侧的泰和茶铺最热闹。说到喝茶,不少人都知道有个胡子大爷傅明德爱喝茶,他是我的爷辈宗亲,相貌堂堂,美髯飘飘,气度不凡。

中午时分,饭馆酒店生意火爆,即使在那些吃饭要给粮票的年代,那饭馆也是食客盈门,酒香饭香伴着蒜苗回锅肉的香味,在磨子街上久久不散!

大人赶场,忘不了给家里的孩子买回一些零食,甜板馍馍啦,麻花啦,徽子(梳子状的油炸物)啦,豌豆糕啦,牛舌头(用红豆和糯米一起炸的糕,舌头状)啦……或是炒花生、炒胡豆之类。当然,每次只能买一样。

以磨子街为经济文化中心的柏合场镇,是龙泉驿区境内东山五大场镇之一(另有洛带、西河、大面、龙泉),是区境内南边的重镇。这里的草编是远近闻名的地域特产。乡人有俗语"到柏合去取草帽子"。这里曾是龙泉驿区乡镇企业发展比较好的地方,草编、制鞋、塑料都相当有名,还曾是全国拉丝绳基地之一。辖区内洁白的梨花让无数游客流连忘返;钟家大瓦房诉说着历史的沧桑……

　　柏合在清朝乾隆四十二年（1777）建场，历史久远，是成都到川东"小东大路"必经的重要古镇。柏合场名来源有两说：一说是古庙延寿寺中有两株柏树长成一株了，谓之柏合；一说是延寿寺中及四周林中多白鹤，因名白鹤寺。

　　悠悠磨子街，我围着你转了70年！可我还没转够呢！今后，无论你变成何种模样，你都会永远活在我的记忆之中！

秀丽多姿的百工堰公园

每到节假日，会有不少成都市民或乘车，或骑车，或自驾，邀邀约约到成都市百工堰公园游玩。在这里可以饱览湖光山色，可以品茗垂钓，可以划船登舟，可玩悬空溜索……

成都市百工堰公园是一个小巧玲珑、清新秀丽的人工湖。它位于龙泉山西坡、龙泉驿北面，距龙泉驿仅三公里，就在龙洛公路左侧，有宽敞的停车场，有多家农家乐和可供食宿的酒店。

为什么取名百工堰呢？有这样一个民间故事，说的是百工堰这个地方，原来有一个地主，地主的女儿看上了家里的长工，长工也爱上了地主的女儿。地主知道后，为了断绝长工的念头，故意对长工说："你如果用一百天的时间在我的房前修成一个堰塘，我就把女儿嫁给你。"这明明是地主出的难题，明知是根本办不到的事情，可这个憨憨的长工真还当了真，于是每天起早摸黑地挖呀挖呀挖！可到了九十九天，堰塘只挖了一小块，远未挖成。这事感动了螺蛳仙子，她用神奇的螺尾推走了泥土，在第一百天的晚上，一夜之间就把堰塘修成了。这个堰塘就取名为百工堰。那个财主没法，只好哭丧着脸，将女儿嫁给了长工。人们为了纪念这位美丽善良的螺蛳仙子，还在螺蛳岛上塑了一座螺蛳仙子像。

实际上，百工堰的名字来源，是指修这个水库时，当时全区每一个生产队都要义务出工一百个。当时参加修水库的生产队，远的有二三十里或更远，社员都是自带锄头、鸳篼、扁担，早出晚归，十分辛劳。

早在1955年，成都东边龙泉山一带就被当时的四川省水利厅列为水库群建设区，先后修起了罗家湾水库、百工堰水库、毛家口水库、山门寺水库、猫猫沟水库。百工堰水库是1956年1月动工、1958年8月历经两年半修成的，水面面积有500多亩，可以蓄水250多万立方米。这些水库建成后，蓄水灌田，为农业丰收做出了很大的贡献。后来水库的水不仅用来灌田，人们还在水库里养鱼养鸭，增加副业收入。再后来，随着社会进步和人们物质文化水平的提高，人们有了游乐的愿望和需求，水库应运而生，纷纷成了湖泊游览之地。百工堰因为地理位置和景色特点，成为水库变旅游景点的典范。

百工堰湖中有一螺蛳岛，岛上一年四季鲜花不断，建有典雅别致的亭台、钓鱼台，塑有栩栩如生的螺蛳仙子像。沿岛有一条傍湖的幽径。岛的四周皆是粼粼湖水。湖船往来其间，时闻水声、笑声、琴声、歌声，起于水上，逝于水深处。

这里还有一个好去处，叫作枇杷岛。这是一个半岛，岛上遍种洞庭枇杷，整个半岛掩映在翠绿之中。夏日里，这里浓荫蔽岛，遍岛蝉声悦耳，鸟声此起彼伏。"蝉噪林逾静，鸟鸣山更幽。"株株树下，或家人团聚，或友人相邀，铺一块塑料布，摆上各种饮料、食品，边吃边谈，其乐无穷。这里的"野趣餐馆"可以使你品尝鲜美的鱼肴；音乐茶厅可以让你品茗谈天；碰碰车又可以碰掉你的烦恼……

龙泉有个单位叫七化建，是从泸州迁来的。这个单位有一个干部说，他们单位在搬来龙泉前派人来考察，她也在其中。她说他们参观了百工堰，觉得龙泉好美啊！大大助长了他们来龙泉安家落户的信心和决心！这百工堰，真还成了龙泉发展的一张亮丽的名片了呢！

公园大门上有一楹联，很好地概括和描绘了百工堰的秀丽姿色：

桃红柳绿，湖畔花飞，游客携秀，长堤低泳，锦里春光添几许；
水碧山青，桥边影乱，画船载酒，小岛浅斟，龙泉秋色更多情。

朋友，来过百工堰公园吗？

2018年9月24日

群狮拱卫的宝狮湖

如果我们把龙泉比喻成一条龙，那么龙泉驿城区就好比是龙头，而百工堰水库和宝狮湖水库就好比是龙的眼睛。

宝狮湖在龙泉山西麓芦溪河上游原长松乡宝聊村与果园村交界处，离龙泉新城区仅一公里。

为什么叫宝狮湖呢？是因为湖下芦溪河中原有一块巨石，形似雄狮而名。宝狮湖三面皆山，座座青峰如翠屏环立。这里山幽水碧，静态可掬。但幽静中却又有一股"雄风气象"，这就是大堤两端各蹲一对巨型金狮；大坝堤上又整齐地排列着千姿百态的石狮一百多只。它们仿佛是在四只巨狮的率领下，威严地守卫着这里的湖、山。堤坝路面宽阔、洁净，漫步其上，登上南端的"迎曦亭"和"栖霞亭"，向湖后遥望那名刹长松寺蓊蓊郁郁的森林，向湖前俯瞰一望无垠的东山平坝：但见山下一马平川，一个个水塘如一面面镜子，在阳光下熠熠闪光；笼笼翠竹掩映着户户农家，炊烟从竹林间袅袅上升，一会儿就和云彩混合在一起了；公路像一条条拖在大地上绵绵无尽的带子，车辆好似甲虫在"带子"上缓缓地爬行。

宝狮湖原也是修来蓄水的水库，不过，修这个水库历时很久了，1940年时，那时还是民国政府，这里就曾被列为水利工程项目，因为经费不能落实而未能将规划变成现实。新中国成立后的1959年12月就动工了，但到了1972年，按照四川省水利基建项目重新设计，才建成了现在这个样子。

宝狮湖的水面近500亩，可以蓄水280万立方米。宝狮湖的水可以灌溉近2万亩农田。从20世纪70年代中期开始，宝狮湖的水开始用作龙泉驿的饮用水源，每年供水80万立方米，20世纪90年代增至每年供水150多万立方米。

宝狮湖曾经被当作旅游湖泊进行建设，一些船只都准备好了，为了保护清洁水源，才中途作罢的。但由于绿水青山的自然景色和春花秋果的吸引，人们也把这里当作休闲娱乐之处，或品茗，或垂钓，或在长堤溜达，或在坝下草坡斜躺休息，或在坝下林间野炊，或在湖下河中赤脚涉水并搬石捉蟹……

宝狮湖因离城区很近，或沿着龙泉到长松的公路，或沿着河堤，或走沿山公路，都是青幽、清爽的散步的绝佳途径。

到宝狮湖游览观光，很多人都只停留在堤坝上，"浅尝辄止"，殊为可惜。须把湖后山色庙景一并收览，方为"上策"。

宝狮湖湖尾处是原长松乡政府所在地，那里有一桥，桥畔有商店、饭店等，是一个微型场镇。这里有原生态河流，水碧山青，清幽无比。河水与湖尾之水相接，源远流长。

从这里往左边山里走，不远处是有名的三百梯：石梯三百级，两侧尽皆绿树掩映红墙，风景绝佳。

再往山里行数里，便是远近有名的名刹长松寺。长松寺是唐玄宗亲自赐名"长松衍庆寺"的庙宇，是高僧马祖和尚的驻锡之地，历代名人多有诗作赞颂。

宝狮湖与长松寺，犹如龙泉湖与石经寺，皆是水庙相依，更显灵山妙水之趣。

如今，宝狮湖一带也已纳入龙泉山森林公园整体规划，相信在不远的将来，宝狮湖将会出现更加喜人的面貌，成为龙泉城区人民的后花园。

三峨山下的传说

离成都最近、距成都市区仅十多公里的洛带古镇，是远近游人都喜欢去的地方。

洛带古镇是原简阳县洛带区的区公所所在地，现为成都市龙泉驿区第二大城镇，是四星级旅游景区。

洛带镇和它周围的十多个乡镇，是客家人聚居之地，人口至少有三四十万之多。

当你走在古意浓浓、石板铺路、两边流水潺潺的古镇街道上，你只要走进茶园，或和卖土特产的大娘、大嫂一说话，或上前向穿着长衫的导游人询问什么，你就会融进一种浓浓乡音的氛围中。当然你说普通话、湖广话（四川话），他们也都听得懂，但你若用广东话和他们搭讪，他们则更加乐意和你交谈。

这里的会馆也是远近有名，从上街到下街，广东会馆、湖广会馆、江西会馆，以及镇东头的异地搬迁来的川北会馆，各有特色。广东会馆的恢宏，湖广会馆的幽深，江西会馆的典雅，都令游人流连忘返。

这里的美食更是吸引了众多游人的光顾。到了洛带，伤心凉粉是必吃的。"到了洛带，不吃伤心凉粉等于没到洛带。"这话虽然有点偏颇，但到过洛带的人，很少没吃过伤心凉粉的。吃伤心凉粉时，你会眼里含着被辣出来的、不断涌出眼眶的泪水，嘴里却说："辣得好安逸啊！"伤心凉粉的配套食品是甜甜的凉糕。刚才还是火辣辣的肚腹忽然进来了凉幽幽的食物，火辣感顿失，胃里一番甜润舒适的感觉又如期而至。

油烫烟熏鹅是洛带的又一特色食品，油亮鲜香嫩是其特点，色香味俱佳，视觉、嗅觉、味觉全都得到满足！自己吃了，还要买上一只半只，带回去让没来的家人或亲朋好友品尝。

还有一样鸡肉菌面皮汤，也是游人赞不绝口的。让我这个从小就喜爱捡拾野生菌的人来说，我认为野生鸡肉菌是菌中之王：它不仅菌盘大，而且数量多，都是成团成簇长出，那洁白的菌体撕开犹如鸡肉丝，那浅褐色的菌盖滑嫩细腻；鸡肉菌的菌香味浓烈，拾菌人可以在很远的地方闻到它的香气，然后循香前往寻找到它，或撬或挖。野生鸡肉菌要卖七八十元一斤，拾菌人舍不得吃，卖给饭馆。饭店里用它做鸡肉菌面皮汤，汤鲜味美。

洛带古镇的五凤楼广场、博客小镇、艺术粮仓、湿地公园，都是游人的好去处，既可以领略各种建筑风格，又可以欣赏到各种艺术展览，所以每逢节假日，这里总是游人如织。

每逢春天，这里还会举办泼水节、水龙节，让游人狂欢一场。

这里耕读传家的风气浓，出过不少秀才、举人。近代享誉世界的天文学家刘子华、国学大家王叔岷都是这里出生的人。

文化人到了洛带，会探寻古镇名称的来历。古镇的名称原名落带，三国时蜀国皇帝刘备的儿子阿斗在这里的一口井边玩耍时，身上的玉带失落到了井里，因而得名。这口井名叫八角井，至今犹存。

古镇东边是三峨山。三峨山是龙泉山脉的一段。人们说，峨眉山叫大峨山，双流县境内有二峨山，洛带古镇东边的叫三峨山，由此说来，这三峨山还是峨眉山的"小老弟"呢！

游人如果时间充裕，还可去镇东附近的龙泉山踏幽访古。这里三国时离皇城很近，所以阿斗才会经常到这里来玩。这里除了镇中的阿斗落带的八角井外，附近的山里还有不少三国传说遗址。一是天子应，是阿斗玩耍走失，随从大声呼喊得到阿斗回应的地方；一是滚龙坡，是阿斗玩耍时摔了跟头从坡上滚下去的地方；一是将军岭，是三国时蜀将关索驻营之地；一是观斗山，是诸葛亮设置观望星斗天象的地方。

这三峨山间有一座著名庙宇叫燃灯寺。这寺已易地搬迁到洛带镇街上，但山上树木葱茏，仍是风景绝佳之处。这里现在是教学之地。我曾受聘在这里教过书，我在课堂里讲，教室外面树竹上啄木鸟的"梆梆梆"声和我呼应。这里有几株高大的红豆树，每年都会落下无数相思树的种子。这里还曾有武则天的亲戚、在龙泉当过县尉、唐代三朝宰相段文昌亲手植的松树。

白天游了洛带古街各景点，晚上若能住下，夜色下的洛带又是别样风采。你会发出感慨：白天，长长古街上鱼贯的游人使洛带好像是一条鲜活、灵动的龙，"他"舞动着热血、生命和青春；夜晚，洛带又仿佛是一片幽深、安宁的海，"她"酣眠时的呼吸也是这般均匀。屋檐下高悬的红灯笼，释放出古朴、祥和与温馨；燃灯寺敲响的劝善的钟磬，每一声都浸润着你的心、我的心！

（此文曾载《华西都市报》。《封面新闻》以《三峨山下洛带美》发表）

东安湖之恋

　　我的家乡成都龙泉，不，就在我的家门口，兀地出现了东安湖体育公园，这个有着一环一湖、二十四桥、七岛十二景、一场三馆，被我们称为"小西湖"的地方，正在翘首期盼要在这里举办的第31届世界大学生运动会！

　　说是兀地出现，似乎不太准确。但在短短的一两年时间，能把运动会的主场馆包括4万座综合运动场、1.8万座多功能体育馆、5000座游泳跳水馆和综合小球馆、一座五星级接待酒店建成，凝聚了施工人员和设计人员多少心血和汗水啊！

　　湖名东安，是因为这里的人们从古到今都期盼祈求安定幸福。周围的乡名就有平安、同安、洪安、文安、长安等，加之地处成都之东，人们就给了这个湖泊以"东安湖"之名。湖者，福也。既得安，又得福，这不是世人都渴盼的吗？

　　东安湖湖水清澈明亮，水天一色；无风时则水平如镜，波澜不兴。晴天时，蓝天白云倒映水中，使人分不清天是在头上还是在水中；风起时则碧波荡漾，波光粼粼……湖岸树竹相伴，路桥相连，移步换景，心旷神怡！白鹭时而飞临湖面，或单只独翔，或成对双飞，或三五只结伴而行；时而歇于树梢枝头，气定神闲……有树有水的地方，必定是鸟儿的天堂，各种鸟儿如画眉、斑鸠、白头姑儿、黄金雀，纷纷来到这里，把湖边的树丛作为它们的家园，觅食欢歌，繁衍生息。

　　东安阁是东安湖体育公园的标志性建筑，是中国首座铜阁，主体内钢外铜，瓦、脊、柱、枋则全用紫铜铸成，碧瓦朱薨，飞阁流丹，厚重壮美，气势恢宏。

　　登东安阁，早晨，东望龙泉山旭日从山边冉冉升起，朝霞似烂漫的青春火花，光芒四射；莽莽群山从宿雾中慢慢醒来，苍茫悠远，生机勃勃！正午天朗气清之时，西眺杜甫"窗含西岭千秋雪"句中的雪山万道霞光！金乌西坠之时，晚霞的余晖红满天际，最能催生吟诵"夕阳无限好"的最佳心绪！

　　站在东安阁上，登高望远，在碧水蓝天的映照之下，远望四周生意盎然，作为一个地道的龙泉人，最容易感慨丛生，浮想联翩，思绪万千。想龙泉如何在改革开放的春风吹拂下，从省市的龙尾变龙头，从纯农业区变为观花的旅游胜地再变为车城，进入全国百强区的华丽转身；想厚重的人文历史和金龙腾飞的发展促使大运会场馆及东安湖在这里诞生，使得这里的阁、这里的水都有了不一样的内涵，更相信通过大运会的洗礼，这里的铜阁会更加壮丽、湖水会更蓝；想第31届世界大学生运动会的盛况，不同肤色的运动健儿在这里龙腾虎跃，尽显身手；湖侧的成都大学修建的供运动员住宿的大运村也在日臻完善……到时，31米高的火炬塔身将会通体透亮、12根象征太阳光芒的螺旋线将会呈现出晶莹剔透、顶部10余道光柱不断变幻形态的炫目景象！

　　美哉！东安湖！

　　我的东安湖！世界的东安湖！

2022年1月8日

从传说遗址中看阿斗的顽皮

　　成都是三国时蜀国的首都，如今的成都市龙泉驿区是当时蜀国首都成都出东门的近郊之地。这里至今留下不少三国传说遗址，目前知道的有8处。皇城堰：刘备的儿子阿斗曾被送到这里的堰塘边一个供人读书的农家大院。落带井：龙泉驿区辖区内的洛带镇是远近有名的旅游古镇，三国时刘备的儿子阿斗来这里玩耍时，身上的玉带掉落在了一口八角井（井沿砌成八角形状的井）内因而得名。张飞营：龙泉山上张飞扎营处。盘龙石：龙泉山中阿斗躺卧过的巨石。滚龙坡：龙泉山上，阿斗当年在这里玩耍时摔了跟头的一面山坡。天子应：洛带古镇旁山间，因阿斗玩耍走失，随从大声呼叫、阿斗应答的地方。将军岭：关羽的儿子关索曾在这里扎过营寨的地方。观斗山：诸葛亮曾在这里设置观天设备，观望星斗的一座山头。

　　如今的龙泉驿区是由原华阳县的4个乡和原简阳县所辖的龙泉区和洛带区组建成的。

　　8个关于三国传说的遗址中，有3处在原龙泉区范围内，这就是皇城堰、张飞营、盘龙石。有5处在原洛带区范围内，这就是落带井、滚龙坡、天子应、将军岭、观斗山。

　　而在原洛带区范围内的5处传说遗址中，有3处是与阿斗玩耍有关的，这就是落带井、滚龙坡、天子应。

　　笔者对整个龙泉驿区范围内的8个传说遗址都见证过或考察过。笔者产生了一个问题：为何与阿斗玩耍有关的都在洛带或洛带附近的山上？笔者分析认为，洛带和龙泉附近的山虽然同属龙泉山脉，但洛带这边的山地势相对比较低矮平缓，而龙泉这边的山势则相对高险一些。阿斗少年时要到野外玩耍，有山的地方肯定风景更佳，而山的地势相对平缓则危险性小些。例如滚龙坡，就是一个并不高险的地方，所以阿斗虽然摔了跟头，从山坡上滚下来，也无大碍。

小孩贪玩，人之常情，官宦人家和平常百姓家的孩子都是如此。但阿斗把玉带都耍落到古井里去了，疯跑疯玩到从山坡上滚下来，到处乱窜到不见人影，让随从焦急地大声呼喊，不知喊了多久他才听见答应。这些，都说明阿斗小时候确实顽皮贪玩。

2019年3月16日

成都龙泉三国传说遗址多

　　成都是三国时蜀国的首都，如今的成都市龙泉驿区是当时蜀国首都成都出东门的近郊之地。这里至今留下不少三国传说遗址。

　　皇城堰。龙泉驿区区首府龙泉驿古驿西场口，原有一个几十亩大的堰塘，堰塘旁边是一个很大的农家院子，院子里住着很多户人家。这个堰塘就是祖辈一直流传下来的叫"皇城堰"的堰塘。传说刘备的儿子阿斗曾被送到这个大院子读过书，并且在民间流传说这个大院子没有蚊子。意思是说有龙种阿斗在这里读书，蚊子都不敢来这里咬人。取名皇城堰，是说皇城里有皇子来这里。我20世纪50年代末至60年代初在龙泉驿读中学时，经常从这个堰塘边路过。后来因为建设需要，这个堰塘被填，修成了街道。现在成都地铁二号线龙泉驿终点站附近的"皇城堰街"就是当年的皇城堰所在地。

　　落带井。龙泉驿区辖区内的洛带镇是远近有名的旅游古镇，镇上坐落着广东会馆、湖广会馆、江西会馆、川北会馆（易地搬迁），是会馆集中的地方。这个镇的名称来源于这里有个"落带井"：三国时刘备的儿子阿斗来这里玩耍时，身上的玉带掉落在了一口八角井（井沿砌成八角形状的井）内，因而得名。这口井至今犹存，地点在如今的洛带中学内。原来镇名的"洛"字是有草字头的"落"，叫"落带"；后来觉得太实，没用草字头，成了洛带镇。

　　张飞营。龙泉驿是个山麓城镇，它的东面是一条宽约20公里、长约200公里的龙泉山脉，这条山脉犹如成都东边的门户。在没有公路、铁路之前，有一条成都到重庆的千里石板古道——东大路。这条道路要从龙泉驿、龙泉山经过。如今龙泉驿辖区的山泉铺，位于龙泉山顶峰，古道要从此经过。在山泉铺场口东侧，有一高峰，东峰凌空而起，峰顶上面却很平坦，站立上面，往东面看有开阔的视野，便于发现敌人，可以及时加以阻止，防止敌人进入龙泉山之西（成都）。这一上面平坦的高峰，就是传说的"张飞营"所在地。我曾和友人去踏勘过，发现只有一处狭窄的山脊梁，可以进入营顶，这有利于防止他人进入营地。站在山顶之上，我的思绪穿越时空，遥想当年这里的营房、士兵、兵器以及将士们的起居、巡逻……

盘龙石。从龙泉驿东出沿古驿道东大路翻越龙泉山，乡人常念叨"上山十五里，下山十五里"，中间要经过山泉铺（今山泉镇镇政府所在地）、国家级文物保护单位——北周文王碑。在山泉铺与北周文王碑之间的东大路旁，有一块巨大的石头躺卧在路边。巨石呈不规则的圆形，直径一米开外，石面光洁平坦。民间一直把这块石头叫"盘龙石"，传说这是三国时长坂坡大战、赵云保阿斗，赵云从战场返回，路经这块石头边，歇气时将襁褓中的阿斗放在巨石上面躺卧过的石头。阿斗是"龙种"，这块石头上躺卧过龙子，犹如龙在上面盘卧，所以叫"盘龙石"。有人较真，分析说赵云打仗的长坂坡从方向到距离都不大可能。这只不过反映了人们对赵云勇敢、忠义的一种崇敬和寄托。

滚龙坡。在洛带镇附近的山上，有一面苍翠的山峰，地处如今的洛带镇松林村四组。这面山峰的西坡，就是民间口口相传的"滚龙坡"。说的是当年阿斗在这里玩耍，爬上桃树摘桃子时一脚踩空，从树上滚了下来。因他是龙子，他从树上滚下来的陡坡就叫"滚龙坡"。

天子应。从洛带古镇东出五里许，有一山壑，如今两面青山耸翠。这里也是民间祖辈喊叫的地名"天子应"。说的是当年阿斗在这一带山弯玩耍，东跑西跑，脱离了太监的视线。太监怕他走失，急忙站在山顶不停呼唤："太子！你在哪里？"阿斗听见后回答："在这里！"太监的呼叫和阿斗的回答之声都在山谷间回应，很远的地方都能听见。后来，人们把阿斗应答的这个地方叫作"天子应"。

将军岭。在龙泉驿区万兴乡大石村六组附近，有一地势高于周围山坡的地方，如今四川电视台在这里建有转播台。这个高岭，老百姓都代代相传叫它"将军岭"。传说三国时关羽的儿子关索曾在这里扎过营寨，所以这里又称关索寨。

观斗山。在龙泉驿区原清水乡（现合并于万兴乡）有一个村叫"观斗村"。为什么叫观斗村呢？是因为这里有一座山峰叫观斗山。为什么叫观斗山呢？传说诸葛亮曾在这里设置观天设备，观望星斗。

纵观以上三国时代蜀国人物留在如今龙泉驿区的传说遗址，有两个特点：一是在两个龙泉山麓的古镇（龙泉、洛带），两处离成都都只有三四十里；二是都在两个古镇附近的龙泉山脉之上。笔者认为，除有关盘龙石的说法有点人为编造的痕迹（也不排除阿斗另外时间在巨石上面躺卧过）外，其余各处辈辈代代口口相传的传说遗址，其可能性都是很大的。

听着这些与三国人物有关的遗址名字，踏着古驿深巷和山中幽径，寻访那些遗址附近世代居住的居民，他们会一边指着遗址所在处，一边绘声绘色地对你述说着他们爷爷讲给父亲、父亲又讲给他们听的传闻。

听着这些传闻，我们眼前会幻化出调皮的阿斗、威武的张飞、勤勉的孔明。斗转星移，物是人非，但星星还是那些星星，山峰还是那些山峰。斯人已去，时隔千年，我们却在同一星空下、同一山峰上，心领神会，把先人的勇敢和智慧传承下来，不亦美哉！

望锦桥

从成都到重庆，有一条从成都锦官驿开始途经龙泉驿最后到达重庆的东大路，这是还没有公路和铁路之前成都到重庆的主要交通道路，全长1080里，途经三街四镇五驿七十二铺。这条古道已有两千多年的历史。

在这条道路上来回奔走的，有官、有民、有商、有兵、有学子，有轿子、有滑竿，有骡、有马……

从重庆方向往成都方向走，过了石盘铺，就进入了如今的龙泉驿区区境南山铺，紧接着是茶店镇、柳沟铺、山泉铺。这几个铺都处在龙泉山上。

在这条道上走着的人都盼着一个地方——望锦桥。

"到望锦桥还有多远啊？"

"快到望锦桥了吗？"

"快了！下了山过了龙泉驿场口就到了。"

为什么盼着望锦桥呢？这是因为望锦桥在龙泉驿东街口，只要到了望锦桥，就意味着到了龙泉驿。龙泉驿是成都出东门的首驿，"车马轮蹄，往来踵踵，不减大都"。这龙泉驿虽然只是一条两三里长的独街，却是一个热闹繁华的地方。唐宋时这里设过县，先后叫东阳县、灵池县、灵泉县，龙泉驿就是古县治所在地。龙泉驿虽然只有一条主街，但有多条巷子：竹市巷、鳅鱼巷、石巷子、衙门巷、祠堂巷、酱园巷、操坝巷、朱家巷、毛家巷、牛市坝巷、金轮寺巷等。衙门巷就是现在的滨河南街。

东大路上的西行人到了望锦桥，就是到了龙泉驿。午前到的，在龙泉驿吃了饭，可继续赶路，过界牌铺、大面铺、黉门铺、沙河铺、牛市口入城；午后或近晚才到龙泉驿的，可选那红灯笼上写有"未晚先投宿，鸡鸣早看天"的地方，在龙泉驿住一晚上，养精蓄锐，第二天再赶往成都。

　　这望锦桥不仅是个地理位置的坐标，是龙泉驿的一个代名词，更能给人以鼓舞：这里可以望见锦城即成都了，或是可以望见成都与龙泉驿之间的辽阔而葱茏的东山坝子了，看得见那如水墨画一般的笼笼翠竹掩映的户户农家，望得见一块块如镜的水田闪着粼粼白光！"快到成都了"！会让人精神为之一振。所以这望锦桥虽然是一座不大的桥，但却是东大路上人们心向往之的地方。

　　这望锦桥附近曾经塑有四个石碑，石碑述说了一个动人的故事：清朝光绪年间，有一个叫王锡镛的人，早年父母双亡，靠嫂嫂抚养成人，考取了进士，做了简州牧。他为官清廉，疾恶如仇，善待百姓，乐于助贫，捐资助学，把自己的薪资花光了，还要由嫂嫂派人来给他送钱，一连三任皆如此，因此深得百姓爱戴。后来，他的衙内有执法者贪受贿赂，被人告发。他怒不可遏，调查核实后，立即升堂审讯，将受贿者责打四十大板。但因他气急大意，升堂时未先穿戴官衣官帽，犯了欺君之罪，被罢官流放。百姓跪地挽留，但没能得免。王锡镛将自己的靴子送与群众，大家将这靴子用木匣装上，挂在简州北门桥亭之上，以示对王锡镛的怀念。而在龙泉驿望锦桥至金轮寺短短一段距离之间，群众塑了三个碑石。第一个碑上写的是"威而不猛"；第二个碑上写的是"兹谓之帅"；第三个碑上写的是"清畏人知"。距这三个碑约20米处，又立一碑，碑顶呈半月形，碑上刻的是"保我黎民"。这就是王锡镛的四块德政碑。

　　望锦桥最早修建的年代已不知道，清朝雍正八年（1730）重修的望锦桥为一单跨拱桥。桥两边的石栏杆上，雕刻有各种精美的花卉图案。简州举人张宿曾有碑记。桥头原有观音小庙。桥畔两端植有壮硕粗大、如伞如盖的黄桷树，树的胸径达3米。

　　望锦桥的遗址在现在的金轮寺巷34号侧，现在仍有水泥板搭建的桥面，桥下是一条虽然不大却仍水流不断的河流。

　　人们一般的说法是到了望锦桥就望得见成都了，似也无可厚非。但实际上，走在望锦桥上，是很难望见成都或东山坝子的。原来，在望锦桥旁边建有望锦亭。站在这个亭上，就可以望见锦官城和东山坝子。

　　在唐代，朱真人洞（老区一医院住院部）旁建有兴福寺（后来叫金轮寺）和望锦亭。这望锦亭后来因为年久失修，逐渐毁损。到了南宋绍兴三十二年（1162），有个叫杨先进的人，在任灵泉县县令时重建望锦亭。但重建后的望锦亭却改名为"待鹤亭"。原因是望锦亭邻近福兴寺，望锦之名与寺名不协，故改名"待鹤亭"。灵泉县尉李流谦还为此撰有《待鹤亭记》。

望锦桥的得名，是因附近有一个望锦亭。

2018年10月25日

月下遐思

1

在大自然的风雨雷电、日月星辰中，月亮是最富诗意的。月的诗情画意会伴随我们一生，会浸润感染我们一辈子。

2

我常常把太阳比作父亲，把月亮比作母亲。有时，又把太阳比作哥哥，把月亮比作妹妹。母亲和妹妹，总带给我们温润、温暖和温馨！

3

望月。

从儿时母亲抱着我，在月下拍打我的脊背，喃喃念着"月亮光光，芝麻烧香"让我安然入睡起，我就开始了望月。

在外求学、工作、旅游，望月，就是望乡。

天上只有一个月亮，"明月却多情，随人处处行"（宋·张先《菩萨蛮》）。在外面任何一个地方看见月亮，我都会想到故乡月！想想真是可笑，天下本只一月，何来故乡月、他乡月之别呢？

可我们就是把这静妍如仙子一般的月亮当作了故乡的代言人，做了乡愁的发酵剂了呢！

4

多年前，一个皎洁月光泻满校园的夜晚，在校园的一面山坡上，我和一个同乡学友谈心、望月。他的家在成都东边的龙泉山上，我的家在龙泉山下。我们的家距学校好几百里。

第二天，他拿了四句文字给我，让我看看像不像诗：

"蝙蝠急急飞，明月更皎洁。理路思故乡，故乡更亲切。"

这诗，几十年过去了，我还在心里记着呢。

5

想月。

有一年中秋之夜，十余个文友在龙泉山中一农家乐边赏月，边吃月饼和烤鱼，边对月遐思无穷。

哪有对着月儿只呆呆看的赏月啊。

赏月，就是想月，就是想一切与月有关的景、有关的情、有关的典故、有关的诗句……

我想到了，夏夜，同院的小儿，不分男女，躺卧在铺在院坝地上的凉席上，看着天上的月亮和星星，听着大人说庄稼聊收成；

我想到了，父亲在月下焚香祷告，给我们兄弟姐妹分食月饼的情景；

我想到了，母亲在月下纳鞋底、掐草辫；

我想到了……天马行空，让思绪纵情飞驰……

6

借月。

将月当作幌子，趁月白风清，去看想看之人、之物、之景。

明末散文大家张岱在他写的《西湖七月半》中，说七月半晚上出门看月的人，明为看月，实为看人，并归结了五类人可看，这就是达官贵人、名娃闺秀、名妓闲僧、慵懒之徒、作者的好友与佳人。

犹如到桃乡龙泉观花的人，往往借赏花之机，政府集中招商引资；群众借机探亲访友；青年男女花前许下终身；四方商家进行物资交流；文朋诗友切磋文学艺术。

7

古人更是借月高手。

"举杯邀明月，对影成三人。"（唐·李白《月下独酌》）

诗仙李白，独自饮酒，孤寂吗？孤寂，也不孤寂。他邀来明月和身影做伴，由孤身一人一下变成了"三人"。每读至此，我都会莫名感动，甚至落泪：我把自己想象成李白，我想象着自己也在月下，也端起酒杯，我会是什么心情？并由此去揣度李白是真豪放呢还是真孤寂？

8

"秦时明月汉时关，万里长征人未还。"（唐·王昌龄《出塞》）

每读此诗，我的脑海中又会出现一幅恢宏的边塞图：天高地阔，大漠孤烟，漠漠沙海中的枯树头、枯马骨！边关烽烟和厮杀，曾有多少"娘子"倚门，望穿秋水，望断肝肠！

9

"滟滟随波千万里，何处春江无月明。"

"江天一色无纤尘，皎皎空中孤月轮。"（唐·张若虚《春江花月夜》）

又忆起，大学课堂里，老师击节赞赏，告诉我们这是《唐诗三百首》的压卷之作！他声情并茂的讲解，课后总把我的思绪带到浩瀚的有白茫茫江水、有满世界清辉的妙境！面对这苍茫悠远的夜空，如临仙境，我总会情不自禁地慷慨而歌："前不见古人，后不见来者。念天地之悠悠，独怆然而涕下。"（唐·陈子昂《登幽州台歌》）

10

在成都，多少年了，我们都盼着中秋之夜明月高悬，有时媒体都言之凿凿了，可多数时候仍然未能如愿。

"露从今夜白，月是故乡明。"（唐·杜甫《月夜忆舍弟》）

如今，白日里蓝天白云的天气愈来愈多，不是吗？网友们常争相晒出丽日蓝天的照片，也总会赢来众多点赞。

我总想，白日的蓝天理应与夜空相伴。

总期盼，中秋夜，玉兔生辉，朗照人寰！

2017年7月24日

夏日乡居"三友"

夏日，虽有炎炎烈日，却有虫儿伴我，让我感受到夏季的热烈和欢快！

蝉

白日里，去到山间茂林处，满林间都是"诗呀！诗呀！诗呀！"的此伏彼起的、欢快的蝉声大合唱！

处在这么热烈的欢歌境地，你不仅不会因为声音既多又广而感到烦躁，反而会深切地感受和领悟到南朝诗人王籍写的《入若耶溪》一诗中"蝉噪林逾静，鸟鸣山更幽"那两句是多么贴切！

自古以来，人们崇蝉、佩蝉。蝉的幼虫可在地下存活几年、十几年，人们把它比喻成"灵虫"，还把它比喻成像荷花一样的君子。《史记·屈原列传》中这样写蝉："蝉蜕于浊秽，以浮游尘埃之外，不获世之滋垢，皭然泥而不滓者也。"也就是有如荷花"出淤泥而不染"的意思。

古人崇蝉，刻成玉蝉，悬挂腰间，有求灵物保护的意思。

在林中，亦可遇见树身不高处停歇的鸣蝉。屏息静气，悄悄上前，突张双掌，猛地一蒙，有时就能捉住一只！把玩观赏一会儿，也就将它放了。

又忆起儿时捕蝉的事来：找来一根竹竿，用一篾条弯成圆形，篾条两端插入竹竿顶端筒中，然后去寻蜘蛛网，把蛛网缠绕在篾圈上。缠了几处蛛网，就可去粘蝉了。循蝉声找到蝉儿，如是估量着竹竿够得着，就凝神屏气，轻轻上前，用蛛网对准蝉儿，一下按上去！如果粘住了，取下放竹笼里。可惜它不食人间烟火，养不活它。

叫姑姑

在乡下度夏。入夜，叫姑姑的歌声，比起白日里蝉哥哥短促激越的歌声就显得温婉缠绵得多。"唧唧唧唧唧唧唧""唧唧唧唧唧唧唧""唧唧唧唧唧唧唧"……湛蓝色的夜空，院坝里，铺着凉席，仰躺在凉席之上，手摇一柄蒲扇，眼望着满天繁星，静听着叫姑姑时歇时起的歌声，什么都可以想，什么都可以不想，任思绪天马行空般游走于浩瀚缥缈的太空。忽然，邻家小儿一声呼唤："叔叔，陪我去捉叫姑姑！"

我儿时捉叫姑姑的经验丰富着呢！

"有装叫姑姑的笼子吗？"

"有！白天我叫小姑姑给我用麦草编了一个。你看，这不就是！"

循着"唧唧唧唧唧唧唧"的声音，我们的脚步停在了一笼有半人高的杂草丛边。我一边用电筒（我们儿时是用燃着的干竹片或麻秆）搜寻着，一边用手轻轻拨开草丛，终于发现它了！那细长而有力的腿，那频频振动的翅膀，啊，它正躲在这清静的地方，用它的羽翅弹琴呢！琴弦在空气里呢。

我把电筒轻轻递给小孩。我小心翼翼地对准这只叫姑姑，双手猛地一蒙，立刻将它逮住。我将乱蹬着腿的这只叫姑姑放进小孩手中麦秸编织的笼里，又在附近地里摘了两三朵丝瓜花和南瓜花，这些都是叫姑姑的最爱，这也是儿时喂叫姑姑的经验。没想到，这些经验还又派上用场了。

今晚捉叫姑姑，又让我回到儿时，又让我年轻了一回呢！

小孩将叫姑姑笼子挂在屋檐下。一会儿，叫姑姑从刚才的惊吓中镇定下来，"唧唧唧唧唧唧唧""唧唧唧唧唧唧唧"地又唱起来了，这声音在夜空中飘荡，多么宁静的夏夜啊！

萤火虫

龙泉山巅的一个夏夜，几个朋友一起，想重温儿时捕捉流萤的乐趣。

一只只萤火虫在山崖边深邃的夜空中缓缓地飞舞着。四周黑黑的，咫尺处也看不清对方的脸。只见时灭时亮的一只只流萤在流动，它们仿佛是在给我们表演呢。

飞着的流萤是难以捉住的。只是有时，有流萤从眼前飞过，可以迅捷地伸手一抓，偶尔也能抓住。但细弱的流萤被你抓住时，也多半是奄奄一息甚或已是一点肉泥。只有当我们顺着某只流萤的光，看它停落在哪处草丛中，再根据它身上发出的一闪一闪的光，小心地把它捉住。

小时候捉的萤火虫多是装在瓶里的，没法养活。如今捉了，用小塑料袋装着。一会儿，有人说，养不活的，放了吧。

不惊不诧的流萤又飞进夜空中。

望着流萤，我想：萤火虫的光太微弱了，有时真怀疑古人用它照着读书是真是假。也许，它的价值就在于提示我们，再微弱的光也是光啊！

2017年8月2日

(此文原载《四川经济日报》)

何不将荷也作君？

长长的炎夏季节，大地一片葱绿。万绿丛中，绿荷独领风骚。

荷很美。田田的荷叶美，艳艳的荷花美，白胖的莲藕美！

荷叶的美，美得大气，虽然只有一根细细的茎秆支撑，但它如盘如盖的大叶，能抗住炎阳，能接住雨水，能让青蛙安静地停在自己身上歌唱！

荷花的美，美得健硕，美得娇艳！红的似火，白的如脸，粉红的撩人！万绿丛中，一朵朵美艳的荷花常使人们流连顾盼，不忍离去。摄影的人总是照了这朵又照那朵，一朵又一朵：有浓情盛开的，有含苞欲放的，有青涩骨朵的，有一瓣两瓣下垂、开始褪裙的，有莲蓬初露的，真的是绰约多姿，风采照人！

从淤泥中长成的白皙丰满的莲藕，让不分年龄的人们都喜爱它。

一处处荷塘，是贴在大地上的一张张彩照！哪里有荷塘，哪里的空气中就流溢着馨香！

荷的美不令我们陶醉吗？

一年四季中，春天的风是和煦的，秋天的风是凉爽的，只有冬季刺骨的寒风和夏季令人窒息的酷热之风令人畏惧。

人们为了在精神上抵抗严寒，找了些不怕冷的植物来当作榜样，如"松竹梅岁寒三友""梅兰竹菊四君子"。这些被人们青睐并赞赏有加的植物，都是在寒冬时节表现出风格和精神的。那么夏季呢，夏季就没有一种植物因不畏酷暑而令我们尊崇吗？应该说，不仅有，而且很多，各种高大的乔木、丛生的灌木、近地的小草，它们共同织成了广袤的绿色大氅，不然夏季为什么会是绿荫掩映大地呢？

但谁是夏季的代表性植物呢？我以为非荷莫属！不是吗？那么嫩绿的叶，那么娇艳的花，在炎炎烈日之下，不仅没有丝毫萎缩之态，反倒越发妩媚诱人！

荷不畏酷暑的品格和风姿不令我们崇敬吗？

荷把它的嫩叶献给我们煮稀饭，那淡黄的色，那鲜香的味，是稀饭中的绝配！荷把它干萎的叶献给我们蒸米发糕或糯米馍，那个悠长的清香令你食欲大增！荷把它孕育的莲米献给我们做滋补佳品；荷把它的莲蓬、藕节献给我们入药，有消淤、去湿、止血的功效；荷把它在淤泥中长成的身体——莲藕献给我们炖汤炒片炒丁，人见人爱。

荷的奉献精神不令我们感佩吗？

荷的绰约风姿，荷的无畏品格，荷的奉献精神，难道不可以成就它作为酷暑季节中的君子吗？

华夏民族，华夏子孙，在与自然和谐相处中，为了在自然中寻求精神力量，不应只有寒冬时节的梅君、兰君、竹君、菊君，也应有酷暑季节的荷君！

让我们伴着荷君，在炎夏时节，心静如水，身沐清凉，双眼映绿，神清气爽！

2017年8月24日

蚯蚓之隐

一切有生命的，不管是动物还是植物，都是我喜欢的。比如大象，比如蚯蚓，比如大树和花草。

蚯蚓看似是最卑微低下的弱小动物，实则是"大隐士"，是地球上少有的只有奉献没有索取的生物。它食腐物，肚里常年装着的只有泥土。肚里的泥土吐出来，又是能反哺庄稼的上好肥料，也是绝佳环保的饲料添加剂。

最早和蚯蚓的亲密接触，是儿时钓鱼。儿时钓鱼，没有现在渔具店卖的精美钓竿，那时即使有也买不起。我拿起一把专门用于砍竹木用的弯刀（名曰弯刀，实际不弯，比菜刀厚重一点而已），到竹林里寻那细小的老竹，砍下做钓鱼竿；用母亲缝衣的棉线，拴上在街上买的鱼钩；用牙膏皮或废锡块做鱼坠；用杀鹅时拔下的或在活鹅身上拔下的鹅毛管做浮漂；在衣袋里揣上几把米，扛一把锄头，到塘边去选上两三个窝子，撒下米粒。

万事俱备，只欠东风：我在塘边潮湿处翻挖，捉上几条蚯蚓。将蚯蚓穿在鱼钩上，放在窝子里，只等鱼儿上钩了。蚯蚓成了引诱鱼儿的好帮手，一条条白晃晃的或金黄色的鱼儿被骗上岸，进了我的鱼篓。钓的鱼或自家吃，或让大人拿到街上卖，用卖了的钱买读书用的笔墨纸。

20世纪60年代中期，我在当时的四川荣昌畜牧兽医学校读中专，有一段时间，学校农牧场来了几个四川大学生物系的学生，有一个老师带队。这几个学生快毕业了，他们要写毕业论文了，而他们毕业论文的内容就是要写蚯蚓。那个年代，粮食是大家最关心的事。他们的课题内容就是研究如何培育蚯蚓，因为蚯蚓的蛋白质含量特高，蚯蚓干蛋白质含量高达70%，还有磷、钙、铁、钾、铜和各种维生素。

如果用蚯蚓做饲料，可以节约粮食。有人也许会问：这要多少蚯蚓啊？这是个问题，但他们为什么还要用这个来做试验呢？这是因为蚯蚓的再生能力很强，一条蚯蚓如果被农人的锄头挖断成了两截，不要紧，它们不仅不会死去，反而很快就会长成两条蚯蚓。这些生物系的师生就是利用蚯蚓这种再生能力很强的特点，想找到一种快速培育蚯蚓的方法。

他们挖了一个长方形的坑，坑内放置混合有猪粪、杂草的泥土，然后把每一条做种的蚯蚓切成几截，再放置土中，每天给土浇水，保持培养土的湿润。

我不知道他们培育的效果如何，也不知道是否真的能运用到饲养上。但我想，充分利用大自然馈赠的生物资源，又不会影响这一资料的断绝，这思路是无论如何都不应该质疑的。如今人们渴望吃到土鸡、土鸡蛋，不惜花上贵一倍或几倍的价钱去买。其实，所谓土鸡，除了饲料主要是粮食外，也无非就是让鸡在野外多啄食了一些草籽、昆虫和蚯蚓罢了。这蚯蚓，的确算得上是名副其实的环保饲料。

农民用蚯蚓预测天气。夏天，当人们发现蚯蚓出洞，并在地上不停地滚动身躯，它身上粘满泥沙时，农民会说："看！蚯蚓滚沙了，要下雨了！"果然，要不了多久，天上就会乌云四起，接着是哗哗的大雨从天而降。

蚯蚓是农人的好帮手。庄稼长得茂盛的地方多是土质疏松的地方，而土质疏松的地方，多是地下有蚯蚓帮助疏松土壤。它们就如同我的父老乡亲一样默默地"耕耘"着、奉献着。它也有如百花园衬托红花的绿叶、台后为明角登场的龙套演员、训练场上运动员的陪练……那些甘当配角、默默坚守平凡岗位的人！

早在1837年，《物种起源》的作者、伟大的科学家达尔文便将蚯蚓称为"地球上最有价值的生物"。

世界各地都有蚯蚓，有两百多个品种。蚯蚓是一种很奇特的生物。它身体上同时长有雌雄器官，但不能同体交接，仍需异体交配。这给生物学家提供了难得的生理现象探讨对象。

蚯蚓被文学家比作柔能克刚的典范。荀子在《劝学》中指出："蚓无爪牙之利，筋骨之强，上食埃土，下饮黄泉，用心一也。蟹六跪而二螯，非蛇鳝之穴无可寄托者，用心躁也。"刻画出蚯蚓的用心专一、执着精神的可贵！这种精神激励了我华夏民族古今多少学子孜孜不倦地学习各种知识，并用这些知识报效社会啊！

有时到湖、塘、河里钓鱼，我会在渔具店买上一两袋有营养土养着的蚯蚓。有时蚯蚓没用完，回家后，我会把它们放置在阳台花盆的泥土中。我虽住在五楼之上，但阳台上各种花盆中生长着各种花木植物，被我的文朋诗友们赞誉为"天然氧吧"。如今盆中土里又有了蚯蚓，我在盆土上面浇水，它在盆土下面耕耘，我们一起培育绿叶红花，一起营造宜居环境。我有这些有生命的植物、动物相邻相伴，好似促进了我生命的律动，催生了喜爱人间一切生物的诗情，也似乎增强了我的生命活力。

2017年12月27日

（此文原载《四川文学》发表时题目为《蚯蚓》）

水的断想

多年前，我去云南参加民俗考察活动，参加了西双版纳的"泼水节"。吃饭的席间，人们端着酒杯站起来，一边大声喊叫着"水""水""水"，一边碰杯并喝干杯里的酒。离开云南回到四川后，一直后悔着当时没弄清人们呼喊的这"水"是什么意思？尽管当时自己也"水""水""水"地跟着喊。以后碰到从云南那边来成都或去过云南的人，我就问他们，但他们都没能做出什么回答。我只有揣测是不是对水的崇拜。因为傣家人告诉过我们，他们到井里挑水都是怀着一种崇敬之心去的。

从机关退休前后的这几年，我受聘到离家二十多里的一所学校上课。为了锻炼身体，我们几个老教师坚持走一段有三四里的乡间路。路边有一条小河。这些年，由于人们的环保意识增强了，环境有了很大变化。我们到校的路两边，满是翠绿的庄稼和果树，而且鸟声喧喧！就连多年没出现过的斑鸠、白鹭也有了，甚至连我只在儿时才见过的老鹰也来了！但有一样，恐怕难以再现昔日情景，那就是水！当我们每天从那污浊得连看一眼都会皱眉、心紧、反胃的小河边走过，我不知多少遍地对我的老友感慨地说："这水太脏了！"我们都回忆起儿时的家乡，无论是堰塘，还是河渠，那都是水清见底，水草青青，鱼儿手捧可得！

我对那清澈的水简直到了神往和崇拜的地步！一次游览都江堰附近的青城后山，看见那纤尘不染的河水，我竟激动地大喊："谁有瓶子？我要装一瓶回去！"2010年8月我和家人去了云南丽江，看见那里的河水是那样洁净，油油的水草在清清的河水中招摇，我静静地站在河边欣赏着、感慨着，家人催了一遍又一遍，我都舍不得离开。

心静如水，是我们追求的一种心态。

　　水的品性更为古今之人所称道：它谦逊，总往低处去；它至柔，不逞强，总屈己；它灵活，能进能退；它睿智，虽经曲折，总能达到目的。

　　水，洁净的水，令人流连；

　　水一样的品格，令人向往！

2010年12月20日

蓉城遍撒黄金叶

秋风萧瑟，秋叶飘零，千百年来，这落叶成了人们悲秋的象征之物。

可成都人进入秋季后，却期盼和享受着又一道风景！这道令人目眩和兴奋的景观就由落叶组成！

成都的市树银杏，在秋季，会把满树金黄、外形像元宝的银杏叶次第撒落在地上，形成金色的"黄叶地毯"！

曾经，银杏叶苦了环卫工人，他们每天清扫落叶，总也扫不尽。后来，有人发现了这落叶之美，呼吁有关部门不要在银杏树集中的街道、校园、公园等地方要求每天清扫这些落叶，就让它成为一道美丽的风景线！

秋高气爽，秋阳高照，或独自一人背上相机，或携家人，或邀好友，到银杏树比较集中的地方去欣赏树上的、地上的银杏。头上一片金黄，地上一片金黄，你仿佛进入了童话般的仙境！会让你看得如醉如痴，心潮荡漾，哪里还会有一丝一毫的秋怨、秋愁情绪！

摄影爱好者照出了一幅又一幅精美绝伦的照片发在网上；录像的将诗作或音乐配上发到群里，令无数人发自内心地赞赏！一对对情侣、即将走入婚姻殿堂的男女来到这里，神采奕奕的男子搀扶着容光焕发、披着婚纱的女郎，把这金黄的落叶看作他们人生的背景和美好的希望！那校园中铺满银杏叶的桌边凳上，坐着一个个捧读书本的学子，那地上的金色落叶正象征着他们的金色年华，也预示着他们会有一个美好的黄金岁月！

成都人真的会选择市树、市花：银杏树、芙蓉花。银杏树伟岸挺拔，芙蓉花艳丽多姿，一刚一柔，相互衬托。银杏树是古老树种，有树中老寿星之称，能活千年，也与成都是千年古城相称！银杏树树型壮美，材质优良，果实可食、可入药。银杏的果实白果不仅能养肺止咳，还能促进代谢，美容养颜。白果炖鸡是川菜中的一道名菜。

　　说到这落叶，我想到我曾经教过的学生，他们在做创意实验时，有的女生将校园内的银杏叶捡来，配上一些细弱的青草，制作成一只只翩翩欲飞的蝴蝶！这些可爱的学生，毕业后也飞向了四面八方！

　　我家附近的广场上就有不少银杏树，每当我看到这些高大挺拔、枝蔓不冗、昂扬向上，虽然生存历史悠久却不奢侈、很易栽活的银杏树，我就想到，做人也应该像银杏树一样，既有高洁的风姿，又有乐于奉献、无欲无奢的追求。

　　古人咏银杏的诗作不少，说明银杏的知名度不低。宋人葛绍体"满地翻黄银杏叶"的描写正与本文所写一样。宋代吴芾所写"银杏低垂颗颗圆"形象地写出了银杏果实白果的形态。王维、李清照等人都曾借描写银杏来抒发自己的情怀。

　　成都人真的会玩、会生活，不仅一年四季看花：春看桃花，夏赏荷花，秋品芙蓉，冬敬梅花，就连这落叶也能让它成为美景，让它为生活增光添彩！

2021年11月3日

乡愁青冈树

"谁不说俺家乡好"。

我的家在成都东山坝子。这是一个比浅丘还低、比平坝又略有起伏的地方，是三国时蜀国的"京畿"之地。这里先是出产水稻、小麦、玉米、红薯、油菜等传统的粮油作物，后是广种水蜜桃、葡萄、枇杷、脐橙等水果，并成为国家优质水果基地，成为"中国水蜜桃之乡"。近年这里又成了汽车城，平均每天生产出3400辆汽车；现在又正在加班加点地修建第31届世界大学生运动会的比赛场馆和配套设施。这就是我的家乡——四川省成都市龙泉驿区，这里是国家级成都经济技术开发区所在地和全国百强区之一。

故乡老屋的四周都是绵延的稻田。屋后山林间有松树、茶树、栖木树、构树以及一些叫不出名的杂树，但更多的是大大小小的青冈树。

我对青冈树情有独钟，可以说青冈树是我乡愁的代表树。无论我走到哪里，只要看到青冈树，一种亲切感便油然而生。记得那次到岳阳参观了岳阳楼后，乘火车返回成都途经四川万源时，从车窗看到铁路旁山坡上有青冈树，我竟高兴地喊道："青冈树！"

青冈树全国各地都有，但西南丘陵地带更多，特别是在农家屋后的山林和庙宇周围常有高大的青冈树。

青冈树是一种很普通的树。论长相，它不如桦树，桦树高且直，像修长的男子，而青冈树的身子总有一些弯曲，像父辈们的腰；青冈树的树皮又粗又厚，像农人的手。论名声，它不如松树，松树被文人赋予"高洁"的品性，让人们对它敬仰有加。论作用，它不如柏树，柏树因木质细腻且坚还白净受到农人青睐，农人特别爱用它做粮柜和衣柜，就是柏木做的棺材也称上等。青冈树的木质虽然坚硬，但遍身都有隙缝似的纹路，既不光洁也不好看，所以家乡的父老修房时不用青冈树做屋梁，制作家具选料时也从不会想到它。

但青冈树也有它的作用。它可以做连接锄把和锄头的楔子。锄头算得上是农人最贴身的劳作工具了。一年四季，父老乡亲的庭前花开又花谢，燕子飞去又飞来；日复一日，年复一年，他们总是晨携朝阳锄禾去，暮带晚霞荷锄归！农人离了锄，田里哪来生长茂盛的庄稼？农家仓房里怎能有繁育人类的黄澄澄的稻谷？

表过锄头的作用，再说楔子的作用。熟悉农活的人都知道，农人从乡场铁匠铺买回中间略凹的长方形铁锄头，再买上一根做好的一米多长的锄把，或自己砍回拳头粗的树木制作锄把后，你以为把锄把逗进锄头上方的孔中就行了吗？根本不行！这样根本无法使用！必须在锄把与锄头孔之间打入一个有斜口的楔子，俗称"打尖"，而且要在坚硬的石头上用力将楔子撞进嵌紧，才能让锄头在使用时有力并不会掉落。可以说，没有这一寸许仅有一指多厚的楔子，锄头只是一块无用的铁片。而这楔子，父老乡亲几乎清一色地选用了青冈树！这是因为青冈树易得且材质坚硬，非他树可比。青冈树楔子的作用使我想到了螺丝钉。过去我们总爱把自己比喻成螺丝钉，那意思是说能力虽小但又不可或缺。青冈树楔子被夹在硬铁孔和长木棒之间，偏处一角，时时承受铁木挤压，却也无怨无悔。

不说青冈树全身都是宝，但它确实是一身都有用。

青冈树不仅是烧冈炭的好材料，也是农家做饭时耐燃的燃料。农村用土灶煮饭时，母亲带着我，背上背篼，拿着篾耙，去到青冈树下，把树下满地枯落的青冈叶捡回做燃料。青冈叶比竹叶耐燃，算是农家好燃料。

夏秋雨季，正是野菌生长时。有时我们可以在青冈树树基周围捡到一种名叫青冈菌的菌子。这种野菌通体金黄色，成团成簇生长，细长的腰，小巧的头，并且散发出一种特有的清香味，令人赏心悦目。有的一簇就有碗大，捡两簇回去就可炒出一碗香喷喷的可口下饭菜。

春季，青冈树在绿叶下开出一串串嫩绿色的花。秋季，果实成熟。它的果实圆圆的，开始是青色，成熟时是黄色。果实长在一个周围有齿状的圆形碗状果壳里。小时候捡青冈籽、捡青冈碗是我们常做的一件事。我们提着篮子，来到一株株青冈树下，先是埋头弓腰在树下周围寻捡已经落下的青冈籽和青冈碗，然后用脚猛踹几下树身。树身摇动，那些已经成熟、将落未落的青冈籽和青冈碗纷纷落下，有的落在头上，人们也不觉得疼。若是几个孩童一起，大家就会快速地抢捡着。

捡回的青冈碗即青冈壳，我们背去街上卖。大人们说，青冈碗被街上开食店的主人买去做燃料，因为它耐燃。我还听说这青冈碗可做染料。

青冈籽捡回后，能干的母亲让我们先将青冈籽一个个捶破并剥去外壳，然后将籽肉泡了用石磨磨出浆，熬煮成青冈豆腐。青冈豆腐颜色黑红，要泡上两三天才能吃，不然很涩口。那时物资匮乏，有点涩口的青冈豆腐吃起来也很香。

我们还会将比较青嫩的青冈籽切去头部一部分，然后用寸许长的刷把签从切口中心插入，用手将签在桌上一撮，半截圆锥形的青冈籽就会在桌上像陀螺一样地旋转不止。那时农家儿童哪有什么玩具，这桌上旋转的半截青冈籽也曾给我们带来过不少乐趣。

如果遇到了害虫侵入身子，青冈树就会伤心地流出一种像白色泡沫一样的汁液。这些汁液是金龟子和大黄蜂的所爱。儿时玩金龟子又是我们的一大乐趣。我们小心地避开蜇人厉害的大黄蜂，从青冈树上把金龟子捉住后，回家让妈妈给一条几尺长的线，或让妈妈配合，将线的一头拴在金龟子的一条腿上，再将线的另一头拴在一根木棍或竹棍上。再捏指头大的一团泥，把这团泥捏在离金龟子寸许处的线上。我们用手握住棍子，把金龟子和那团泥悬空吊起。这时就会出现我们期待的奇妙情景：金龟子围着泥团打转飞翔，形成一个圆。它飞多久，这个圆就会存在多久。直至它不想飞了，这个圆才不存在。过一会儿，它又可能再次飞起，再次造圆。我们就挑着、看着这不停飞旋着的圆，它圆着，我们乐着。

没有人专门播种青冈树，也没有人为它施肥除虫，全是种子落地，自行发芽生长，但这个树种至今犹在。我读过不少写树木的诗文，但没有见过谁写青冈树。前不久去住家附近的龙泉山长松寺旁的三百梯郊游，看见树林中那高大青葱的青冈树和掉在地下的青冈籽和壳，油然而生亲切感。心中想到，青冈树是多么坚强淡定：

> 你近我，或远我，我都在这里生活；
> 你赞我，或不赞我，我也在这里坚守。

（此文曾载《人民日报·海外版》，文字有删减，发表时题目为《青冈树里寄乡愁》，被人民网、中国环境网等多家网站转载）

乡音遗韵

红湿深处

唐代大诗人杜甫在成都留居期间，写下了流传千古的《春夜喜雨》："好雨知时节，当春乃发生。随风潜入夜，润物细无声。野径云俱黑，江船火独明。晓看红湿处，花重锦官城。"此时他已49岁。

成都的花是有名的。古时蜀王孟昶喜欢芙蓉花，命人在城墙上遍种芙蓉。如今蓉城成了成都的代称，成都又因古代织锦业发达、政府设了管理织锦业的锦官而名"锦官城"。

但现在，成都花事最盛的当数桃花。成都之东的屏障龙泉山，春来就是桃花的花山花海，正应了杜甫在《题桃树》一诗中描写的情景："高秋总馈贫人实，来岁还舒满眼花。"

很多人都说成都人悠闲好耍。其实，成都人也和其他地方的人一样，也要做事，也要创业，但也的确会"耍"。对被称为"本土作家"的我来说，我觉得成都人有三个"春节"，一个是传统的春节；一个是冬天到龙泉山玩雪，玩得一个个脸蛋红扑扑，玩得山乡热腾腾、暖融融；一个是春天到龙泉山观桃花——在花径中漫步，在花树下留影，打麻将，吃农家菜，畅谈人生和新年打算。

阳春三月，龙泉山上山下，到处是如璀璨红云翻涌、似斑斓赤锦铺地的桃花，"桃之夭夭，灼灼其华"（《诗经》）。踏青赏花的人络绎不绝，有时一天可达10万人之多。只见人在花间行，酒在花间饮，真是"人面桃花相映红"（唐·崔护《题都城南庄》）；"野水碧如草，桃花红照人"（元·张羽《丹青小景山水》）。到处是"春来遍是桃花水，不辨仙源何处寻"（唐·王维《桃源行》）的遨游花海的人乐车喧！这时节，洋溢着春天气息的龙泉山，好一派"万紫千红春满园"的光景！好一幅活泼泼的万人赏花图！三月的龙泉，花盛情浓，春潮和心潮一起涌动！

文朋诗友来龙泉观赏桃花，我常做"导游"。他们不满足于观花、留影、喝茶、聊天，他们还想寻幽访古。

龙泉山是一条宽约20公里、长约200公里的拱卫在成都东边有如长龙般的山脉。

隋朝末年，曾经官至"国子监祭酒"（国子监祭酒是中国古代中央政府官职之一，该官职隶属朝廷最高学府国子监，主要任务为掌大学之法与教学考试）的朱桃椎，就隐居在龙泉山中。朱桃椎淡泊名利，以织草鞋为生。朱桃椎织的草鞋质量好，人们都喜欢穿。《新唐书·隐逸传·朱桃椎》中记述了他织草鞋的事："其为屩，草柔细，环结促密，人争蹑之。"他把草鞋放在路边，由人自取，取草鞋的人自己放一些米或茶作为交换物，黄昏时他去取回。

益州长官窦轨召见朱桃椎，送他衣服、鹿皮头巾、麂靴等贵重物品，想让他担任乡正。朱桃椎不答应，还把送给他的衣服等物丢在地上，逃入山里，"弃衣于地，逃入山中结庵涧"。

高士廉任益州大都府长史时，也准备了礼物亲自前往探望朱桃椎，朱桃椎也不搭理他。高士廉后来又多次派使者去看望他，他都躲起来不见。

有个叫薛稷的，是太子少保、礼部尚书。他任彭山令时，朱桃椎写过一首《茅茨赋》赠给他。文中有这样的句子：

> 若乃睹余庵室，终诸陋质。野外孤标，山旁迥出，壁则崩剥而通风，檐则摧颓而写日。是时闲居晚思，景媚青春；逃斯涧谷，委此心神。削野藜而作杖，卷竹叶而为巾，不以声名为贵，不以珠玉为珍。风前引啸，月下高眠；庭惟三径，琴置一弦。散诞池台之上，逍遥岩谷之间。逍遥兮无所托，志意兮还自乐；枕明月而弹琴，对清风而缓酌。

此赋既是劝谕对方不要迷恋官场，也是洁身自好的真情表达。

薛稷任满返京之时，专程绕道前来与朱桃椎道别，但没见到朱桃椎。薛稷在石壁上刻下赞美朱桃椎的话，然后再返长安。所刻内容是"先生知足，离居盘桓，口无二价，日惟一餐。筑土为室，卷叶为冠，斫轮之妙，齐扁同观。"

北宋崇宁年间（1102—1106），皇帝宋徽宗给朱桃椎赐号"妙通真人"。

石经寺的楚山（1404—1473），湖北唐安人，俗姓雷，名绍琦，字幻叟，法号楚山。楚山自幼聪慧，能诗善文，且遍游各地，学法传法，著有《尚亘篇》。楚山系明代佛教临济宗的代表人物，法系遍及全国，皇封"荆壁禅师"。

还有一个长松寺，位于龙泉山脉最高处（海拔1059米），林木葱茏，环境优美。驻锡在此的马祖与司马相如、李白、苏东坡齐名。

我对同行的文朋诗友说，龙泉山中这条我们走着的石板古驿道叫东大路，是还没有公路和铁路之前成都到重庆的官道。仅在龙泉山一段的东大路旁，有距今1400多年的国家级文物保护单位北周文王碑；有古时张飞扎营处张飞营；有山麓西侧、成都出东门的首驿——龙泉古驿，唐代当过三朝宰相的段文昌曾在这里当过县尉……李德裕、郭沫若等都留下了记述和诗篇。

无论是楚山的"卧听松涛起翠微""到处风光总现成"，还是有"清代蜀中诗人之冠"称号的张问陶的"谷鸟通樵语，松风和涧泉""劳人多聚散，归雁识乡愁"；无论是明代文渊阁大学士赵贞吉的"百道寒泉万木中，半天凝紫晚鸦东"，还是简州知州宫思晋的"匹马宵征气亦豪""诗情应共酒杯宽"……无一不说明龙泉山中有卧龙，红湿深处有厚重的人文底蕴。

文朋诗友中有人问我："龙泉山是要建成全国少有规模的城市森林公园吗？"我说："是的。""这些丰富的人文景观和故事可以为打造森林公园提供资源。"我说："是的。"

午后的春阳暖融融的。我们望着龙泉山下正争分夺秒建造第31届世界大学生运动会场馆的一座座擎天起重吊塔，文朋诗友中又有人说道："大学生运动会场馆建设也可以融进龙泉的人文资源。"我说："是的。已经这样在做了。"

在我们即将启程下山时，忽闻同行中一人朗声诵道："日观桃花三万朵，不辞长作龙泉人。"原来是文朋诗友中有人即兴点化苏轼的"日啖荔枝三百颗，不辞长作岭南人"，来了应时的这两句。

众人拍手叫好，我则一面鼓掌一面笑答："欢迎！欢迎！"

2020年2月5日

秋阳下的丰收图

　　无论季节怎样变换，太阳总会伴随着我们走过时序的交替。是的，一年四季都有阳光，春天的阳光是煦融融的，夏天的阳光是火辣辣的，冬天的阳光是暖烘烘的，秋天呢？秋天的阳光是炽烈烈的。

　　经过夏日炙烤的人们盼着立秋的日子。立秋了！人们纷纷在微信圈里传递着这个日子到来的信息，有的还写诗著文来歌颂这个日子。在人们的潜意识里，立秋了，该没有那火辣的太阳了，该凉凉爽爽了。

　　可有一些人，入秋了，却还盼望着那火红的太阳天。他们就是我的父老乡亲，是种植金灿灿稻谷的人们。

　　故乡农谚说："秋前十天无谷打，秋后十天满坝黄。"立秋后，一块块稻田陆陆续续地由青变黄了，黄了稻秆，黄了稻叶，黄了沉甸甸的稻穗！

　　父亲早早起床，还没来得及吃早饭，就兴冲冲地朝稻田走去。他走到田边，在一株稻穗上撸下几粒稻谷，丢进嘴里，嘎嘣嘎嘣一咬："嗯！熟了！可以开镰了！"

　　请来亲友或乡邻，男人们分两部分。前面的人下到田里割谷。他们收割的锯子早就磨亮了，专门等候收割的这一天的到来。每人五行，"唰唰唰""唰唰唰"，一把把稻谷整齐地摆放在田头。后面的人，先是用拌桶，后来是用脚踏打谷机脱粒。用拌桶打谷时，抱起一把又一把谷把，全靠人力摇肝摆肺地用力将稻把上的谷粒通过与拌桶前壁的碰撞，使稻谷脱离稻秆，让稻谷纷纷滚落在拌桶内。用脚踏打谷机时，打谷人手持谷把，一边用脚踏转机桶内的齿轮，一边将谷把在齿轮上轮番移动，让稻谷在齿轮转动下纷纷脱粒。

　　"拌桶一响，黄金万两。"话虽这么说，可父老乡亲却不奢望万两黄金，而期盼的是粒粒归仓。辛苦大半年，收获的季节让农人累并快乐着。看那割谷人你追我赶，谁也不甘落后，怕后面的人超过自己。被人"抬了轿子"，这可是干活人的羞耻。一排排立着的稻谷被放倒，一块田割完，抬起手，用袖子揩一揩脸上的汗水，又转战到另一块稻田……打谷人光着膀子，在拌桶上空挥舞着一把把谷把子，汗水洒落在桶外，稻谷摔落进桶内。"砰砰砰""砰砰砰""砰砰砰"的打谷声此伏彼起，互相呼应，犹如空中流荡着的一首首秋阳下的丰收曲！

桶内稻谷多了时，打谷人用大箩筐刨进谷粒，挑去晒坝，一挑，足足有两百斤哩。挑谷人油亮亮的肩背上滚落着亮晶晶的汗珠，呼哧呼哧，一气就挑拢了晒坝，将箩筐内的稻谷掀翻到地上。然后伸一伸腰，用汗巾揩一揩身上的汗水，抬头望一望天，自言自语："今天是个好天气！"

等候在晒场的女人们，见有新到的稻谷来，蜂拥而上，立即用晒谷耙将谷刨散开；再用篾扒梳捞出混在稻谷中的稻叶、杂草；先是将谷平铺开来，接受阳光的照晒；继而又用晒谷耙将稻谷垒成埂子，让阳光更好地照晒埂子之间的坝面；再平铺开晒；再垒埂子……女人们的后背衣服被汗水打湿了，一缕缕汗湿的头发拨开又落下……

空隙里，女人们边做手工边聊关于天气的话题：

"今天收谷选对日子了！好大的太阳啊！"

"是啊。过几天我家收谷，还不晓得是啥天气，要是像今天这样的红火大太阳就好了！"

"就是。去年我家收谷，那几天都是阴天，谷子都快生霉了，好烦人啊！"

"阴天还好点。前年我家收谷，一连几天下雨，谷子堆在屋里发烧，都快生芽了！没法，只好用锅炒，炒一锅又炒不了多少，把我们弄惨了，那鬼天气！"

"是啊。收谷期间都是像今天这样的大太阳才好啊！"

2019年8月23日

（此文曾载《华西社区报》，文字略有删减，发表时题目为《稻香时节蚱蜢肥》）

每一个父亲都是伟大的

我用几十年积聚的勇气，写下了这个标题。

很早以前，我就想写父亲。

于是写了，一篇，两篇，也都在报上发表了。但总觉得言犹未尽，总觉得所写的文字，远远不能表达自己对父亲那份无比尊崇的心情。

我把父亲比喻成大山，甚至比喻成太阳，但还是觉得这是比喻而已，总嫌虚了点。

我想到了"伟大"，想用这两个字来赞美父亲。

退休后，我受聘到一所中专学校教语文。学生几乎都是80后、90后，他们在我布置的作业中写自己的父亲伟大。我似乎受到了鼓舞！

有一件事更增强了我用"伟大"来赞美父亲的信心：一天下午放学后，我匆匆从教研室朝校门方向走去，准备步行一段路后到车站赶公交车返家。刚走到校门口时，见一女生飞跑着奔向校门口。校门口收发室外，站着一位矮小而憨厚朴实的中年男子，那是一个地道的农民。女生奔到那男子面前后，根本没管周围有没有人看见，扑上去双手箍住男子的脖颈，欢快地不断地跳跃着！我知道这是女儿看到爸爸从老家来看她了！我被这一幕感动了，我的眼眶也湿润了！在这个女儿的心目中，世界上有谁比她爸爸更亲切、更伟大？

我的父亲从小就给我讲孔融让梨、廉颇蔺相如的故事，让我懂得谦让和知错要改；讲借了东西一定要记住还而且要多还，比如借米，借时是平平的一升，还时要垒尖；别人借了自己的，不要去催问；讲对人不管身份要一样对待……父亲重视儿女的教育：读小学时，一到农忙时节，别的同学特别是男同学很多都被家长叫回去在犁田时给铧头浇水，便于省力多犁田，我的父亲却从不让我浇水，怕耽误我的学习。他对我们说，你们努力读书，不管你们读得到哪个阶段，家里都支持，就是卖房子也要供你们读。在我人生的每一个重要阶段，父亲都为我把握方向，比我站得高、看得远，失学时叫我不要"丢书"，读了专业学校不分配又回到家里、职务升迁遇到人为干扰，这些人生关头，父亲都及时开导我。父爱是无私的。他干活累得直不起腰，看见女儿绕膝，就把什么苦累都忘了；他一分钱一分钱地为我们攒学费、生活费，给钱时只希望我们叫他一声"爸爸"，可我们还不好意思叫！

没有父亲的谆谆教诲和阳光雨露般的抚养，没有父亲承受病妻弱子如山的两肩，哪能有我和弟兄姊妹的今天？对我们来说，父亲真的很伟大！

我想到那些诸如"披星戴月""起五更睡半夜""挥汗如雨""伏案疾书"等字眼，很多都是为天下父亲专设的。

每一个父亲对于他的儿女来说，都是荫庇他们的蓝天，是他们依托的大山！儿女们用"伟大"来礼赞父亲是理所当然的，每一个父亲都无愧于"伟大"这两个字！

2020年12月17日

（此文曾载《晚霞报》，文字有删改，发表时题目为《伟大的父亲》，被《成都大学报》转载）

父爱如师

父亲教诲如雨露，点点滴滴润心头。

不知不觉，父亲离开我们已经17年了。每每思及父亲，忆得最多的还是他在我小时候对我的教诲。

父亲虽然是农民，但他读过好些年的书，读到高小毕业。一个高小生，在今天当然不算什么，但在1949年前后，在农村都算是少有的文化人。

我是20世纪50年代初开始发蒙读书的。读书前和读书后，父亲都时时刻刻对我进行教诲。

父亲说，别人的东西不能随便拿，更不能偷。小时偷针，大时偷金；小时偷油，大时偷牛。从小就要养成好的习惯。有时我捡到邻居家的东西，父亲都会让母亲带着我给邻居家送去。

父亲跟我讲廉颇蔺相如的故事，并且要我向廉颇学习，不要做错了事，大人打自己时光是晓得跑，要自己拿黄荆条子给大人让他们打。

小时候，我总是盼望自己的生日到来，因为可以吃到母亲煮的两个荷包蛋。可是父亲说："不要只顾想到吃蛋了，要想到这是你母亲的母难之期；儿奔生，娘奔死。你应该把蛋拈一个给你母亲吃！"

父亲说，任何时候都要想到老的。你在地里哪怕只捡到一个花生有两颗花生米，你都要拿一颗给老的吃。有啥吃的，先要想这个东西老的吃过没有？记得有一次，一个同学给了我一个花红（近似青苹果的一种水果，但没苹果大，也没苹果脆甜），我刚准备咬，忽然想到父亲的这一教诲，立即将花红放进衣袋里，放学回家后给了母亲。

每到秋季收割稻谷时，我们小孩都要捉各种蚱蜢，如千担公、花鸡公、鬼头子、老虎头、蛾花等。蛾花是上品，每捉到一只，心里都会特别激动。捉得少时用柴草火灰煨烤，捉得多时在锅里煎炒。我总是会把油浸浸的、最嫩最香的蛾花挑拣出来，用筷子夹送到父母口里，尽管我自己很想吃。

父亲说，世上的人做什么的都有，有当官的，有发财的，有推车抬轿的，不管人家是做什么的，我们都要一样对待。

如今，我和子孙后代都住进了城里，小孩的生活、学习条件都比在农村时候好，我们理当把下一辈教育得更好。我总是对后辈人说，教育子女一定要趁早；也不要只重视学习成绩，首先要教育他们怎么做人。学习不好是次品，身体不好是废品，思想不好是危险品。只要孩子有健康的身体，有正确的价值观，有对社会、对家庭做贡献的一技之长，你对孩子的教育就是成功的。

（此文曾载《华西社区报》）

阳台·石榴·母亲

　　阳台是我家的重要组成部分。我家的阳台宽近2米、长近10米。家里人多次提出在阳台上装上玻璃，可以增加室内使用面积，我都没同意。后来，家里人认可了我的主张。因为有人赞扬我家阳台有如"天然氧吧"。阳台上，有松，有竹，有杜鹃花、山茶花、喇叭花、桑叶牡丹、含笑、文竹，还有三角梅、夜来香、仙人掌、金边兰，有栽了死、死了栽总是能见到的多盆兰草，还有两株石榴，没有多少值钱的品种。我不分贵贱，甚至连盆里的草都舍不得拔，只要有绿、有生命就好。而且，我连竹和石榴的枯枝都让它与活着的枝叶共处。

　　其中一株石榴，是多年前家中只有几岁的孩子捡回来的。那是一株被人丢弃的完全干枯了的石榴树，是用一个废塑料电瓶盒子装着的。坚持浇水，奇迹终于发生，春来它发芽了，后来长叶、开花、结果，一年又一年。看到那一朵朵小巧的、红艳艳的石榴花，总会使我想起儿时读小学时女老师教我们唱的歌："石榴花开什么人儿戴？战斗英雄戴起来，嘿，戴起来！"这株石榴树的一部分树枝枯了，我让它守候着活着的枝叶，让它看着它的后续生命发芽、长叶、开花、结果。

　　阳台上，还养有金鱼、乌龟、小鹦鹉、相思鸟，还置放了一把可以摇动的躺椅。

　　母亲经常在这张躺椅上躺卧着看护栏外的蓝天、白云，看附近的楼房、霓虹灯，看阳台上的翠绿和红花，欣赏鱼儿的畅游嬉戏、乌龟的贪婪进食。

　　六年前，父亲不幸被"马路杀手"夺去了生命，母亲就住到了我家。母亲和父亲艰难地把我们抚养成人，耗去了他们毕生的精力和全部的心血。母亲年轻时不仅漂亮而且能干，棉花从种子下地到缝成衣服穿上身，除了中间一道棉花去籽的工序需要上街加工外，其余纺、浆、织、染、裁、缝，全是母亲一手操作。母亲幼年时父母双亡，和弟弟流浪在外，弟弟走失，母亲被人收养。她的这个弟弟是否还在人间，不得而知。

母亲如今85岁了，仍然能背诵"出嫁歌"，脑筋反应特别快。但毕竟岁月不饶人，母亲的听力明显下降了，前两年让母亲自豪的是她还能穿针，可如今也不行了。望着她日渐昏暗的眼球，我总会产生一种悲凉情感。我知道母亲和我们在一起的日子会越来越少，所以我珍惜和母亲在一起的时光。我愿在母亲活着时多尽一点孝心，不愿到时"子欲养而亲不待"，徒增遗憾。

每当看到母亲在躺椅上静静地闭着眼睛养神时，我总会在心底发出由衷的呼唤："妈妈，您永远不要离开我们，永远和我们生活在一起吧！"

让　座

让座的事，只有在社会文明发展到有车的今天才会有。让座也是一种文明行为。古时的让路和今天的让座，应当都属文明礼让行为，是值得倡导和赞赏的行为。

随着越来越多的人成为城市人，让座的事会成为常态性的话题。每天，都会上演着无数让座、让人感动的故事，也会上演着不少该让不让、让人感慨的故事。

其实，让座是一件令人快乐的事情。一次乘公交车，中途上来一个年龄比我稍长的男子和他的家人。我站起来把座位让给了那位男子，他的家人很感动，说"你也……"话没说完，但我知道那没说完的话的意思是你也那么大岁数了！我立即说："我还年轻，我才30多岁。"车上不少人用惊疑的眼光盯着我，我紧接着又补上一句："30多公岁。"立刻引发一车笑声。

别以为我是相声演员或滑稽演员，现实生活中的我，严肃，甚至腼腆，最不喜欢人前卖弄。但我让座不是被迫的，我让得心甘情愿，我觉得我让座理所当然。遇到该让的，让了，才心安理得；不让，心内自责。让了，站着舒坦；不让，如坐针毡。

不光给老人让座，抱孩子的，腆着肚子的，跛着腿的，扛着包的，身材羸弱的……我都想让。让了一次座，我心里会愉悦很久。

让座让我心态年轻。我已年近70岁，总是我给别人让座，少有别人给我让座的。有时我也在心里问：他们为什么不给我让座呢？我总是乐观地想：他们认为我年岁不大，还没到该给我让座的时候。有此一想，不仅丝毫不埋怨身边坐着的少男少女、青年男女、壮年男女，反而在心里乐着：我还年轻着呢，别人说我比实际年龄至少年轻10岁怕不全是奉承话呢！

我爱让座也与别人给我母亲让座有关。多年前，母亲还住在乡下，时不时会来我城里的家。她常爱把乘车时遇到的事讲给我们听，或说："今天，我遇到一个好人，那个男的也是好几十岁的人了，我一上车，他就喊'婆婆，来这里坐'，不是他让座给我，我还不晓得会不会摔倒啊！"或说："今天那个女子，年纪轻轻的，我站在她面前，她装作没看见！"

每当母亲说到给她让座的人，我就会在心里感动不已，决心向人家学习。

当我们在车上坐着，看见一位老妇上来，我们应当想，她就是和我们的母亲一样的老人；看见一位老头上来，我们应当想，他就是和我们的父亲一样的老人！这时，我们当毫不犹豫地站起来，把座位让给他（她）！

把座位让给他（她）！我们不是傻，不是吃亏。我们只是做了一个文明市民应该做的事。你把别人的老人当成自己的老人，别人就会把你的老人当成他们的老人。"老吾老以及人之老"，这一至理名言不仅应当成为我们的座右铭，更应成为我们的实际行动啊！

2015年8月17日

（此文曾载《成都晚报》）

红灯随想

十字路口的红灯，我们太熟悉了！生活在城市里的人，可以说天天都会与红灯相见。

红灯是什么？红灯就是红灯吧，它就是一个灯光标志，一个叫停的信号。是的。但在我的眼里，红灯仿佛是有血有肉的人，是令人尊敬的维持秩序的人，是充满慈悲情怀的慈祥老人！

当我们在商场，在车站，在码头，在购票、购物时，在上车、上船时，看到那拥挤不堪、乱哄哄的场面，朋友，如果你身历其中，你最盼望什么？我敢肯定，你我都会在此刻盼望有人出来维持秩序，让大家排好队，秩序井然地、安全地购物、出行。

红灯仿佛就是这样令人尊敬的维持秩序的人！

不是吗？十字路口，无数东西方向和南北方向快速行驶的车辆与匆匆行走的行人，如果没有红绿灯的指挥，可以想象，那南北方向和东西方向的车辆与行人相互交叉而行，会是多么混乱的场面，会发生多少交通事故！

走在十字街口，人们有一个普遍的心理：喜欢绿灯，"讨厌"红灯。因为绿灯让自己畅行，红灯要自己止行。

我们对待红灯，要像尊敬维持秩序的人一样，因为它让我们有序，让我们安全！

红灯又仿佛是一位充满爱心的慈祥老人。"他"用红心铸成的慈祥的眼睛盯着我们，告诫我们：为了你的安全，不要急这一时，要遵守公共秩序，要令行禁止。硬闯红灯会闯出祸来，闯出祸后就后悔莫及！

我和妻子开着车外出，走到有些地段，明明红灯亮了，可不少车辆继续飞驰而去，对红灯视而不见。原来这里没装电子眼！有时我们也曾动摇：人家都没停，我们是不是"从众"、随大流，也不停？但我们选择了正确的做法：尽管别的车纷纷闯灯飞奔，我们还是立刻刹车，这是文明出行最起码的要求！我们欣慰地看到：当我们的车在红灯前停下后，后面的车也就停下了。假如我们的车闯过去了，后面的车也多半会跟着我们闯过去。我们停下后，不仅同方向的车在后面跟着停下来，对面开过来的车见这面的车都停了，也在对面停下了。见到这种情况，我和妻子都感到高兴。

是的，不闯红灯，文明出行，从我做起，从现在做起，大家一起来营造人人遵守交通规则的良好的社会氛围！

2016年7月30日

（此文曾载《成都晚报》）

尺牍情深

想当年，我们在远离家乡的学校读书时，盼望收到家里或朋友来信的那种心情，估计很多人都是有难忘记忆的吧。那时，每当我们看到街头绿色的邮筒，听到自行车上搭着绿色邮包的送信人按响的"叮铃铃"的声音，心里都会产生一种亲切感；走到学校门口收发室，又会聚精会神地看写有挂号邮件通知的黑板上有无自己的名字；学习委员统一取回一沓信件，一到教室，大家就围了上去，寻看有没有自己的。没有，免不了有种失望心绪产生，且羡慕收有信件的同学。若是有，则欣喜无比，双手捧着，到一边去，急急撕开信口，小心抽出信纸，慢慢独享！也有适合给好友分享的，就给别人看。

我的弟弟曾远行离家，我每天到单位收发室去候着，看有无他的来信。体会盼望亲人来信的急切心情，对"烽火连三月，家书抵万金"的诗句才有了深切的理解。

那些年，孩子在外地读书，那时也没手机，我知道他们也希望收到家里的来信，可因忙没有给孩子多写一点信，一直引为憾事。直到去年龙泉驿区搞了一次家书征集活动，我才借机给孩子写了一封公开的家书，表达了对当年没多给他们写信的歉意。

20世纪末，我出了一本名叫《龙泉山放歌》的文学书。我在《散文选刊》杂志上登了一则售书消息，简单介绍了一下书的内容和价格，那时才六元一本。当时我想到自己年轻时"饿书"的情景，就在售书消息后面附了一句：经济困难者，作者愿赠书。以后陆续收到两百来封购书索书的信件，少数是购书的，多数是索书的。有时一天可以收到十余封。我一一拆阅，并在日记中记上今天收到哪里的谁的来信，并按来信地址，把书分别给他们邮去。那段时间由于经常去邮局寄书，邮局的工作人员都把我认熟了："你又来寄书啊？"每次我都抱着一摞书到邮局，在邮局买可以装进书的大信封，每个信封三角钱，每本书邮费一元钱。购书索书的人中有工人、农民、教师、干部，更多的是学生。他们在信中诉说着他们的学习、家庭或工作。有的人收到赠书后还写来感谢的信件和读后感。有一个西安的女大学生还在信中写了她是被用羊奶喂大的，意思是为我提供写作素材。有一个在北京当兵的女战士，她要我把书寄到她家乡所在地，说要休假时回家看，说如果看后觉得值才给我书钱。她后来给了我书钱。索书购书的来信范围有全国26个省、自治区、直辖市。这些信件我都珍藏着。我还时时挂念着这些给我来信的人，好想知道他们现在的情况。有一个汶川水磨古镇的教师，当年就购了我的书。前两年该地作家协会负责人到巴金文学院参加会议，我还向他打听这个人。

　　如今，我除了在电话、短信、QQ或微信上与人交流外，有时也用在春熙路胡开文文具店买的专制信纸，用毛笔在信纸上写信，有一种庄重感和回归感。

2018年7月5日

一生的良师益友——《成都晚报》

最初看到朱晓剑先生在网上征集"我与《成都晚报》"文章，自己正处在因该报休刊而"悲伤"的心境之中，提不起精神写，也便不准备写了。

终归是有话要说。

58年前，即1961年，我第一次与《成都晚报》结缘：我在该报发表了人生第一篇铅字见报文章、小通讯《关心集体利益的人》，那年我15岁。当时报社在用稿通知单（薄薄的信封形式）中夹上该文的剪报，并告知稿费5角。父亲拿着这通知单到15里外的龙泉驿邮政部门去取稿费，当然不会成功，因为不是汇款单。后来也没收到汇款单。但我坚信报社是发出了汇款单的。

从20世纪70年代起，我陆续在《成都晚报》（《成都日报》）上发表各类文章：新闻类的消息、通讯、言论如"大家谈""路边闲话""青年之友""人生""蓝盾风采""读者来信""读者论坛"等专栏的文章；"刺玫瑰"栏目的讽刺小品文章；文学作品发表了小说、散文、散文诗、杂文，杂文还几次获奖。

1996年，《成都晚报》出了一本纪念该报成立四十周年的文集《我与〈成都晚报〉》一书，应编辑之约，我写了一篇《晚报给了我好多个"最"》收入书中。晚报最早聘我为通讯员、最早发我的新闻稿、最早发我的文学稿、最多专栏供我发表文章。

为写这篇文章，我粗略地去剪报本和电脑上数了数，我在《成都晚报》上先后发表的各种体裁的文学作品有80多篇、新闻类文章有50多篇。

《成都晚报》是名副其实的伴我一生的良师益友。

多年来，我都自费订阅《成都晚报》，与《成都晚报》相伴的岁月，是令我感到最为充实、愉悦、快乐和幸福的时光！

《成都晚报》，永远在我温馨的记忆之中！

2019年4月5日

龙泉"水蜜桃之父"晋希天

如今，成都市龙泉驿区是"中国水蜜桃之乡"，种桃面积近9万亩，品种百余个，年产量达7000万公斤，远销全国各地和海外。

龙泉种桃历史悠久，该区发掘的汉墓中就有桃核。但过去龙泉山上的桃子品种主要是红花桃、白花桃，口味不佳，且虫伤厉害，"十桃九烂"，人们把这种虫桃戏称为"洗沙桃"（桃内一包虫屎犹如洗沙包子之馅）。

如今，当我们品味着汁多味甜的水蜜桃时，不应忘了龙泉驿区水蜜桃的引种人——晋希天。

晋希天1903年出生于龙泉驿晋家湾，后迁至山泉乡大桥沟，即现在的桃源村。1926年，他考入华西大学。他学的专业本来是文学院外文系，但他业余爱好摄影和园艺。20世纪30年代，他从山东肥城和浙江奉化引回水蜜桃在家乡栽种。1938年开始结果。

晋希天引种水蜜桃，还有这么一个过程：

据晋希天的侄儿晋守中记述，1936年，晋希天跟随华西大学校务长海布德（外籍）到外省购买教学仪器，顺便为生物系带回成都没有的水蜜桃（还有黄蜜桃、蟠桃）的优良桃种。这些桃种被带回成都后，分了一些给外国教职员栽种，其余的全部种在加拿大人丁克生家里。其他人都没栽植成功，只有丁克生成功了。结果后，丁克生还拿了4个桃子来找晋希天照相，给桃子正面照、侧面照、上边照、下边照，最后还把桃子掰开照。照完后，丁克生把桃子分给在场的人品尝。这桃，嫩嫩的皮，白白的肉，甜甜的味，汁水多得往下滴，吃起来爽口又化渣。晋希天立刻想到自己家乡的土质适合种桃，想把这水蜜桃引种到家乡。他做了些前期准备工作，先在老家地里栽上母本桃苗，又让侄子晋能凯学习嫁接技术。可是，丁克生的桃树枝条既不给人也不卖给别人，剪下的枝条他全部烧掉。晋希天的侄儿由于爱帮丁克生的门房李山武老大爷的忙，如帮他拿重一些的东西，送他回家等，两人变得熟了。李大爷得知晋希天想得到桃树枝条，就偷偷把丁克生剪下来的藏了一些给晋希天的侄儿。晋希天叔侄俩拿到这些桃树枝条，喜滋滋、急匆匆回到家乡，将枝条嫁接到母本桃树上，并且一举成功！

1941年，晋希天辞去了华西大学的工作，回到家乡专门从事果树栽培，建成了果园。

晋希天不仅自己种果，还无私地向别人传授果艺，供给他们果苗，教给他们管理技术，使这些向他学习的人都成了种果能手。他传授果技的人，不仅有他所在的山泉乡的人，也有大兴乡、平安乡、长松乡的人。

新中国成立后，晋希天的私人果园被收归国有，他也被吸收为园艺场的技术员。

晋希天曾被派到灌县（现都江堰市）、苏坡桥、多宝寺等地的园艺场去传授果树栽培技术。

1977年，晋希天病逝，享年74岁。

晋希天毕生爱好果技，不惜辞掉大学里的工作，这种为了事业而执着追求的精神多么值得我们学习啊！

晋希天不仅自己刻苦好学，也很重视对子女的教育。他的两个女儿都学有所成。大女儿晋良雨，成都工学院毕业，高级工程师，在四川化工厂、化工部第八设计院等单位从事专业技术35年，承担过近40个工程项目的设计，发表论文10多篇。小女儿晋良颖，曾任中国人民大学信息学院副教授，从事教学与科研工作，有《数据结构》《信息处理概论》《数据处理概论》等著作留世。

我读书生涯中的"过五关"

　　每当一想到三国时关羽"过五关，斩六将"的典故时，我就会联想到自己读书生涯中的"过五关"。

　　1956年夏天，我初小毕业了。那时读高小（五六年级）要经过升学考试。记得当时才10岁的我，一大早揣着毛笔、墨盒，到距家有10里远的界牌中心校考试。考场很严肃，有监考老师。时间到了，手摇铃声一响，监考老师一声"起立"，叫我们马上停笔，笔筒都不忙装上，先出教室，待老师收了卷后再进教室收拾毛笔和墨盒。

　　记得那一天，我和林易武一起去中心校看榜。我见榜上有我的名字，心情很激动，又不便显露出来，因为榜上没有他的名字。他催促我走了，我却看了一遍又一遍。

　　1958年夏天，我高小毕业了，要报考当时的简阳第四初级中学（后来的成都市龙泉中学）。老师要我们比较远的同学在考前一天到校，我家距校15里，我头天下午赶到了学校，记不起伙食是怎么解决的，只记得那天晚上我和少数几个同学和衣而卧在学校大门口的戏台楼板上。那时家里虽然穷，但也从没这样睡过。我那时身体单薄，这样睡了一夜，第二天早上起来就感冒了，考试时脑子热胀，拿钢笔的手都是汗涔涔的。

　　我和一个叫刘子树的同学一起去看的榜。榜上有我的名字（很遗憾他名落孙山了）。我心里很激动。我要给父亲一个惊喜！高小临毕业前夕，班主任老师为了让我们即使考不上中学也有书读，就让我们先报名读农业中学。我把这件事告诉了父亲，一向重视我学习的父亲长长地叹息了一声："你怕是没希望考上中学，老师才会让你报农业中学！"

　　快到家了，都走到住家屋后的竹林水井边了，我心想我要故意做出一副愁眉苦脸的样子，让父母误以为我没考上。谁知刚走进隔壁李三爸的院坝，我就忍不住笑起来了！

1964年，国民经济好转。重庆农机校、重庆水产校和荣昌畜牧兽医学校联合到我家所在的龙泉驿区招生，一共25名，其中农机校5名、水产校8名、畜牧校12名，按三比一的比例，全区推荐了70名初中生参加考试，最终我被四川荣昌畜牧兽医学校录取。尽管这是我的第三志愿，但对做梦都想读书的我来说，已经很满足了。

1969年春天，我当上了家乡小学民办教师。1971年夏天，四川补充2万名中小学教师，龙泉驿区分配到55个名额，主要从民办教师中推荐选拔，选拔上的转为公办教师。我所在的增产小学有3个人被推荐：一个女校长、一位女教师和我。区委常委会定人选，我校只有我转了正，在四川师范学院培训4个月后上岗。

1982年，成都市委、市政府委托成都大学办了一个干部写作班，准备招收50人，人员在市级各机关和市属各区县机关中按三比一报考招收。一直为此生没能读上大学而"耿耿于怀"的我，争取到龙泉驿区委领导同意后前去报考。我认真复习准备，虽没读过普高，最后以第八名的成绩考取，完成了我一生求学的"过五关"历程。

2019年11月9日

我的姓名

每一个人来到这个世界上，他（她）的父母第一件事就是给孩子取一个名字。这名字是一个符号，是这个孩子和别的孩子有所区别的符号。有的人对给孩子取名字格外重视，认为名字取得好不好，与孩子一生的成长和成就都有很大的关系。就我的认知来说，我不认为名字有这么重要。但我的名字却使人感到有点"巧合"。

我的名字叫傅全章。傅是姓，全章是名，其中"章"字是班辈排行字，"全"字是因为我是农历腊月出生的，腊月又叫全月。父母在取我的名字时，没考虑其他美好的寓意和象征意义的字眼。

但有点巧合的是，"全章"二字还真符合我一生的事业和爱好：写文章，写各种类别、各种体裁的文章。

无论在学校读书，还是在单位工作，我都爱好写作。从读初中起，到读中专、读大学，我的作文都经常被语文老师拿到班上甚至外班念。参加工作后，我写新闻，写公文，写文学作品。20世纪七八十年代，我给省、市报纸和广播电台写各种新闻体裁的文章，如短讯、消息、通讯、言论等。

20世纪70年代末，我开始在各级报刊发表文学作品，已出版3部文学作品集。我从小崇尚古人能使用十八般武器，所以在文学创作上也想各种体裁都尝试去写。诗歌、散文、小说、杂文、散文诗等都写。诗歌《深圳咏调》《梦已成真》被《北京文学》（微信）采用；在《四川文学》上发表的小说《女人》被《小小说选刊》选载；杂文《也说维纳斯》《也说伯乐》获四川省杂文学会、《成都晚报》杂文奖；杂文《职德与官德》获"鲁迅故里杯"杂文大赛优胜奖；散文诗《献给熊猫的歌》获四川省大熊猫生态与文化研究会、中共天全县委宣传部"首届大熊猫生态文学征文"一等奖；散文《学会在过程中享受》被北京、天津、上海、重庆、辽宁、吉林、黑龙江、山东、河南、江苏、湖南、甘肃、宁夏、青海、内蒙古、新疆、西藏、广东、福建、海南等作为2018—2019学年初三下期语文试卷试题（江苏和黑龙江从2012—2013学年度就开始将此文作为语文试卷试题）。

全方位地写文章，全身心地写文章，一生都在写文章，这就是我的名字：全章。

2020年1月10日

（此文曾载《读者报》）

乔幺爸

　　成都市龙泉驿区界牌乡增产村二组是我的老家所在地。这里现在已经成了汽车城。故乡的老屋、山林、土地、田埂、堰塘都成了记忆。父老乡亲中，年长的，"故人日渐稀"；年轻的，笑问你是哪家娃？

　　乔幺爸是我们当年一拨小青年心中的"明星"。他长得高大，脸廓方圆，但面带慈容。

　　开始他是单身。据说他帮工时爱上主人的女儿，曾被主人捆在碾坊的石磙上。

　　我们小青年崇拜他，是因为他除参加农活外，还有两样绝活——捕鱼和打鸟。

　　早些年家乡不仅有堰塘，还有不少冬水田，那些年没怎么用农药，堰塘和冬水田里都有不少鱼，主要是鲫鱼、鲤鱼和乌鱼。乔幺爸捕鱼有三种办法：

　　一是安鱼。他用几十丈长的麻绳做安鱼线。线的两端各有一个浮漂。安鱼线上每隔一尺左右又系上一根半尺许的麻绳，麻绳上拴上鱼钩。他先是用有长柄的渔网去冬水田边网小虾，然后把一只只小虾穿在安鱼线的鱼钩上。傍晚时分，乔幺爸扛上他长叶形的小船，拿着一根撑船竹竿，提着装满安鱼线的鱼篓，选一块冬水田，将船放到田里，一手撑船，一手将安鱼线撒在水中，这叫放线。次日凌晨，乔幺爸又扛船去收线。一条条白花花的鲫鱼就从水中提起。

　　二是刷鱼。初春时，乔幺爸拿着罩鱼的竹罩和一根细长的刷鱼竿，竿的顶端是用火烘后折成的一个弯弓。他下到那些田水不深的冬水田，右手将竹竿在水中左右划动，竹竿顶端的弓在水面划动时，会将鱼儿惊动。鱼儿跑动会有一条浑水线出现。浑水止处，便是鱼儿停下的地方，乔幺爸快步上前，将鱼罩按下，伸手进罩，十有八九都会将鱼儿捉住。

三是叉鱼。乔幺爸有一柄叉鱼的铁叉：一丈多长的木棒一端嵌有一把有倒钩的鱼叉，木棒的另一端系上两三丈长的中等粗绳。春夏之交，天气开始热了，堰塘里的乌鱼或是浮在水面游动，或是在水草中隐身、只露出头部。乔幺爸拿着鱼叉轻手轻脚地在堰埂上梭巡，他双手持叉柄，右手同时将绳头缠在手上。发现乌鱼后，乔幺爸对准乌鱼，"唰"地将鱼叉掷去！右手中握着的绳索也随棒抛出。顺利的话，几根叉鱼齿戳进乌鱼体内，因有倒钩，乌鱼很难挣脱。乔幺爸牵着绳子，将鱼叉拖上岸来，取下乌鱼。

乔幺爸有一支鸟枪，枪身大约一人高，枪的主体部分是一根铁管，铁管的封口底部旁有一小孔；一个木质枪托，枪托部分有铁质的置放炸药的盘（正对铁管底部的小孔）和俗名"火鸡公"的撞击炸药的铁嘴。打鸟前，乔幺爸将平时放在牛角中的火药适量投放进枪管，再放进铁砂子，再用铁条轻轻将铁砂子和火药压紧。他端着鸟枪，轻轻地来到鸟儿停歇的树下或有野鸭的堰塘边上，迅即将平时装在鹅毛管中的炸药倒一点在枪托的炸药盘上，左手托枪管，右手握住枪托的弯把，对准猎物，用右手食指扣动"火鸡公"。炸药一燃，火从小孔进到枪管，点燃火药。"砰"的一声，火药燃烧后的冲力将像筛子般的一团铁砂子送到猎物停歇处。铁砂子钻进猎物体内，非死即伤。

有一次，乔幺爸在枪管里加进一个子弹头，打了一条野狗，在坝子里砌了临时锅灶，加生姜和干海椒，熬了一大锅狗肉汤，很多人都去吃肉喝汤。

乔幺爸后来娶了一个寡妇，还生了一个孩子。我原来心里很为乔幺爸不平：一个相貌堂堂的男子汉，又身怀绝技，竟然不能成家！他娶妻后，我感到释然。

后来，因为冬水田变旱地，堰塘也被人承包，他也不再打鱼了。提倡爱鸟，他也不再打鸟。

我因工作进城居住后，一次回乡下老家，听说乔幺爸去世了，心里有种失落感。听说他的骨灰被装在尿罐里掩埋，也许因为骨灰盒太贵，尿罐应是新买的，但我还是感到有些凄然，虽然我知道人死后装在哪里都是一样的。

2020年2月14日

我的第一张稿费通知单

1961年7月27日，《成都晚报》发表了我的一篇小通讯。那时投稿，只要将信封右上方剪去一角，就可以只贴三分钱的邮票，而一般通信的邮票是八分钱。

有一天，我收到一个白纸信封，封面在固定的格式栏目里填写了我的什么文章在哪天发表，稿费五角，我这才知道我的文章发表了。

我的父亲见我在报上发表了文章，自然也很高兴。他拿着这其实只是稿费通知单的信封，到距家15里的龙泉驿邮电局去取稿费，结果当然是没能取到。多年以后，我才知道稿费有汇款单。我没有收到汇款单，那五角钱的稿费自然也就没有收到。

虽然没收到稿费，但这却是我生平第一次在报上发表文章。回想自己在读书时，作文常被语文老师拿到班上或外班念，那时就想着让自己的文章变成铅字。而今终于实现，怎不令人高兴！文章虽短，但却是我的起点。在那之后的岁月里，我在报刊上发表的文章剪报都贴了几大本，但这篇小通讯永远是我的第一篇见报文章。

发表这篇文章时，我15岁。如今我已虚岁75岁，坚持写作爱好60年，也是人生一种恒心的体现吧。读书时，自己曾用"恒之"做笔名，这笔名怕也的确起到了一种勉励作用吧。

悔取鸟窝

又是一年四月天。每年四月都有爱鸟周。窗外鸟声喧喧，就连自家阳台的花木丛中也有鸟儿啁啾。

我想起了儿时捅鸟窝的事来。

我在屋周围的树木竹林间发现了鸟窝，心里激动，或邀同院小伙伴，或是独自一人，手持一根长竹竿，去到有鸟窝的竹林间或树下，聚精会神地仰头用竿捅下鸟窝。结果真的是"覆巢之下，岂有完卵"。鸟窝落地处，或是一摊碎卵的蛋清蛋黄，或是一窝还没长毛、通体蠕动着的小红肉团。我愣在那里，望着那破碎了的树枝和羽毛织成的鸟窝与碎卵或濒死的幼鸟，没有了先前的兴奋。

长大后，按说应该没有捅鸟窝的兴趣了，可是不然。那一年，我已是在机关工作多年的40多岁的人了，却仍然去捣毁了一个鸟儿的家。那一次，读大学的儿子也正好在家。一天，我站在机关宿舍住家的窗台口，忽然发现有两只白头姑儿鸟不断地往楼下坝子中一棵不高的樱花树飞去，好像嘴里还衔着东西。经验告诉我，那棵樱花树上肯定有鸟窝，而且有小鸟。我让儿子下楼去看，儿子看后印证了我的判断。儿子仰头朝窗口前的我问道："取不取？"我大声地发出了一个如今看来是错误的"指令"："取！"

正在儿子取鸟窝的时候，令我"惊心震撼"的一幕出现了：两只老鸟衔着虫子飞回时，发现有人在取鸟窝，双双在樱花树周围盘旋哀鸣，有一只鸟儿甚至在坝子的地上边奔走边鸣叫边用翅膀不停地拍打着地面，距离有数丈之远，其惊恐、哀鸣、伤悲的状态令我心灵震颤，我意识到犯了一个大错——不该取鸟窝！

我去楼下平常爱养鸟的老周那里借来一个鸟笼，将几只羽毛已长满全身的幼鸟放进去。起初，我们将鸟笼挂在那棵樱花树上，希望老鸟会从鸟笼的竹条间去喂食它们的幼鸟。可是两只老鸟没有按我们的想象去做，也不再衔虫子来，只是在树周围盘旋鸣叫。

我们去附近竹林间，从卷着的竹叶中取出几条虫子，拿回家中喂幼鸟，可是幼鸟不吃。我们又喂饭，也不吃。我们没法了。鸟儿开始拉白痢，一只只蔫蔫的鸟儿陆续死掉，只剩下最后一只了，我知道这一只也逃不掉死亡的命运，我让儿子下楼去把它放在绿化丛中。因为小鸟羽毛已长满全身，已可以短距离飞翔。我想它也可能凭本能找吃的活下来。

但这只鸟儿在绿化丛中，并不飞走，只一味地鸣叫。叫声引来了一个小孩，那个小孩要去捉它，我们在楼上吼他，不准他捉。但我担心这只鸟儿终将被小儿捉去。于是，我下楼，去到鸟儿鸣叫处，把它捉住。我走到办公楼前，那里有好几棵高大的冷杉树。我站在一棵树前，将手中的鸟儿向上用力一抛，鸟儿借力飞在一根树枝上停了下来。我心稍安：小孩捉不了它了。

那天晚上，一场大风雨。早晨上班时，我走到抛掷鸟儿的那棵树下，围着那棵树转，看树下有没有鸟儿的尸体。我担心它逃不过那场大风雨。但我没发现尸体。我怀着侥幸心理，希望它能活着。

这件事距今已有20年了，每到春季，当鸟儿们开始筑巢时，特别是听到那熟悉的白头姑儿鸟的叫声，我会痴痴地望着它们，怀想起那只鸟儿，揣测着它究竟活没活下来，虽然心底的声音是不大可能活下来。

我希望那只鸟儿活下来了，而且想象着眼前飞舞鸣叫着的鸟儿会是那只鸟儿的后代。

2020年4月8日

放鸭记

20世纪60年代初，我读了初中后，回到了位于成都东郊的家乡，那时我才15岁。父亲让我去放鸭。

放鸭子有两种形式：一种是流动式；一种是固定式。流动式的需要有可以收拢放开的鸭棚子、炊事用具、简易卧具以及圈鸭的围笆。流动式放鸭可以流动到几十里、几百里外去放鸭。固定式就是固定在一个地方放，让鸭子在附近觅食。

养群鸭在鸭子不同的阶段有不同的特点和要求：幼鸭晚上爱打堆，十几只、几十只紧了又紧地拱在一起，有时在鸭堆中间的就会死去，而且一死就是几十只！放鸭人称为"烧堆"。为了防止"烧堆"，晚上需要放鸭人用在长杆上绑有稻草束的放鸭杆，不停地将逐渐聚拢的一堆堆鸭儿拨开。那鸭儿就像不懂事的幼儿一样，刚把它们拨开，转眼间就又聚拢！于是又拨，又聚……如此反复，直至天亮。

小鸭长到"穿裃裃"阶段，相当于人的少年阶段吧，这时的鸭子又会有一个愚蠢的行为。它们在稻田里觅食时，天上忽然下起大雨，鸭子会仰起头，张开嘴，去接天上的雨水，而且傻乎乎地把接到口里的雨水全吞进肚里。时间久点，鸭子就会被胀死。

放鸭期间，父亲对我说："你任何时候都不要把书丢了。"要我不要忘记学习。于是，我把初中课本揣在身上，在鸭群固定在一处觅食的间隙时间里，将放鸭人随身披着的蓑衣铺在潮湿的田埂上，捧着书本读起来。这为我后来考上中专打下了基础。

有一次，我们放鸭人吃米凉粉，我把米凉粉送回家。父母不在，我就在碗底留下条子。父母回家后，很是高兴。还有一次，在放鸭时，因鸭子在一条水沟中觅食，搅浑了沟中的水，一些鱼儿浮上水面，我捉了好几条鲫鱼。

回家后，我把鱼清洗干净，用盅盛上大米和鲫鱼，放在灶中熬成鲫鱼稀饭，给父母端回去。那个时候，鲫鱼稀饭被认为是最有营养的食物。我还多次在中午多打一份饭食，热在锅里，托与弟弟在一个小学读书的学生带信，让弟弟下午放学后来吃。

有一个在我们住地附近的大学年轻老师，姓官，东北人。我和他认识后，他借了《牛虻》等书给我看。他有时来，正赶上吃饭，我就把我的饭食分一半给他，他也不推辞。

2019年6月27日

（此文曾载《华西都市报》）

元宵节断想

元宵节是中国的传统节日之一，又叫上元节、小正月、元夕、灯节，时间为每年的农历正月十五。正月是农历的元月，古人称"夜"为"宵"，正月十五是一年中第一个"月圆之夜"，故名"元宵节"。

元宵节由来已久，西汉时就有。元宵节内容很多，如赏花灯、吃汤圆、猜灯谜、放烟花、游龙灯、舞狮子、扭秧歌、划旱船、踩高跷、打太平鼓等。各地活动的内容有同有异，但以开灯祈福为主要内容。始以开灯祈福，渐渐发展成为观灯的游乐活动。元宵节已被列为国家级非物质文化遗产。

我的父老乡亲在春节期间大体是这样安排的：初一不出远门，大人、小孩全天休息，只在近邻走动或观"耍狮子"、舞龙灯；初二起开始走亲访友，名曰"走人户"。小孩随大人到外婆家、舅舅家、宗亲家。一般是送两斤猪肉、两把挂面。返回时亲戚家会回送一块肉、一把面，还会给小孩打发一点钱，或三分、五分，或一角、两角。小孩高兴得很，可等一会儿走远点了，节约的父母会把亲戚打发给小孩的钱收回去，说是大人赶了礼，人家才会给你的。也有给孩子留一部分的，也有不收回的。

一般到初四、初五、初六，亲戚也就走得差不多了，常年走动的亲戚也不会很多。这之后也有走的，但已不是主流。勤劳一点的，初五、初六也就下地敲坑土了，把原来翻挖起的地里的大块泥土用锄头捣细，以便打窝种植海椒等作物。

正月十五前，人们都在春节的余兴之中。正月十五后，犹如小孩读书开学后要收心一样，农人也收心干活了。

在我的家乡，人们对正月是既盼又"怕"。乡人有一个说法："正月真半年，二月好可怜，三月好丁丁，四月当过年。"什么意思？正月好漫长啊！一个月就好像有半年那么久一样！过了正月，马上就是可怜的二月了！

在收成不好的年份，二月是农人谓之"春荒"的缺粮时间。三月因为胡豆、豌豆开始成熟了，会好一点点。四月呢，早熟的小春作物如大麦也开始成熟了，又有粮食吃了！

有时我想到父辈、爷辈们过了"春荒"过"夏荒"，一年到头就为了吃饭而早出晚归、披星戴月，如牛一样辛苦勤劳一生，并且把我们养大成人！想到我们享受的物质、文化，总遗憾父辈、爷辈没过上好日子。

我们的下一代、下下代，更不知道什么叫"春荒""夏荒"。

我们是承上启下的一代：父辈艰辛，子辈幸福！我们当发扬先辈们艰苦创业的精神，让社会不断进步，让子孙后代一代比一代幸福！让元宵节的牛灯、龙灯、狮灯、兔儿灯，灯灯闪亮！让千灯万灯，照亮我们永远光明的前程！

2021年2月20日

读书漫思录

一

逛书店是我一生的爱好。

我理想中的书店，就是让书店成为读者之家，让读者时时在心中牵挂着它，时时心痒痒地想去那里，一段时间没有去那里会感到有一种失落感似的。

那里的书种类很多，政治的、军事的、文学的、生活的、艺术的、教辅的……摆放得有序不杂乱。

没有的书可以登记、留下电话，店里想法进了书后就通知顾客买。

最好能配有可坐下翻阅的桌、凳，不要让过道上的读书人在那里坐着把路都堵完了！

更为重要的是，书店里的职员要热情，对进店人的眼光应是真诚、友善的，要有笑容，但笑容是发自心底的，不是皮笑肉不笑的那种仅仅是职业需要的笑。要知道，有的人是连这种职业的笑都不能坚持到底的，顾客多麻烦了他两次，他脸上就会晴转阴，看到会使人心寒的。

当然，如果书店职员本身是个喜欢读书的人，那就再好不过。那样，你就会在给准备买书的读者介绍书籍时更有发言权，甚至可以和读者交流。当我们走进服装店，店主人会详细地给你介绍衣服款式，会协助你试穿衣服；走进药店，工作人员也会给你介绍各种药物的效能。我们卖书的人，应该对书熟悉一些，不是说对所有的书籍、知识都要熟悉，但起码对这些书的出版、发行、销售情况应有一些了解。

虽然在电子时代，人们学习、交流的方式多了，但我以为，书是不可或缺的，书店也是会永远存在的，除非文字消亡了！

如果书店成了读者之家，不管它盈利是多还是少，它对传承我们这个伟大民族的文化，都将是功莫大焉，善莫大焉！

二

我不仅自己喜欢读书，还注重培养孩子读书的兴趣。

那些年，孩子每一学期结束后，我根据他们的成绩给予奖励。我一不奖钱，二不奖糖，我就奖书，在微薄的工资中我最舍得花钱给孩子买书，包括连环画、励志成才等各方面的书。

当家长的，我们既要考虑用什么食物才能让孩子长好身体，也要考虑用什么"精神食粮"去培育他们的精神。

"爱好是最好的老师"，孩子没有喜欢读书学习的自觉性，你就是整天陪在他身边也无济于事，他也会心猿意马、神驰书外。

我在夏天月下乘凉时，给孩子讲各种有趣的故事，他们听得津津有味。这时，我告诉他们，我讲的这些都是从书上读到的，你们只要喜欢读书，就会知道很多很多的故事。

我没有抽烟酗酒的嗜好，也不喜欢打麻将，一有空就喜欢看书，或练习书法。孩子耳濡目染，也非常好学，晚上读书复习到深夜，要大人反复催促才去休息。

高考时，儿子所在的两个文科班当年应届的只有三人考上大学，儿子就是其中之一，考上哈尔滨投资专科学校会计系。到了学校后，儿子又拿奖学金，由于有奖学金添补，家里每月只给了他几十元的生活费；他不仅努力学好专业课，还坚持书法绘画的业余爱好，在校园办了自己的个人书画展。

他现在在龙泉驿区建设银行工作，工作之余，仍然喜好读书、书法，无赌博烟酒嗜好，能做到在单位是好员工，年终总会被评为为数不多的先进；在家则是好丈夫、好父亲，一家和睦相处，其乐融融。

女儿高考虽然差了一点分没考上，上班后一边努力工作，一边坚持自学，在工作后不久就又考上重庆医学院，脱产去学习。她现在在龙泉驿区卫生局做一名中层干部，工作兢兢业业，在家相夫教子，特别注重对孩子的教育。她女儿也很爱看书，读书成绩总是名列前茅。

书籍如春风，春风沐童心。读书不仅让孩子提高了自身素质，还让他们有了回报社会、报效国家的知识基础。

著名文学家冰心给儿童题词："读书好，好读书，读好书。"愿天下所有的孩子都爱好读书，多读那些有益身心的好书。

如今，虽然我家里已经有了不少书，但我仍然喜欢逛书店，购买自己喜欢的书。

我们的生活，不仅要有米、面、油等物资，也要有书籍等精神食粮。

伟大的文学家高尔基说："书籍是人类进步的阶梯。"著名政论家、历史学家、作家邓拓先生曾写过《有书赶快读》的文章，让我们不要把书束之高阁，要抓紧时间读。书法家颜真卿也有"黑发不知勤学早，白首方悔读书迟"之言，没有书读的时代过去了，有书不读的现象到处都有。

为了让自己有报效国家、社会的本事，能实现自己的人生价值，过上科学、健康、文明的生活，朋友，读书吧！

（此文获天机云锦书城读书征文一等奖）

学生给我画像

序　言

2002年秋至2010年春，我受聘于位于成都市龙泉驿区洛带交干校和阳光城四处校区的四川联合经济学校。这是一所万人大校，每年招生达万人以上。2004年我在该校主要任教语文，后期也任过语文教研组组长，兼任过学校一校区文学辅导组负责人和校刊特聘指导老师。学校给我评定的是"高级教师"。

每学期，我们语文老师都要上10个班左右的课，因为一般是每周一班只安排了两节语文课，教师以课时计酬，所以授课班级较多。我离校时任11个班的课，每周22节，每月88节以上。

我常给学生布置"描写一段人或动物"的作业。收阅作业时，发现一些同学写的是自己，于是抄录了部分。

下面的文字就是学生给我"画的像"

一

一条灰色西裤配上一件白色衬衫，加上腰间个性的皮带，穿在他瘦而高大的身上。他知识渊博，那双有神的眼睛，是他知识的进窗口；一张能说会道的嘴，是他知识的出窗口。

——2005年秋文化补习一班　高明贵

二

他，虽然已是50多岁的老人，但是看上去依旧年轻，充满活力；他，一个很慈祥的老人，对我们就像对自己的亲人一样和蔼可亲；他，一个带点幽默感的老人，在课堂上虽然挺严肃，但有时也会开些玩笑，课后又像我们的大朋友似的，如此善良。他就是我们的语文老师——傅全章老师。他那一双小小的眼睛上有着一对浓浓的、黑黑的眉毛，看起来炯炯有神；他的脸长长的、瘦瘦的，鼻梁高高的，长长的脸上虽已有不少皱纹，但当他笑起来时，依旧是那么年轻、那么甜；他一头乌黑的亮发，一身西装看起来颇有绅士风度，如此精神！

——2005年秋文化补习六班　杜龙

三

我有位严肃而又和蔼的老师，他已40多岁了，但他每天的穿着打扮却又显得年轻俊朗。上课的时候，他就会十分严肃，一双眼睛一直注视着我们的一举一动。一旦有同学精力不集中，他就会两腮鼓起，额头向上挺，使你不得不收回心思集中精力听讲。下课后，他总会微笑着面对我们，无论我们在他面前撒娇还是玩弄，他都会显出和蔼的表情。这样，我发现他的脸颊总会外挺，额头上的皱纹清晰可见。我爱他，我的老师。

——2005年秋文化补习六班　张忠良

四

一个个子高高的中年男子，一头乌黑的头发向后面盖着。他的额头上有几条浅浅的皱纹，常常还反射着光。他的眉毛浓浓的，眼睛小小的，总给人一种慈祥的感觉。宽宽的脸上有一只与脸刚好协调的鼻子，鼻子高高地挂在脸上，一张诲人不倦的嘴在不停地传授我们知识，这就是我那五官端正、品行正直的语文老师。

——2005年秋文化补习六班　唐祥林

五

我的语文老师活泼、和蔼可亲，喜欢与同学们沟通。他不像其他的老师那么凶猛。我就喜欢我的老师，语文老师给我们上课，不提不想，一提我还描述不完他的特点。

——2005级电子商务重点班一班　程容

六

我的语文老师是一位作家。他有一对柳叶般的眉毛，眉毛下长着一双"一"字形眼睛，眼睛不是很大。高高的鼻子下面长着小河般的嘴。额头有几条皱纹，还戴着一副眼镜，个子比较高。我的老师喜欢穿西服，如果让老师摆出一副威风的样子，那他就像一座雕塑。这就是我的语文老师。

——2005级电商重一班　陈圆圆

七

岁月在他饱经风霜的脸上刻下了无情的阴影，一对浓黑的眉毛下，有一双凹进去的眼睛，不难看出他是一个近视眼。他的鼻子有点大有点尖，颇有外国人的风范。鼻子下面有一张不算大也不是太小的嘴，与他的整个脸型比较般配。

——2005级电商重一班　费燕

八

刚遇见他的时候，我就有一丝崇敬感。他已经61岁了，看上去有些活泼的样子，脸上的皱纹被他甜蜜的笑容遮掉了，显得那样年轻。他是一个很有经验的教书者，他的孙子都快比我们大了，不过他来给我们上课，气氛很好，同学们的精神也来了。

老师虽然上了年纪，但他有一颗童心，有一颗辅导我们成才的善良之心。我们被老师那善良、纯朴的心感动。每当上语文课，我们的精神就来了，疲惫也被赶走了。

这全是因为老师，再加上他有一张成熟的笑脸，我们会在他的带领和教育下走出童年、走向成熟，走向社会、走向人生……

——2005级电商重一班　骆昌海

九

他，相貌平平常常，大概50来岁，长得高高的。他还有一颗疼爱我们的心，他就是我的语文老师。你别看他已年过五十，但走起路来就像二三十岁的年轻人。上完第一节课，他给我留下的印象是和蔼可亲，平易近人。他身着一套朴素的西服，一双漆黑的皮鞋。当他在讲台上讲课时，他会微笑着对我们说："同学们，我们今天上第一节课《潮涌浦东》。"说完后就开始讲。看着他的背影，我想对他大声地说："老师您辛苦了，我们永远爱着您！"

——2005级电商重一班　谯自悟

十

我们的语文老师是一个高个子，头发往后梳，耳朵大大的，高高的鼻梁，经常戴一副眼镜看书。他经常穿着西服、衬衣，但没有打领带，脚上穿着一双皮鞋，看起来很有精神，特别是上课的时候更有精神、气质，像诸葛亮一样神气。还有他那一双大大的眼睛，如果是放在一个女生的脸上，那这个女生绝对比西施还要美。

——2005级电商重一班　毛兴全

十一

哎！又上课了，这堂课又是什么老师？当老师推开门的一刹那，哇！瞧，他那书生的头型，就像他手中翻开的书。还有更妙的，他那双眉就像姜太公的眉，粗而浓，像用画笔描过一样。他的面容看起来很严肃，但他的笑容和言语就像一位和蔼可亲的老人。他的鼻子大而高，就像能闻遍天下所有美食。说起来好吓人，他很高，简直就是两个我，好像巨人。可是当风吹过，犹如地上草，瘦。

——2005级电商重二班　赖春兰

十二

"叮叮当当！"上课铃响了，顿时走进一位身穿西装的中年老师。他的身段增之一分则嫌高，减之一分则嫌矮，一双炯炯有神的锐利眼睛紧紧衬托着他。在他的锐利武器之上，有一双浓浓的眉毛，也许那便是他的气概吧！再加上一副白色眼镜，那便是他学识渊博的证明。一向不用普通话的他，四川方言是他幽默的大话。他十分平易近人，笑脸常在，与同学交往有亲人的温暖、爱意。

他平平凡凡，诚诚恳恳，以教学为本，是花园里辛勤的园丁。他教育别人，却失去了自己的青春年华，而他却无怨无悔。他就是我们的语文老师傅全章，他是我们的自豪，他是花园里最辛勤的园丁。

——2005级电商重二班　赵晓轩

十三

他留着一头乌黑中夹杂着几根或十几根银丝的短发，在那短发与眉的中间，有着慢慢形成的深而长的几条历尽沧桑的蚯蚓般的皱纹。在那历尽沧桑的皱纹依托下，有一双浓黑密麻的眉毛和一双经历过沧桑变化的并且辛劳的、布满红色血丝失去光泽的、忧伤焦虑的眼睛。我想这双眼睛一定时常地浸在泪水中，时常在昏暗灯光下像牛马般地工作，经常因睡眠不足留下那熊猫般黑黑的眼袋。然而在这张历尽沧桑、饱经风霜的脸上，我却看到温暖的、慈祥的父爱。

——2005级电商重二班　黄琪

十四

他，浓眉但小眼，高高的鼻梁，一张能说会道的嘴里总能说出一口正宗的四川话。乌黑的头发总是保持着一种发型，穿着一套与他的身材极不相配的西装，但这与他的外貌相配，显得出奇和蔼。他讲课时总是一只手拿着眼镜指着黑板，一只手挥舞着，就像是在打拍子。

——2005级电商重二班　游晓兰

十五

他的脸上已经爬满了皱纹，脸瘦瘦的但很光洁，看起来是那么的慈祥。一头乌黑的头发，不长也不短，把耳朵衬托得有些大。浓浓的眉毛很整齐，眼睛细而有神，鼻梁不是很高，两条眉毛中间仿佛有条小沟，更有瘦脸的作用。脸颊很突出，显出了长长的、细细的条纹。下巴也有它的突出之处，中间仿佛有个小窝，看起来是那么平常，又显得可爱了许多。

——2005级电商重二班　李应美

十六

老师是一个很有精神的人，无论是穿着，还是走路，都显得特别有精神。

他身高很合适，穿着很适合自身的性质，有一双炯炯有神的眼睛，再加上朴素的穿着和走路的姿态，真是完美无比。他上课时很严肃，也很活跃。和别的老师不一样，别的老师讲普通话，他讲的是四川话，但听起来很亲切。他穿得很朴素，却很精神。这就是我们的老师。

——2005级电商重二班　喻玲

十七

一双温和而又有一点疲惫的眼睛正在注视着说话的同学，好像在用目光呼喊他不要讲话一样。一头乌黑的头发似乎打了一些发胶之类的东西，然后把头发往后一梳，像古时候十七八岁的姑娘的发髻一样。穿着灰黑色的西装，西装里面是一件白衬衣，衬衣上面还打着一条格子的黑领带。他的身体看上去瘦瘦的，但很高，看上去比较严肃与稳重；但那温和的微笑时常在他瘦瘦的脸上挂着。他有时还端着一个绿色的茶杯，上课口渴时，就用一双粗老的大手端起他那洁净的杯子，然后用他稍微张开的嘴一吹，喝一口，感觉十分清凉可口；然后带上他那温和的微笑，给我们认真地讲起课来。他就是我的语文老师。

——2005级电商重三班　张鹏

十八

高而瘦的他，总是爱穿一身蓝色的西服，显得格外的有气质。他总是用那双眼睛盯着我们看，吓得我们魂飞魄散。一头乌黑的头发，映衬出他白白的脸，阳光照在他的脸上，总有那么一丝丝的红。

很多时候，他总是爱说爱笑。但在课堂上，他显得非常严肃。有一天，他说一句话，竟引得同学们哈哈大笑。他走路的时候，总是爱把手放在衣兜里，无论是夏天，还是冬天，他好像觉得很冷似的。

我最喜欢他的笑，他笑得那么灿烂，好像对每个人都笑得很真诚。

——2005级电商重三班　严旭

十九

他看起来是那么矫健，硬朗的身子骨，一点也找不出老人的痕迹。但是他那有一点花白的头发，就看出他已年过五旬了。他的眉毛不是很浓，一双炯炯有神的眼睛，看起来很深邃，一眼就看出他很有学问。他的眉、眼看起来是那么的精神，鼻子直挺，嘴唇很薄，像是上课时磨薄的一样，这就表示他上课时很认真负责、很细心地给同学们讲解。这一张脸看起来是那么的慈祥、和蔼可亲，给人一种亲切的感觉。

——2005级电商重三班　李雪莲

二十

到二校后，我们电商重四班也来到这个五校区。我带着几分思念进入了我的学习天堂。这个校区是两个月前才从一片果林开垦出来的。而现在，已经建成了教学楼、宿舍楼。虽然这儿的环境比较差，但我们全校一万多名学生都相信，这只是短暂的，不出一个月，我校又会焕然一新。在这艰苦的条件下，学校的教学工作仍然在有条不紊地进行着。老师教育我们要"善看今日困苦，放眼未来光明"。虽然现在的困难像恶魔一样困扰着我们，但是，有学校这股雄厚的师资力量鼓舞着我们，我想对困难狂叫："我们不怕你！"

——2005级电商重四班　包继玲

二十一

他高高的，瘦瘦的，乌黑的短发有序地铺在头顶，高高的鼻梁上稳稳地架着一副老花镜，瓜子脸上时常带着最慈祥的笑意。他虽然已年过六旬，但看起来还是精神抖擞的样子，没有丝毫显老的痕迹。课堂上，他认真地给我们传授知识，我们专心地吸取知识，仿佛这是上天赋予他的使命。问世间谁最美？老师。

——2005级电商重四班　包继玲

二十二

如果从远处看，他的相貌和他那一身穿着搭配显示出了他的高贵。瓜子脸和他那浓浓的眉，高高的鼻梁，更显得他与众不同。那双圆圆的眼睛和那一上一下的双眼皮，也显出他的才智。那是智慧的眼光，充满了仁爱、慈祥，给人的感觉是那么和蔼、平易近人。

——2005级电商重四班　盛菲

二十三

他，有一双大眼睛，看人的神情使人非常害怕。一丝丝头发向上竖着，显得十分有精神。他戴着一副眼镜，显然十分有学问。他个子很高，身材很好，肌肉还是很发达，走起路来快而轻，显得很有绅士风度。这就是我喜欢的类型……

——2005级电商重七班　邓珐璐

二十四

浓浓的眉毛下一双明亮的眼睛，笑时，眼角聚集着几条皱纹。高鼻梁上架着一副老花眼镜。身穿一套朴素的西服，系在白衬衣衣领上的领带让他年轻了几分，看上去就像学识渊博的作家。这就是教我们语文的傅老师。

——2005级电商重七班　伍伟

二十五

他那浓密的眉毛下有一双炯炯有神的眼睛，仿佛会说话一样；他有一个高高的鼻梁，显得特别神奇；他有一张能说会道的嘴，笑起来特别的和蔼；他那和蔼的脸上常带有微笑，显得特别亲切。

——2006级电子商务工学班　余凡

二十六

一双眼睛显得格外明亮，乌黑的头发中透露着一点银色，核桃般的脸上透露出苍老、白皙、脆弱。他有至上的奉献精神。他凭着他辛勤的劳动将自己的知识传授给莘莘学子。他凭着自己有限的生命，做无限的奉献。他像蜡烛一样，照亮别人；像粉笔一样，奉献身躯；像春蚕一样，奉献人生，放弃生命。他的人生激烈、壮阔、活力、奉献、磅礴、有价值。他的人生与众不同，他的人生惊心动魄，他的人生淋漓尽致。这是他展现的人生，奉献的人生。

——2006级电商工学班　赵康

二十七

老人的脸上总露出慈祥的笑容，岁月流逝，皱纹悄悄地爬上了脸颊。他的目光就像春天的太阳，那样柔和，充满着对我们无私的爱。

——2006级电商重一班　马维

二十八

告别了初中生活后，我来到了这所职业学校，在这里我遇见了我生平遇到的最特别的语文老师。

从小就喜欢语文的我，对语文是那样的热爱，小学、初中，我们的语文老师都是用普通话来给我们讲课的。而我来到这里遇到的语文老师，他却从不用普通话。刚开始我根本听不懂，进入不了他讲课的气氛中，学起来就很吃力。

可是后来，我发现他用四川话讲课是那么有味道，让我们学起来更加轻松。他瘦瘦的，高高的，年龄大概有五六十岁吧！他有着一张和蔼可亲的脸，给人一种亲切感……

——2006级电商重一班　刘凤娇

二十九

他是我们的语文老师，50岁左右，中等身材，他的右臂上总有一本语文书陪伴着。一副老花镜屹立在他平平的鼻子上，浓密的胡子在他的厚嘴唇上面整齐地排列着。他从不把自己打扮得很富有的样子，而是身穿一身朴实的衣装。在进教室前总是习惯地抖一抖衣服。他走起路来显得雄壮有力，落落大方。

——2006级电商重一班　徐冬青

三十

他是一个平凡而又和蔼的人，平时他总戴着一副老花眼镜，有着一张慈祥的面孔，可以看出他对工作的认真。一双不大的眼睛，炯炯有神，总是能看穿每个学生的心思。看得出他爱干净、爱打扮，梳着适合自己的发型，能显出他的性格。穿着舒适而又整洁的西服，给人的感觉朴素而又简单。可知他对自己的工作是相当的负责而又认真，在课堂上讲课总是透露出一股认真的气息。这就是我的语文老师。

——2006级电商重二班　杨芳

三十一

我的语文老师是一个高高瘦瘦的中老年教师，头发向后顺着，眉毛浓浓的，有点翘，偶尔会皱起眉头。他的眼睛小小的，鼻子尖尖的，耳朵大大的，身子细长，喜欢穿西服，手里拿着眼镜，也不知道什么时候戴，戴起来了，比较好看；又取下来了。他在教室里走来走去。嗯！很可爱！抬起头向四处看时，显得比较严肃，不过，他对待学生是非常的和蔼！

——2006级电商重三班　王瀚

三十二

他中等个子，黑黑的短发向后面伸展着，高高的鼻梁上面架着一副眼镜，看起来学问还不浅呢！有时在同学面前，他的眉毛一动，代表他有问题了。假如不动，代表他在想问题，那可不能打扰。他检查起作业来，总有一个习惯性的动作，取了眼镜又戴上，戴上之后又拿开，你猜他是谁？

——2006级电商重四班　吴娟

三十三

他那张瓜子脸上总有一副老花眼镜架在那并不高挺的鼻梁上，但那双眼睛却炯炯有神，似乎要把一切都看穿。那张嘴总是一张一合说个不停。他习惯选择黑色，好像在为我们诠释周董的"黑色幽默"。在黑色的包裹下，我们看不出他有一点点的苍老，50多岁了依旧挺拔、刚毅，丝毫没有容颜老去。

——2006级电商工学班　李忠敏

三十四

他迈着轻快而沉稳的步子进来了，给人以健康精神的感觉。一张慈祥的面庞上镶着两只炯炯有神的大眼睛，永远直视着前方；高高的鼻梁下长了一张普通人的嘴，但这张嘴却并不普通，因为它能说会道，能绘出精美语句，道出天下奇观……

——2006级电商工学班　赵学萍

三十五

他是一位学识渊博的老师。他高高瘦瘦，看起来显得非常协调。他已步入老年，可是头发却丝毫没有一丝白意，也许是他喜欢笑对人生的缘故吧！他的背已不再那么挺直，可是他走起路来却很精神。他高高的额头，一双已有一些暗沉的双眼，可是脸上却常挂着一丝微笑，看起来总是那么慈祥、可亲。由于他不再年轻，每次他给我们念作文或演练文章时，脸上松弛的肌肉总是随着嘴巴颤动着。而他在给我们讲解文章的时候，他的手总是习惯性地跟着讲解的话语比画起来。

——2006级电商工学班　谭容

三十六

他有一张长方形的脸，高高的鼻子，有一双大大的眼睛，浓浓的眉毛，一头乌黑的头发。要说到他的眼神啊，当我们犯了错误的时候，他就会用严厉的眼神来看我们。当他盯着我们看的时候，我们就会自觉地去认错，去改正我们的那些错误。究竟他的眼睛里暗藏着什么，让我们那么的自觉呢？

——2006级电商工学班　刘芬

三十七

他，高挑的身材犹如一根竹竿，却不失帅气。一头飘逸的头发顺从地向后躺着，偶尔有几缕头发不甘寂寞地向前抖动。一双模糊的玻璃眼睛看起来深不见底。鼻子与身材如出一辙，也是高挑的，其余的与平常人无两样。他说话时却是与众不同。他习惯把左手放在胸前，说话的时候，不仅头会抖动，放在胸前的手也会跟着抖动，偶尔配合右手做一些动作。他永远都是昂首挺胸，这更显出了他高贵的气魄！

他就是我们的语文老师。

——2006级计算机重点一班　袁昌容

三十八

我的语文老师是一位慈祥幽默的中老年人，高高瘦瘦，很有气质风度，讲起课来很有精神。他喜欢锻炼同学们的胆量，也喜欢把他自己的作品拿给我们欣赏，很有绅士风度。呵呵，看他站在那里的样子很严肃，要写他啊恐怕几句话写不完整的噢！

——2006级计算机重点班一女生

三十九

他，瘦高的身材，高高的鼻子上架着一副眼镜，浓浓的眉毛下有一双炯炯有神的眼睛。虽然皱纹正悄悄地爬上他的额头，可那一套西服依然使他英姿焕发。讲课时，他那专注的表情和华丽细致的语言，再加上幽默有趣的动作，提高了我们的听课效率。他是那么的慈祥和蔼，那么的受人尊敬。他就是我的语文老师。

——2006级旅游重点一班　陈婕

四十

我的语文老师是一位和蔼的老师。他是我最敬佩的一个人。他有一双炯炯有神的眼睛，脸上有许多皱纹，可能是没有休息好的缘故吧！他个子中等，身材不怎么胖。但是他发起火来，我们都非常安静，不敢出一点声音。

只要他脸上带着笑容，大家就和他开起玩笑来。许多人都认为我们班是最有趣的一个班。可我不认为，因为老师和同学们保持着沉默，特别是我们的老师。

——2006级旅游重点一班　宋敏

四十一

今天，我第一次见到我们的语文老师。他手里拿着一本书，戴着一副眼镜，看上去四十几岁，文质彬彬的。他个子比较高，但却很瘦。他的脸看上去仿佛比他的实际年龄苍老了几岁。开始，我不知道他是什么科的老师，后来我通过观察知道了，他是一位语文科目的老师。因为他给我们布置的作业是写作文之类的。他讲着一口地地道道的四川话，一听就知道是本地人，善良纯朴的老实人。至于他为什么那么瘦，也许是……反正从他的脸颊看上去，他应是曾经经历过苦难的折磨，才变得如此镇定。我们的老师虽说看上去很瘦，但却很文雅、很镇定，心胸也很好。这就是语文老师给我留下的第一印象。

——2007级数控模具一班　游检

四十二

我们的傅老师，身材高大，宽大的双肩和那硬朗的身体，这一切看上去都使他是那样的年轻。一双大大的眼睛里始终透出慈祥的眼神，再加上那扁长的鼻子，又宽又浓的眉毛……这一切都使他看上去是那样的亲切。他的语言也是那样的温柔，让人动心，让我每当上课时仿佛在蓬莱仙境中飘荡……

——2007级数控模具二班　刘贻欢

四十三

我们有一位帅帅的语文老师，虽然他的脸上已经有了岁月的痕迹，但是他高挑的身材、白色的衬衣、灰色的西裤、锃亮的皮鞋，他将衣袖挽起来，手上戴着一只手表，使他整个人显得很年轻、很帅。他的举手投足都显示出他是一位文人。他帅帅的发型，大大的耳朵，浓浓的眉毛，使人联想到他年轻时也是一位帅哥。

——2007级控模具四班　代静

四十四

我有个独特的语文老师。他平时看上去很严肃，但是上课的时候，总是对我们"嬉皮笑脸"，表现出很和蔼的样子。我从小到大从没见过这样的老师。听老师用四川话来讲课还真是别有一番风味，也很有趣。老师说话很有水平呢！总是拐弯抹角，老师的心我都猜不透，不知他到底怎么想的。

——2007级数控模具六班　陈忆

四十五

我的语文老师是在我刚涉入新的学习阶段时认识的。当我第一次见到他时，他的手中正拿着几本教材，快步走上讲台。他做自我介绍时，我在下面一直盯住他那张慈祥的面庞。他给人一种和美温馨的感觉。这位老师看上去快50岁了（注：当时我已60岁了），却让他那少许的皱纹给隐藏了起来。他用流利的四川话给同学们讲课，偶尔还有风趣、幽默的话语脱口而出，让课堂不再那么沉闷。他讲课时，那双瘦长的手不停地在胸前比画，让课堂更加的生动有趣。就是这样一位慈祥的老师，也许将要与我共同完成我的学业。

——2007级数控模具六班　文生

四十六

上课铃响了，一位个子不是很高，身体不是很强的老师走了进来。他下身穿着黑长裤，上身穿着马褂，里面还有一件衬衫，左手戴了一只表，看起来很严肃。但是上课之后，我发现他很和蔼，也很有学问。我想我已经记住了他的外表。他的脸上还有一丝丝皱纹，看起来很苍老。他讲课时更是有条有理。他就是我的语文老师。

——2007级数控机床六班　金先安

四十七

他是我们的语文老师。他看上去五十来岁，具体是多少我也不清楚。他上课时戴着一副眼镜（也不知道是老花镜还是近视镜）。他在给我们上第一节课的时候做了自我介绍，在介绍自己的名字时，他还附加上了解释，听上去感觉他是那么的高尚、无私（具体怎样，我们也不知。这就有待我们以后来观察）。但是不得不承认，他解释得确实恰到好处、天衣无缝。

关于其他的我也不了解，就知道这么一点。

——2007级数控机床六班　魏燕

四十八

从我来到四川联合经济学校上第一次语文课，看见我的语文老师（傅）开始，就觉得我们曾经在某个地方见过，却怎么也想不起来了！

他的身高、头型、长相、胖瘦、说话的声音，与我记忆中的那个人一模一样，还有一个就是说话（讲课）时手总爱比画来着。傅老师可能也是四五十岁吧？哦，我想起来了，那一位很相似的人就是我中学时的地理老师。他和蔼可亲，非常可爱，想必傅老师也一样和蔼可亲吧！哦，还有一个就是上课总爱戴着老花镜，有时我就在想你们是不是孪生兄弟。

——2007级数控机床六班　刘春兰

四十九

一个穿着十分简朴的人，简朴之中却带着无比的高尚。他就是我的老师。他中等偏高的个儿，不胖也不瘦，戴着一副陈旧的老花镜，手边随时提着一个绿色的茶杯，看上去似乎也有些陈旧。他穿着简单，从来不在别人面前炫耀自己。他的发型很随意，露出了他那高高的额头。他的双眼炯炯有神，鼻子很大，还有一张能说会道的嘴巴，整个人看上去非常清爽。

——2007级文化补习三班　程晋波

2014年7月24日录毕

后 记

　　《东阳流韵》散文集是我出版的第四部文学作品集。之前出版的有小说、散文集《龙泉山放歌》，小说集《桃花泪》，散文、纪实文学集《桃乡情思》。《龙泉山放歌》曾销售和赠送到全国26个省、市读者手中。《桃花泪》收入了我的三篇中篇小说和多篇短篇、微型小说。《桃乡情思》一书中有大量书写成都龙泉人文历史和当代精英的文章。成都龙泉是全国有名的桃乡和车城，龙泉驿的新老居民渴望知晓龙泉的前世今生，这本书起到了一定作用。

　　《东阳流韵》收入了我近年写作的散文，大部分在报刊上发表过，个别篇目是原来出版的书中的文章。有的文章在报刊发表时，因版面限制，编辑有些删减，此次收入的有的用了没删减的原文。

　　写作是我一生的爱好。我用"书籍是一生的朋友，文学是终身的恋人"来概括我的爱好和追求。我受郭沫若的影响，喜欢直抒胸臆；我受巴金的影响，热爱家乡，爱说真话；我受鲁迅的影响，写杂文恨不得刀刀见血。

　　写作无非是个爱好而已，和拉二胡、吹笛子、跳舞、打牌一样，"萝卜白菜，各有所爱"。年轻时看见"作家""诗人""文学家"这些字眼就会热血沸腾，馋涎欲滴，现在虽仍尊敬作家、诗人，但又认为作家、诗人也莫要以为自己高人一等，韩愈在《师说》有言："闻道有先后，术业有专攻，如是而已。"

　　书名《东阳流韵》，盖因龙泉最早建县名东阳，我们都是古东阳的后来者也。东阳即成都龙泉，这里山川秀美，人文丰富，其流淌之美韵值得大书特书。此书倘能写出流韵之万一，我亦感愿足也。

　　书中观点，不可能尽如读者诸君之意，敬请不吝赐教。

　　此书得以付梓，感谢家人、编辑的支持和付出，尤其要感谢印子君君为本书作序。

　　此为后记。

2022年5月9日